KB199251

한눈팔기

이 도서의 국립중앙도서관 출판예정도서목록(CIP)은 서지정보유통지원시스템 홈페이지(http://seoji.nl.go.kr)와
국가자료공동목록시스템(http://www.nl.go.kr/kolisnet)에서 이용하실 수 있습니다.
(CIP제어번호: CIP2011000371)

세계문학전집
062

夏目漱石 : 道草

한눈팔기

나쓰메 소세키 장편소설
조영석 옮김

문학동네

차례 ▮

1

겐조가 먼 곳에서 돌아와 고마고메의 한쪽 구석에 살림을 차린 것이 도쿄를 떠나고 몇 해 만의 일이던가. 고향 땅을 다시 밟는 벅찬 감정 속에는 어떤 쓸쓸함마저 스며 있었다.

그의 몸에는 막 뒤에 버려버린 먼 이국의 냄새가 아직 달라붙어 있었다. 그는 그것이 싫었다. 한시라도 빨리 그 냄새를 털어내야 한다고 생각했다. 그러나 겐조는 그 냄새에 숨어 있는 스스로에 대한 자부심과 만족감은 전혀 알아채지 못하고 있었다.

겐조는 이런 기분을 느끼는 사람에게서 흔히 볼 수 있는 침착하지 못한 태도로, 센다기에서 오이와케로 빠지는 길을 매일 두 번씩 규칙처럼 오갔다.

가랑비가 내리는 어느 날이었다. 그때 겐조는 외투도 우비도 안 걸치고 달랑 우산만을 받쳐 든 채 혼고 쪽으로 가는 길을 여느 때와 같은 시각에 걸어가고 있었다. 그러다 인력거꾼의 집을 막 지나쳤을 때 뜻밖의 사람과 딱 마주쳤다. 그 사람은 네즈 신사(神社) 뒤편의 언덕을 올라 겐조와는 반대로 북쪽을 향해 걸어온 듯, 겐조가 앞쪽을 무심히 바라보았을 때는 이미 약 이십 미터 앞에서 시선에 들어와 있었다. 겐조는 무심코 눈길을 돌리고 말았다.

겐조는 시치미를 떼고서 그 사람의 옆을 지나치려 했다. 그러나 남자의 얼굴은 확인할 필요가 있었다. 그래서 거리가 사오 미터 정도로 가까워졌을 때 겐조는 다시 눈을 그 사람 쪽으로 돌렸다. 상대방은 이미 꼼짝 않고 서서 겐조의 모습을 뚫어지게 응시하고 있었다.

거리는 조용했다. 두 사람 사이에는 가랑비만이 끊임없이 내리고 있어서 서로의 얼굴을 확인하는 데 별다른 어려움이 없었다. 겐조는 바로 시선을 돌리고 다시 정면을 향해 걷기 시작했다. 그러나 상대방은 길 한구석에 멈춰 선 채 발걸음을 옮길 기색도 없이 겐조가 지나가는 것을 물끄러미 바라보고 있었다. 자신의 보조에 맞춰 그 남자의 얼굴이 조금씩 움직이는 것을 겐조가 알아차릴 정도였다.

이 남자를 몇 년이나 만나지 않았을까? 겐조가 이 남자와 인연을 끊은 것은 갓 스물이 될까 말까 했던 시절의 옛일이다. 그 후 지금까지 십오륙 년의 세월이 흘렀건만 그사이에 두 사람은 한 번도 얼굴을 마주한 적이 없었다.

겐조의 지위도 처지도 그때와는 완전히 달라져 있었다. 검은 수염을 기르고 중절모를 쓴 지금의 모습과 까까머리였던 옛 모습을 비교해보면 스스로도 격세지감을 느끼지 않을 수 없었다. 그러나 상대는 너무나도 변하지 않았다. 아무리 생각해도 예순대여섯은 되었을 터인데 왜 아직도 머리카락이 예전처럼 새까만 것인지 겐조는 마음속으로 이상하게 여겼다. 모자를 쓰지 않고 외출하는 옛날의 버릇을 그가 지금까지 고수하고 있는 것도 겐조가 이상한 기분을 느끼게 하는 데 일조했다.

겐조는 애초부터 그를 만나는 것이 달갑지 않았다. 만일 우연히 마주치더라도 그 사람이 자신보다 훌륭한 옷차림을 하고 있길 바랐다. 그러나 지금 눈앞에 있는 이 사람은 유복한 처지에 있다고는 결코 생각되지 않았다. 모자를 쓰지 않는 것은 본인의 자유라 치더라도 하오리*를 든 옷차림새로 판단하건대, 아무래도 중류층 이하의 살림살이를 하는 저잣거리의 노인으로밖에 보이지 않았다. 겐조는 그가 쓰고 있는 것이 면과 털실을 섞어 짠 무거운 양산임도 알아차렸다.

그날 겐조는 집에 돌아와서도 도중에 만난 남자의 일을 잊을 수가 없었다. 때때로 길 가장자리에 멈춰 서서 꼼짝 않고 그를 바라보던 남자의 눈초리가 생각나서 괴로웠다. 그러나 아내에게는 어떤 말도 털어놓지 않았다. 기분이 언짢을 때는 아무리 하고 싶은 말이 있어도 아내에게 이야기하지 않는 것이 겐조의 버릇이었다. 아내 역시 잠자코 있는 남편에게 용건 외에는 결코 말을 하지 않는 여자였다.

---

* 기모노 위에 겹쳐 입는 짧은 겉옷.

2

다음 날 겐조는 또다시 같은 시각에 같은 곳을 지나갔다. 그다음 날에도 지나갔다. 하지만 모자를 쓰지 않은 남자는 더 이상 어디에서도 나타나지 않았다. 겐조는 기계처럼 또한 의무처럼 여느 때와 같은 길을 오고 갔다.

이런 평온한 날이 닷새 동안 계속된 후, 엿새째 날 아침이 되자 모자를 쓰지 않은 남자는 갑자기 네즈 신사의 언덕 그림자에서 나타나 겐조를 불안에 떨게 했다. 요전과 거의 같은 장소에서, 시간도 요전과 거의 다르지 않았다.

그때 겐조는 상대가 자신에게 가까이 다가오는 것을 의식하면서 언제나 그랬듯 기계처럼 또한 의무처럼 걷고자 했다. 하지만 상대편의 태도는 정반대였다. 그는 어느 누구라도 불안해하지 않고는 못 배길 정도로 매서운 눈초리를 하고 겐조를 응시했다. 빈틈만 보이면 바로 접근하려는 그 사람의 의도가 겐조의 흐릿한 눈동자에 똑똑히 읽혔다. 가능한 한 틈을 주지 않으려고 애쓰며 그 옆을 지나치는 겐조의 마음에 이상한 예감이 들었다.

'아무래도 이 정도로 끝날 것 같지는 않다.'

그러나 그날 집에 돌아왔을 때도 겐조는 끝끝내 모자를 쓰지 않은 남자의 이야기를 아내에게 하지 못했다.

겐조가 아내와 결혼한 것은 칠팔 년 전으로, 그때는 이미 그 남자와의 관계가 끊어진 지 오래였고 게다가 고향인 도쿄에서 결혼한 것도 아니어서 아내가 그 사람에 대해 알 리는 없었다. 그러나 소문 정도라면 어쩌면 겐조 자신의 입으로 이야기했을지도 모르고, 또 친척 누군가로부터 들어서 알고 있을지도 모를 일이었다. 사실 어느 쪽이든 겐조에게 별 문제는 되지 않았다.

다만 이것과 관련해서 지금도 가끔씩 겐조의 마음속에 떠오르는 한 가지 사건이 있었다. 결혼을 하고 나서의 일이다. 지금으로부터 오륙 년 전 아직 지방에 있을 무렵, 어느 날 여자 필체로 쓴 두툼한 편지가 그가 근무하는 사무실 책상 위에 놓여 있었다. 그때 그는 영문도 모르고 그 편지를 펼쳤다. 그러나 읽어도 읽어도 끝이 나지 않았다. 얇은 종이 스무 장 정도에 깨알 같은 글씨로 빈틈없이 쓴 편지였는데, 오분의 일 정도를 대충 훑어본 후 겐조는 결국 그것을 아내 손에 넘겨주고 말았다.

그때의 그로서는 자기 앞으로 이런 장문의 편지를 써서 보낸 여자의 정체를 아내에게 설명할 필요가 있었다. 또한 그 여자와 관련하여 필수적으로 이 모자를 쓰지 않은 남자에 대해 말해줄 필요도 있었다. 겐조는 그런 처지에 놓였던 과거의 자신을 기억하고 있었다. 그러나 기분파인 자신이 어느 정도로 세세하게 아내에게 설명했는지는 벌써 잊어버렸다. 여자에 관한 문제니까 아내는 아직 분명하게 기억하고 있을지 모르지만, 지금의 그로서는 그런 일을 새삼스럽게 아내에게 물어보고 싶은 기분이 들지 않았다. 겐조는 장문의 편지를 쓴 여자와 모자를 쓰지 않은 남자를 함께 놓고 생각하는 것이 몹시 싫었다. 그것은 그의 불행한 과거를 멀리서부터 다시 불러들이는 매개체가 되기 때문이었다.

다행히 겐조의 형편은 그런 일에 크게 신경 쓸 여유가 없었다. 그는 집에 돌아와 옷을 갈아입자마자 곧장 서재로 들어갔다. 6조*의 좁은 다다미방에는 언제나 겐조가 할 일이 산더미처럼 쌓여 있는 듯한 기분이었다. 하지만 솔직히 말하자면 일을 하는 것보다 하지 않으면 안 된다는 강박관념이 훨씬 강하게 그를 지배하고 있었다. 자연히 그는 언제나 안절부절못했다.

겐조는 먼 곳에서부터 가져온 책 상자를 이 6조 방 안에서 열고는 산더미 같은 양서(洋書) 속에 책상다리를 하고 앉아 일주일이고 이주일이고 지냈다. 그러고는 뭐든지 손에 잡히는 것은 닥치는 대로 집어 들고 두세 페이지씩 읽었다. 그 때문에 정작 중요한 서재 정리는 시간이 흘러도 전혀 하지 못했다. 결국에는 이런 꼴을 보다 못한 어떤 친구가 와서 순서나 책 수에 상관없이 보이는 모든 책을 지체 없이 책장에 꽂아버렸다. 그를 아는 대다수의 사람들은 그를 보고 신경쇠약이라고 말했다. 그러나 그 자신은 이런 상태를 단순히 자신의 성격 탓이라 믿고 있었다.

3

실제로 겐조는 그날그날의 일에 쫓기고 있었다. 집에 돌아와서도 마음 편히 쓸 수 있는 시간이 전혀 없었다. 게다가 그는 자신이 읽고 싶은 책을 읽거나, 쓰고 싶은 것을 쓰거나, 생각하고 싶은 문제를 생

---

* '조(疊)'는 다다미를 세는 단위로, 1조는 보통 가로 구십 센티미터에 세로 백팔십 센티미터 정도의 직사각형 모양이다.

각해보거나 하고 싶었다. 그런 까닭에 마음에서 여유를 찾기란 힘들었다. 그는 시종일관 책상 앞에 달라붙어 있었다.

오락을 즐길 만한 장소에 좀처럼 발을 들일 수 없을 만큼 바쁜 그가 친구에게 우타이*를 배워보지 않겠느냐고 권유받은 적이 있었다. 물론 그는 완곡히 거절했지만 내심 다른 사람에게는 어떻게 그런 짬이 있을까 하고 놀랐다. 그는 시간에 대한 자신의 태도가 흡사 수전노의 그것과 닮아 있다는 사실을 전혀 깨닫지 못했다.

겐조는 자연히 사교(社交)를 피하게 되었다. 인간마저도 피하지 않으면 안 되었다. 머리와 활자의 교섭이 복잡해지면 복잡해질수록 인간으로서의 그는 점점 고독에 빠져들었다. 그는 어렴풋이 그런 쓸쓸함을 느끼는 경우가 있었다. 그렇지만 한편으로는 마음 깊숙한 곳에 기묘하고 뜨거운 열정을 품고 있다는 자신감도 갖고 있었다. 그렇기 때문에 삭막한 광야를 향해 걸어가는 생활을 하면서도 그것이 오히려 당연하다고 생각했다. 그것이 뜨거운 인간의 피를 말라붙게 한다고는 결코 생각하지 않았다.

겐조는 친척들로부터 괴짜 취급을 받았다. 그러나 그런 상황이 그에게 그리 큰 고통은 되지 않았다.

"학력 수준이 다르니까 어쩔 수 없지."

그의 마음속에는 항상 이런 답변이 있었다.

"역시 자화자찬을 하시는군요."

이것은 언제나 아내가 내놓는 해석이었다.

---

* 謠, 일본의 가면극인 노가쿠(能樂)의 가사. 또는 그것에 가락을 붙여 노래하는 것.

딱하게도 겐조는 이런 아내의 비판을 그냥 흘려들을 수 없었다. 그는 그런 말을 들을 때마다 거북한 표정을 지었다. 어느 때는 자신을 이해해주지 않는 아내를 정말이지 지긋지긋하게 생각했다. 그리고 어느 때는 몹시 꾸짖었다. 또 어느 때는 덮어놓고 꼼짝 못하게 다그쳤다. 그럴 때마다 그가 쏟아붓는 말은 아내의 귀에는 허세를 부리는 것으로밖에 들리지 않았다. 아내는 '자화자찬'이라는 네 글자를 '허풍쟁이'라는 네 글자로 정정할 뿐이었다.

그에게는 이복누이 한 명과 형이 한 명 있었다. 가족이라고 해봤자 두 사람밖에 없는 겐조였지만 불행하게도 이 두 집과도 그다지 친밀한 관계는 아니었다. 자신의 누이나 형과 소원하게 지내고 있다는 이 이상한 사실은 겐조에게도 그다지 기분 좋은 일이 아니었다. 그러나 겐조에게는 친척 간의 의리보다도 자신의 일이 중요했다. 도쿄에 돌아온 이후 그래도 서너 차례는 그들과 얼굴을 마주했다는 것이 다소의 변명이 되어주었다. 만약 모자를 쓰지 않은 남자가 갑자기 앞길을 가로막지 않았다면 그는 평소처럼 센다기 거리를 매일 두 번씩 규칙적으로 왕래할 뿐, 얼마간 다른 쪽으로는 발길을 돌리지 않았을 것이다. 만약 그사이에 몸을 편히 쉴 수 있는 일요일이 있었다면 완전히 지칠 대로 지친 몸을 다다미 위에 눕히고서 반나절의 안식을 탐했을 것이다.

그러나 그다음 일요일이 돌아왔을 때, 그는 길에서 두 번이나 만났던 남자의 일을 문득 떠올렸다. 그래서 갑작스럽게 누이 집에 찾아갈 생각을 했다. 누이의 집은 요쓰야의 쓰노카미자카 근처로, 큰길에서 벗어나 안쪽으로 깊숙이 들어간 곳에 있었다. 누이의 남편은 겐조에게 사촌형뻘 되는 남자니까 결국 누이에게도 사촌오빠였다. 그러나 누이와 남편은 동갑인가 한 살 차이로, 겐조에게는 두 사람 다 한참이나 위였다. 예전에 요쓰야 구청에 근무했던 누이의 남편은 새로 구한 직장에 다니기 불편한데도 정든 곳을 떠나는 것이 싫다고 해서 두 사람은 지금까지도 그곳의 낡아빠진 집에 살고 있었다.

4

겐조의 누이는 천식 때문에 언제나 골골거렸다. 그런데도 천성적으로 병적인 결벽증이 있어서 어지간히 고통스럽지 않으면 결코 가만히 있지 못했다. 그녀는 뭔가 일거리를 만들어 좁은 집 안을 시종 왔다 갔다 해야만 만족했다. 그렇게 조용히 있지 못하고 침착성 없이 나대는 태도가 겐조의 눈에는 무척 안쓰럽게 비쳤다.

누이는 또 수다 떨기를 아주 좋아하는 여자였다. 그 수다에는 조금도 품위가 없었다. 그녀와 마주할 때면 겐조는 언제나 씁쓸한 표정을 짓고 입을 다물고 있을 수밖에 없었다.

'내 누님이니까 어쩔 수 없지.'

그녀와 이야기를 나눈 다음에는 겐조의 마음속에 항상 이런 감상이 남아 있었다.

그날 겐조는 평소처럼 앞치마를 두르고 찬장 안을 휘젓고 있는 누이를 발견했다.

"어머나, 웬일이니. 잘 왔구나. 자, 앉아."

누이는 겐조에게 방석을 권하고 툇마루 쪽으로 손을 씻으러 갔다.

겐조는 누이가 없는 틈에 방 안을 둘러보았다. 천장과 윗미닫이틀 사이 채광창에 그가 어렸을 때부터 봐왔던 낡아빠진 액자가 걸려 있었다. 액자의 낙관에 적힌 쓰쓰이켄이라는 이름은 분명 하타모토* 출신의 서예가라던가 하는 이로, 대단한 명필이라고 십오륙 년 전에 이 집 주인에게 들었던 적이 있었다.

그 무렵 겐조는 집 주인을 형님, 형님 하고 부르며 함께 자주 놀러 다녔다. 나이로 보면 삼촌과 조카 정도로 차이가 있었지만 두 사람은 자주 안방에서 씨름을 하다가 누이에게 야단을 맞기도 했고, 지붕 위로 올라가 무화과를 비틀어 따먹고 그 껍질을 이웃집 뜰에 아무렇게나 내던져 이웃집에 가서 용서를 빌고 오라고 야단을 맞기도 했다. 집 주인이 상자에 든 컴퍼스를 사준다고 하고는 그를 속인 채 시간이 언제까지 지나도 사주지 않은 것을 몹시 원망스러워했던 일도 있었다. 누이와 싸우고 나서 누이가 먼저 사과하러 와도 절대로 용서하지 않겠다고 단단히 각오를 했지만, 아무리 기다려도 용서를 빌러 오지 않자 하는 수 없이 이쪽에서 어슬렁어슬렁 찾아가서는 무료해진 누이가 들어오라고 할 때까지 잠자코 문간에 서 있었던 우스꽝스러운 일도 있었다……

오래된 액자를 바라보던 겐조는 자신의 어린 시절에 선명한 기억의 탐조등을 비춰보았다. 그리고 그토록 신세를 진 누이 부부에게 지금은 특별한 호의를 가질 수 없게 된 자신을 불쾌하게 느꼈다.

---

* 旗本. 에도 시대 쇼군(將軍)에게 직속된 무사로서 직접 쇼군을 대면할 자격을 가진 사무라이.

"요즘 몸은 좀 어떠세요. 심하게 기침을 하는 일은 없으세요?"

그는 자기 앞에 앉아 있는 누이의 얼굴을 바라보며 물었다.

"아아, 고맙구나. 덕분에 뭐 그럭저럭 집안일 정도는 하고 있지만 역시 나이가 나이라서 말이지. 도저히 옛날처럼 막무가내로 일할 수는 없어. 옛날에 겐짱이 놀러왔을 때야 옷자락을 걷어붙이고 그야말로 가마솥 밑바닥까지 씻어댔지만 지금은 그럴 기력이 없지. 하지만 덕분에 이렇게 매일 우유도 마시고 있고……"

겐조는 적지만 매달 얼마간의 용돈을 누이에게 주는 일을 잊지 않았다.

"조금 야위신 것 같아요."

"이거야 뭘, 내 타고난 체질이니까 별수 없지. 옛날부터 살이라곤 쪄본 적이 없으니까. 역시 성질이 사나워서 그런가봐. 신경질이 많으니 살이 안 찌는 거야."

누이는 뼈만 앙상한 팔을 걷어 올려서 겐조 앞에 내보였다. 크게 움푹 들어간 그녀의 눈 밑으로는 거무스름한 기미가 축 늘어진 피부를 더욱 울적하게 물들이고 있었다. 겐조는 묵묵히 그 퍼석퍼석한 손바닥을 바라보았다.

"하지만 겐짱이 훌륭하게 성공해서 정말 다행이야. 겐짱이 외국에 갈 때만 해도 이제 살아서는 두 번 다시 못 만나겠구나 생각했는데 이렇게 건강하게 잘 돌아왔으니 말이야. 아버지 어머니가 살아 계셨다면 틀림없이 기뻐하셨을 텐데."

누이의 눈에는 어느새 눈물이 그렁그렁했다. 누이는 겐조가 어렸을 때 "두고 봐. 누나한테 돈이 생기면 제일 먼저 겐짱이 좋아하는 건 뭐든지 사줄게" 하고 입버릇처럼 말했었다. 또 그런가 하면 "이렇게 성격이 비뚤어져선 도무지 사람 되긴 글렀구나"라고도 말한 적이 있었다. 겐조는 누이의 옛 말이며 말투를 떠올리고서는 혼자 쓴웃음을 지었다.

5

그런 옛 기억을 상기하자 오랜만에 만난 누이의 늙은 모습이 한층 겐조의 눈에 띄었다.

"그런데 참, 누님. 올해 나이가 몇이시죠?"

"이제 할머니가 다 되었지. 설 쇠면 쉰둘이란다."

누이는 이가 빠져 듬성듬성 누런 이를 드러내놓고 웃어 보였다. 실제 누이의 나이가 쉰하나라니 겐조에게도 의외였다.

"그럼 저와는 열두 살 이상이나 차이가 나네요. 저는 기껏해야 열 살 아니면 열한 살 정도 차이일 거라고 생각했는데."

"왜 그렇게 생각했을까? 겐짱과는 열여섯 살이나 차이가 나지. 매형이 양띠에 동쪽의 목성이고, 나는 동남쪽에 목성이니까 말이야. 겐짱은 분명 금성에 서쪽이었지."

"그런 건 모르지만, 아무튼 서른여섯이지요."

"헤아려보렴. 틀림없이 금성에 서쪽일 테니까."

겐조는 어떻게 자신의 별자리를 헤아리는지 몰랐다. 나이 이야기는 그걸로 그만두었다.

"오늘은 안 계세요?" 매형인 히다가 안 보여서 물어보았다.

"어젯밤도 숙직이었어. 자기 몫만 하는 거면 한 달에 서너 번으로 끝나는데 남한테 부탁받은 것까지 다 맡아서 하니까. 게다가 하룻밤이라도 숙직을 하면 역시 몇 푼이라도 들어오잖아. 그래서 결국 다른 사람 몫까지 맡을 생각을 하는 거야. 요즘에는 저쪽에서 자는 것과 이쪽에서 자는 것이 반반 정도일 거야. 아니, 어쩌면 저쪽에 머무는 편이 오히려 많을지도 모르겠네."

겐조는 잠자코 미닫이문 옆에 있는 히다의 책상을 바라보았다. 벼룻집이며 봉투며 두루마리 종이가 반듯하게 늘어서 있고, 그 옆으로 부기용 공책이 빨간 책등을 이쪽으로 향하고 두세 권 꽂혀 있었다. 깨끗하게 반짝거리는 작은 주판도 그 밑에 놓여 있었다.

들리는 소문으로 히다는 요즘 어떤 여자와 관계를 맺고 직장 부근에 살림을 차렸다고 했다. 숙직이다 뭐다 하며 집에 돌아오지 않는 것은 어쩌면 그 때문이 아닐까 하고 겐조는 생각했다.

"매형은 요즘 어떠세요? 어지간히 나이가 드셨으니까 예전과는 달리 성실해지셨겠죠?"

"아니야, 여전히 똑같지. 그 사람은 저 혼자 멋대로 놀기 위해 태어난 남자니까 어쩔 수 없어. 만담이다, 연극이다, 씨름이다 하면서 돈만 생기면 싸돌아다니니까 말이야. 뭐, 그래도 나이를 먹어서 그런지 옛날에 비하면 조금은 싹싹해진 듯해. 예전에는 겐짱도 알다시피 좀 거친 게 아니었잖니. 걸핏하면 발로 차고 때리고, 머리채를 잡고 온 방을 질질 끌고 다녔으니까 말이야……"

"하지만 누님도 가만히 있지는 않으셨잖아요."

"그래도 내가 먼저 때린 적은 한 번도 없었어."

겐조는 지기 싫어 했던 누이의 옛날을 떠올리면서 조금 이상하다고 생각했다. 이 부부의 싸움은 방금 누이도 자백했듯이 결코 한 사람이 일방적으로 당하기만 하는 법은 없었다. 특히 누이 쪽이 히다에 비해 열 배는 말솜씨가 좋았다. 그렇게 외고집인 누이가 남편에게 속아서 그가 집에 돌아오지 않는 것은 틀림없이 회사의 숙직 때문이라고 굳게 믿고 있는 것이 묘하게 안쓰러웠다.

"오랜만인데 뭐 맛있는 것 좀 사드릴까요?" 겐조는 누이의 얼굴을 바라보면서 말했다.

"말은 고맙지만 방금 초밥을 먹었는걸. 귀한 것은 아니지만 너도 먹어보렴."

누이는 손님만 왔다 하면 시간에 관계없이 뭔가를 먹이지 않으면 직성이 풀리지 않는 여자였다. 겐조는 할 수 없이 엉덩이를 붙이고 앉아서 천천히 마음속에 품은 이야기를 누이에게 꺼낼 생각을 했다.

6

요즘 겐조는 머리를 너무 쓴 탓인지 위 상태가 별로 좋지 않았다. 종종 운동을 해보지만 가슴도 배도 오히려 거북해질 뿐이었다. 그는 주의하여 하루 세끼 식사 외에는 될 수 있는 한 음식을 입에 대지 않으려 명심하고 있었다. 그런데도 누이의 강권에는 당할 재간이 없었다.

"초밥 정도는 괜찮아. 모처럼 누이가 겐짱을 먹이려고 준비한 거니까 꼭 좀 먹어보렴. 싫으니?"

겐조는 어쩔 수 없이 맛도 없는 초밥을 볼이 미어지게 입에 넣고 담배로 깔깔해진 입 안을 우물우물 움직였다.

누이가 너무 수다를 떨어서 그는 시간이 꽤 지나도록 자신이 하고 싶은 말을 꺼낼 수가 없었다. 묻고 싶은 문제가 있는데 이렇게 듣기만 하니 점점 속이 탔다. 그러나 누이에게는 그 마음이 전혀 전해지지 않는 것 같았다.

남에게 대접하는 것과 물건을 주는 것을 좋아하는 그녀는 요전에 겐조가 칭찬했던 낡아서 바랜 달마대사 족자를 줄까 하고 말을 꺼냈다.

"그런 건 우리 집에 있다 한들 소용없으니까 가지고 가렴. 매형한테도 필요 없을 테고. 꾀죄죄한 달마 따윈."

겐조는 받는다고도 안 받는다고도 하지 않은 채 그저 쓴웃음만 짓고 있었다. 그러자 누이는 뭔가 비밀스러운 이야기라도 하려는 듯 갑자기 목소리를 낮게 깔았다.

"실은 겐짱, 네가 돌아오면 얘기해야지 해야지 하면서 여태까지 참았던 이야기가 있어. 겐짱도 막 돌아와서 분명히 바쁠 것 같고 또 내가 찾아간다 해도 네 집사람이 있는 데서는 말하기 좀 거북했고. 그렇다고 편지를 쓰려고 해도 알다시피 나는 글을 쓸 줄 모르고······"

누이의 서두는 장황하기도 하고 한편으로는 우습기도 했다. 어렸을 때 아무리 공부를 시켜도 기억력이 나빠서 아주 쉬운 글자도 끝내 외우지 못하고 나이가 쉰이 되도록 이렇게 오늘까지 살아온 여자라고 생각하자, 겐조는 자기 누이이지만 안쓰럽기도 하고 또 어쩐지 좀 창피하기도 했다.

"누님이 하실 얘기란 건 어떤 얘깁니까? 실은 저도 오늘 누님께 드릴 말씀이 좀 있어서 왔어요."

"그래? 그럼 네 얘기 먼저 듣는 것이 순서였구나. 왜 빨리 말하지 않았니?"

"왜라뇨. 어디 말을 꺼내려야 꺼낼 수가 있어야죠."

"그렇게 망설이지 않아도 괜찮아. 우린 형제간 아니니."

누이는 자신의 수다가 상대방의 말문을 막고 있었다는 명백한 사실을 전혀 깨닫지 못했다.

"누님 얘기부터 먼저 듣지요. 뭐예요? 누님 얘기란 건?"

"사실 겐짱에게는 정말로 미안해서 말을 꺼내기도 거북하지만, 나도 점점 나이를 먹으니 몸도 약해지고. 게다가 남편이 저 모양으로 자기 혼자만 좋으면 마누라야 어떻게 되든 내 알 바 아니라는 태도니까. 남편도 매달 받는 봉급이 적은 데다 사람들도 만나야겠지. 겐짱이 어쩔 수 없다고 하면 그만이지만……"

여자라서 그런지 누이는 어지간히 말을 에둘러대고 있었다. 좀처럼 쉽게 목적지에 도달할 것 같지가 않았다. 하지만 그 요지는 겐조도 알 수 있었다. 결국 매달 주는 용돈을 좀더 올려달라는 것이었다. 그는 지금도 누이에게 주는 용돈을 매형이 자주 빌려간다는 이야기를 듣고 있으므로 이런 요구가 딱하기도 하고 또 화가 치밀기도 했다.

"제발 누이를 도와주는 셈 치렴. 이런 몸으론 어차피 오래 살지도 못할 테니까."

이것이 누이 입에서 나온 마지막 말이었다. 겐조는 차마 싫다는 말을 하지 못했다.

7

겐조는 집에 돌아가 오늘밤 안으로 처리해야 할 일이 있었다. 시간의 가치를 눈곱만큼도 모르는 이 누이와 마주 앉아 하염없이 수다를 떨면서 빈둥빈둥 허송세월하는 것은 그에게 고통이었다. 그는 적당한 시간에 돌아가려고 했다. 그러다 막 돌아가려는 찰나 겨우 모자를 쓰지 않은 남자에 관한 이야기를 꺼냈다.

"실은 요전에 시마다를 만났어요."

"뭐, 어디서?"

누이는 깜짝 놀란 듯 소리쳤다. 누이는 배우지 못한 도쿄 사람들이 흔히 그러듯 일부러 과장된 표정을 짓는 데 익숙한 여자였다.

"오타노하라 옆에서요."

"그러면 너희 집 바로 옆 아니니? 어땠니? 뭔가 말이라도 걸던?"

"말을 걸다니요. 특별히 말을 할 필요도 없으니까요."

"그렇지. 겐짱 쪽에서 아무 말 없으면 저쪽에서는 의리상이라도 말 따위 붙일 수 있는 처지가 아니지."

누이는 될 수 있는 한 겐조의 비위를 맞추려는 말투였다. 그녀는 겐조에게 "어떤 행색을 하고 있던?"이라고 덧붙여 물은 후에 "그럼 역시 형편이 좋지 않구나" 하고 말했다. 거기에는 다소의 동정도 깃들어 있는 듯했다. 그러나 남자의 옛날이야기를 꺼내기 시작하자 자못 얄밉다는 기색을 드러냈다.

"아무리 모질고 매정하다 해도 그렇게 인정머리 없는 인간은 세상에 없을 거야. 오늘이 기한이니까 기어코 받아 가겠다고, 아무리 달래

보아도 버티고 앉아서 꼼짝달싹도 안 하더라. 끝내는 나도 화가 치밀어서 '미안하지만 돈은 없으니, 물건이라도 괜찮으면 냄비도 좋고 솥단지도 좋으니 가지고 가시구려'라고 했더니 '그럼 솥단지를 갖고 가겠소'라는 거야. 기가 막혀서."

"솥단지를 가져간다고요? 무거워서 도저히 못 들고 갈 텐데요."

"그렇지. 하지만 욕심 많고 고집도 센 사람이니까 무슨 수를 써서라도 가져간다고 마음먹으면 못 그러리라고 장담할 수도 없어. 그날 밥을 못 짓게 할 요량으로라도 그런 심술궂은 일을 할 인간이니까 말이야."

겐조의 귀에는 이 이야기가 예사 우스갯소리로 들리지 않았다. 그 사람과 누이 사이에 일어난 이런 이야기에 얽혀 있는 자신의 옛 그림자는 우습다기보다는 차라리 슬프게 느껴졌다.

"시마다를 두 번이나 만났어요, 누님. 앞으로 언제 또 만날지 모르겠어요."

"괜찮으니까 모른 척하고 지나가거라. 몇 번이고 만난들 대수야?"

"하지만 일부러 그 언저리를 지나면서 우리 집이라도 찾고 있는 건지, 혹은 볼일이 있어서 지나가던 길에 우연히 맞닥뜨린 건지 그걸 모르겠어요."

이 의문은 누이도 풀지 못했다. 그녀는 단지 겐조에게 듣기 좋은 말을 무의미하게 늘어놓았다. 겐조에게는 누이의 말이 건성으로 하는 입발림처럼 들렸다.

"이쪽엔 그 후로 전혀 오지 않았나요?"

"그러게, 요 이삼 년은 한 번도 안 왔어."

"그전에는요?"

"그전에는 말이야. 자주라고는 못해도 그래도 가끔 왔었지. 그게 또 수상쩍단 말이지. 오면 늘 열한시경이야. 장어덮밥이든 뭐든 내놓지 않으면 절대로 돌아가지 않는다니까. 하루 세끼 식사 중 한 끼라도 남의 집에서 먹으려는 게 결국 그 사람 속셈이지. 그런 주제에 옷은 또 반듯한 걸 입고 왔으니……"

누이의 이야기는 옆길로 새긴 했지만, 그것을 듣고 있던 겐조는 자신이 도쿄를 떠난 후에도 역시 금전상의 문제로 두 사람 사이에 몇 번의 왕래가 있었음을 짐작했다. 그러나 그 이상은 어떤 것도 알 수 없었고, 특히 지금의 시마다에 대해서는 전혀 알게 된 것이 없었다.

8

"시마다는 지금도 예전 그곳에 살고 있나요?"

이런 간단한 질문에조차 누이는 명확한 대답을 못했다. 겐조는 자신의 예상이 약간 어긋났다고 생각했다. 그렇다고 해서 자기 쪽에서 자진하여 시마다의 현재 거처를 알아내려는 생각은 추호도 없었기에 특별히 실망하지는 않았다. 아직 그 정도로 많은 수고를 들일 필요는 없다고 믿었다. 설령 온갖 수단을 다해 찾는다고 하더라도 일종의 호기심을 만족시키는 것에 불과하다고 생각했다. 게다가 지금의 그는 이런 호기심을 경멸해야 했다. 그따위 일에 쓰기에는 시간이 너무나도 아까웠다.

겐조는 상상의 눈으로 어린 시절 보았던 그 사람의 집과 그 집 주변을 마음속에 떠올려보았다.

길 한편에는 폭이 넓은 큰 수로가 백여 미터나 이어져 있었다. 물이 흐르지 않는 수로 안은 썩은 흙탕물 때문에 불쾌할 정도로 혼탁했다. 여기저기 시퍼런 색이 보였고 구역질나는 냄새가 코를 찔렀다. 그는 그 더러운 일대를 ○○의 저택이라는 이름으로 기억했다.

수로 건너편에는 연립주택이 쭉 줄지어 있었다. 그 집집마다 네모난 어두운 창문이 하나씩 열려 있었다. 연립주택은 저택의 돌담에 스칠 듯이 지어져 끝도 없이 늘어서 있어서 저택 내부는 전혀 보이지 않았다.

저택의 반대편에는 작은 단층집이 드문드문 있었다. 거리는 헌집과 새집이 어지럽게 뒤섞여 들쑥날쑥했다. 노인의 치아처럼 군데군데 비어 있었다. 시마다는 그 비어 있는 곳 얼마를 사들여 자신의 집을 지었다.

겐조는 그 집이 언제 지어졌는지 몰랐다. 처음 그곳에 간 것은 신축한 지 아직 얼마 안 되었을 때였다. 방 네 칸의 좁은 집이었지만 어린 겐조의 눈에도 목재의 재질 따위는 꽤 신경을 쓴 것으로 보였다. 방의 배치도 신경을 쓴 듯했다. 다다미 6조 정도 크기의 객실은 동향이고 솔잎을 전면에 깐 좁은 정원에는 좀 크다 싶을 정도로 훌륭한 화강암 석등이 서 있었다.

깨끗한 것을 좋아하는 시마다는 손수 팔을 걷어붙이고 물걸레로 끊임없이 툇마루와 기둥을 닦았다. 그리고는 맨발로 남향으로 난 거실 앞 정원에 나와 풀을 뽑았다. 어느 때는 삽으로 문 앞의 도랑을 쳐냈다. 도랑에는 일 미터가 조금 넘는 나무다리가 걸쳐져 있었다.

시마다는 이 집 말고도 조잡한 셋집을 한 채 더 지었다. 그리고 두 집 사이를 지나 뒤편으로 나가는 작은 샛길을 만들었다. 집 뒤편은 들인지 밭인지 분간할 수 없는 습지였다. 풀을 밟으면 질퍽질퍽 물이 고였다. 제일 심하게 움푹 팬 곳은 얕은 연못처럼 보였다. 시마다는 그곳에도 작은 셋집을 지을 작정이었던 것 같다. 그러나 그 계획은 끝내 실현되지 않았다. 겨울이 되면 오리가 오기도 하니까 한 마리 잡아주 겠다고도 했다⋯⋯

겐조는 이런 옛 기억을 끊임없이 떠올려보았다. 지금 그곳에 가보면 틀림없이 깜짝 놀랄 만큼 변했을 거라고 생각하면서 그는 이십 년 전의 광경을 오늘 일처럼 떠올렸다.

"그러고 보니 어쩌면 우리 집 양반이 연하장 정도는 보내고 있을지 모르겠구나."

겐조가 돌아가려 하자 누이는 이런 말을 하면서 넌지시 매형인 히다가 올 때까지 있을 것을 권했지만 그럴 필요까지는 없었다.

겐조는 오랫동안 뜸했던 문안을 겸해 이치가야의 야쿠오지마에에 있는 형 집에 들러서 시마다에 관한 일을 물어볼까 했지만, 시간도 늦었고 어차피 물어본들 별수 없으리라는 마음이 점점 커져 그대로 고마고메로 돌아왔다. 그날 밤은 다음 날 해야 할 일들의 준비에 쫓기지 않으면 안 되었다. 그래서 시마다에 관한 일은 완전히 잊어버렸다.

9

겐조는 다시 평소의 자신으로 돌아왔다. 자신의 일에 온 힘을 쏟을 수가 있었다. 그의 시간은 조용히 흘러갔다. 그러나 조용한 가운데 시종 조바심이 나게 하는 무엇이 있어서 끊임없이 그를 괴롭혔다. 그를 멀리서 지켜보는 아내는 별반 도와줄 일도 없어서 그냥 모른 척하고 있었다. 그것이 겐조에게는 아내의 역할을 제대로 다하지 못하는 냉정함으로 여겨졌다. 아내도 역시 마음속으로 남편에게 같은 비난을 퍼부었다. 남편이 서재에서 지내는 시간이 많으면 많을수록 부부간의 대화는 꼭 필요한 말 이외에는 없어지기 마련이라는 게 아내의 논리였다.

아내는 자연히 겐조를 홀로 서재에 남겨놓고서 아이들만 상대하게 되었다. 아이들 역시 좀처럼 서재에 들어가지 않았다. 가끔 들어가면 꼭 뭔가 일을 저질러 겐조에게 야단을 맞았다. 그는 아이들을 야단치면서도 자신 곁에 가까이 오지 않는 아이들에게 불만을 느꼈다.

일주일 후 다시 일요일이 왔지만 겐조는 외출하지 않았다. 그저 기분전환을 위해 네시쯤 목욕탕에 다녀왔고 갑자기 기분 좋은 나른함에 사로잡혀 몸을 다다미 위에 쭉 뻗은 채 그만 선잠이 들었다. 저녁식사 시간이 되어 아내가 깨우기까지 그는 마치 죽은 사람처럼 정신없이 잤다. 일어나 밥상을 마주했을 때 미약한 한기가 등골을 타고 내려왔다. 그는 재채기를 심하게 두 번 정도 했다. 옆에 있는 아내는 아무 말이 없었다. 겐조도 아무 말을 하지 않았지만 마음속으로는 이런 동정심 없는 아내를 얄밉다고 생각하며 젓가락을 집어 들었다. 아내는 아내대로 남편이 왜 무슨 일이든 격의 없이 이야기해서 능동적으로 아내답게 처신할 수 있게 해주지 않는가 하고 오히려 불쾌하게 여겼다.

그날 밤 겐조는 감기기운을 느꼈다. 몸을 생각해서 일찍 자려고 했지만 막 시작한 일이 있어 열두시가 지나서까지 깨어 있었다. 그가 잠자리에 들려고 할 때는 집안사람들 모두 자고 있었다. 뜨거운 설탕물이라도 마시고 땀을 빼고 싶었지만 부득이 그대로 차가운 이불 속으로 기어들어갈 수밖에 없었다. 그는 여느 때와 다른 한기를 느끼며 이불 속에서 몇 번이나 뒤척였다. 그러나 두뇌의 피로는 곧 그를 깊은 잠에 빠져들게 했다.

다음 날 눈을 떴을 때는 예상 외로 몸이 가뿐했다. 겐조는 이부자리 속에 누워서 감기는 이미 나았다고 생각했다. 그러나 정작 일어나서 세수를 하려고 하자 늘 하는 냉수마찰이 아주 귀찮을 정도로 몸이 나른했다. 용기를 내서 식탁에 앉아봤지만 아침밥이 조금도 맛있지 않았다. 평소에 늘 세 공기 먹는 것을 그날은 한 공기로 식사를 끝낸 다음 뜨거운 차에 매실 장아찌를 넣어 후후 불어마셨다. 그러나 겐조는 스스로의 상태가 어떤지 전혀 깨닫지 못했다. 이때 아내는 겐조 옆에 앉아서 식사 시중을 들고 있었지만 특별한 말은 하지 않았다. 그에게는 그런 태도가 일부러 냉담한 척하는 것으로 보여 은근히 화가 났다. 겐조는 고의로 기침을 두세 번 해 보였다. 그래도 아내는 여전히 상대해주지 않았다.

겐조는 지체 없이 흰 와이셔츠와 양복으로 갈아입고는 여느 때와 같은 시각에 집을 나섰다. 아내는 언제나처럼 모자를 들고 남편을 현관까지 배웅하러 나왔다. 겐조는 아내를 그저 형식만을 중요하게 여기는 여자라고 생각했다. 그는 아내의 모습에 기분이 나빴다.

집을 나서니 자꾸만 오한이 났다. 혀가 무겁고 바싹바싹 마르고, 마치 열이 있는 사람처럼 온몸이 나른했다. 그는 자신의 맥을 짚어보고 맥박이 빠른 것에 놀랐다. 손가락 끝에 느껴지는 펄떡거림이 째깍째깍하는 회중시계 소리에 뒤섞여 기이한 리듬이 전해졌다. 그래도 그는 꾹 참고서 할 수 있는 만큼의 일을 했다.

10

겐조는 여느 때와 같은 시각에 집으로 돌아왔다. 양복을 갈아입을 때 아내는 언제나처럼 평상복을 들고 그의 옆에 서 있었다. 그는 불쾌한 얼굴로 아내 쪽을 보았다.

"이부자리 좀 봐줘. 잘 거야."

"네."

아내는 겐조가 말하는 대로 이부자리를 폈다. 그는 곧 이불 속에 들어가 누웠다. 감기기운에 대해서는 한마디도 하지 않았다. 아내 역시 전혀 신경 쓰지 않는 듯했다. 그러나 양쪽 모두 속으로는 불만이 있었다.

겐조가 눈을 감고 깜박깜박 졸고 있는데 아내가 머리맡에 와서 그를 불렀다.

"여보, 진지 드시겠어요?"

"별로 밥 생각 없어."

아내는 겐조의 말에도 바로 일어나서 방 밖으로 나가려 하지 않고 잠시 묵묵히 있었다.

"당신, 어디 편찮으세요?"

겐조는 아무런 대꾸도 하지 않고 얼굴을 반 정도 이불깃에 묻고 있었다. 아내는 말없이 그의 이마에 손을 살짝 얹어보았다.

밤이 되어 의사가 왔다. 그저 감기라는 진단을 내리고 물약과 함께 한 번 먹을 수 있는 약을 주었다. 아내가 약을 먹여주었다.

다음 날은 열이 더 심해졌다. 아내는 의사가 시킨 대로 고무로 된 얼음주머니를 그의 머리에 얹고, 하녀가 나가서 니켈로 만든 얼음주머니 고정 기구를 사올 때까지 손으로 주머니를 꼭 누르고 있었다.

악귀에 홀린 듯한 기분이 이삼 일 계속되었다. 겐조는 자신이 어디에 있는지조차 판단 못할 정도로 정신을 차리지 못했다. 제정신으로 돌아왔을 때 그는 덤덤한 얼굴로 천장을 쳐다보았다. 그러고서 머리맡에 앉아 있는 아내를 보았다. 갑자기 아내에게 신세를 졌다는 생각이 머릿속을 스쳐지나갔다. 그러나 그는 아내에게 아무 말도 하지 않고 다시 외면해버렸다. 그래서 아내는 남편의 마음을 조금도 알 수가 없었다.

"여보, 어디 편찮으세요?"

"감기에 걸렸다고 의사가 말했잖아."

"그건 알고 있어요."

대화는 그것으로 끊겨버렸다. 아내는 불쾌한 얼굴을 하고서 방을 나갔다. 겐조는 손뼉을 쳐서 다시 아내를 불러들였다.

"내가 뭘 어쨌다는 거야?"

"어쨌다니요? 당신이 아프니까 제가 이렇게 얼음주머니를 바꾸기도 하고 약을 먹여드리기도 하잖아요. 그걸 저리 가라고, 방해가 된다고 말씀하시니 너무……"

아내는 뒷말을 잇지 않고 아래를 내려다보았다.

"그런 말 한 적 없어."

"그야 열이 높을 때 한 말이니까 아마 기억하지 못하시겠죠. 하지만 평소에 그렇게 생각하고 계신 거예요. 아니면 아무리 아파서 정신이 없다 해도 그런 말을 하실 수야 없겠죠."

이런 경우 겐조는 아내 말 속에 과연 어느 정도의 진실이 담겨 있을지 헤아리고 반성하기보다는 곧장 지력으로 그녀를 윽박지르려 하는 남자였다. 사실 여부야 어찌 됐든 논리상으로 보면 아내 쪽이 틀린 것이었다. 열에 들떴을 때나 마취에 취했을 때, 혹은 꿈을 꿀 때 인간이 반드시 자신이 마음에 품고 있는 것만을 이야기한다고는 할 수 없으니까. 그러나 이런 논리로는 결코 아내를 납득시킬 수 없었다.

"좋아요. 어차피 당신은 저를 하녀와 똑같이 취급하실 작정이니까요. 당신 혼자만 좋으면 상관없으실 테죠……"

겐조는 자리를 뜬 아내의 뒷모습을 괘씸하다는 듯 쳐다보았다. 그는 논리라는 권위가 자신을 옭아매고 있다는 사실은 전혀 깨닫지 못했다. 학문으로 단련된 그의 두뇌로 보면 이 명백한 논리를 마음으로 얌전히 따라주지 못하는 아내야말로 벽창호임에 틀림없었다.

11

그날 밤 아내는 질냄비에 든 죽을 들고 다시 겐조의 머리맡에 앉았다. 그것을 밥공기에 담으면서 겐조에게 "일어나지 않으실래요?" 하고 물었다.

그는 혀에 아직 백태가 잔뜩 끼어 있었다. 무겁고 까슬까슬한 입속에 음식을 넣고 싶다는 기분은 별로 들지 않았다. 그래도 이부자리에서 일어나 아내의 손에서 밥공기를 받으려 했다. 그러나 텁텁한 밥알이 꺼칠꺼칠하게 목을 미끄러져 들어갈 뿐이라서 한 숟갈로 식사를 물리고 곧 자리에 누워버렸다.

"아직 식욕이 나지 않으시죠?"

"전혀 먹고 싶지가 않아."

아내는 허리띠 사이에서 명함 한 장을 꺼냈다.

"주무시는 사이에 이런 사람이 왔었어요. 지금은 편찮으시니까 만날 수 없다고 거절하고 돌려보냈어요."

겐조는 누운 채 손을 내밀어 질 좋은 종이에 인쇄된 명함을 받아 이름을 읽어보았다. 만난 적도 들은 적도 없는 사람의 이름이었다.

"언제 왔지?"

"분명히 그저께였을 거예요. 그때 바로 말씀드리려다가 아직 열이 내려가지 않은 때라 일부러 말씀 안 드렸어요."

"나는 모르는 사람인데."

"시마다의 일로 만나뵙고 싶다던데요."

아내는 특히 시마다라는 세 글자에 힘을 주어 말하면서 겐조의 얼굴을 보았다. 그의 뇌리에 요전에 마주쳤던 모자를 쓰지 않은 남자의 모습이 스쳤다. 이제야 겨우 열이 내린 겐조는 자리에 누워 있는 동안에는 그 남자에 관한 일을 생각할 시간이 전혀 없었던 것이다.

"당신, 시마다에 관해 알고 있어?"

"오쓰네 씨라는 여자한테서 장문의 편지가 왔을 때 당신이 말씀하지 않으셨어요?"

겐조는 아무 말도 하지 않고 일단 밑에 내려둔 명함을 다시 집어 들어 바라보았다. 시마다에 관한 사실을 어느 정도로 상세히 아내에게 이야기했었는지 확실하게 기억이 나지 않았다.

"그게 언제 일이더라. 꽤 오래된 일이지?"

겐조는 그 길고 긴 편지를 아내에게 보였을 때의 기분을 떠올리고 쓴웃음을 지었다.

"그렇지요. 벌써 칠 년 정도 되겠죠. 우리가 센본도오리에 있을 때였으니까요."

센본도오리란 그들이 그 무렵 살았던 변두리 동네 이름이었다.

아내는 그대로 한참 있더니 "시마다에 관한 일이라면 당신이 아니더라도 아주버님한테 들어서 알고 있어요" 하고 말했다.

"형이 무슨 말을 했는데."

"무슨 말이라뇨. 어쨌든 그다지 좋은 사람이 아니라는 얘기 아니겠어요?"

아내는 역시 그 남자에 대한 겐조의 생각을 알고 싶은 모양이었다. 그러나 겐조는 반대로 그것을 피하고 싶었다. 그는 입을 다물고 눈을 감았다. 쟁반에 냄비와 밥공기를 올려놓고 자리를 떠나기 전, 아내가 다시 한번 말했다.

"명함을 두고 간 사람이 또 올 거예요. 조만간 병이 나으면 다시 찾아뵙겠다고 하고 돌아갔으니까요."

겐조는 어쩔 수 없이 눈을 떴다.

"오겠지. 어차피 시마다의 대리인이라고 밝혔으니 반드시 올 거야."

"그러면 당신, 만나실 거예요? 만약 온다면?"

사실을 말하자면 그는 만나고 싶지 않았다. 아내 역시 남편이 그 이상한 남자와 만나지 않았으면 하는 눈치였다.

"안 만나시는 편이 좋겠지요?"

"만난들 뭐 어때? 무서울 건 하나도 없어."

아내에게는 남편의 이 말이 언제나 그가 부리는 아집으로 들렸다. 겐조는 내키지는 않지만 마땅히 피할 이유도 없으니 어쩔 수 없다고 생각했다.

12

겐조의 몸은 곧 회복되었다. 책을 읽기도 하고 펜을 놀리기도 하고 또는 팔짱을 끼고 단지 생각에 잠기기도 하는 시간이 계속될 무렵, 한 번 헛걸음을 했던 남자가 돌연 겐조 집 현관 앞에 다시 나타났다.

겐조는 질 좋은 종이에 인쇄된 '요시다 도라키치'라는 눈에 익은 명함을 받아들고 잠시 그것을 바라보았다. 아내는 작은 소리로 "만나실 거예요?" 하고 물었다.

"그래야겠지. 객실에서 만나지."

아내는 거절하고 싶은 듯한 표정으로 잠시 주저했다. 그러나 남편의 태도를 읽고는 아무 말 없이 서재를 나갔다.

요시다는 뚱뚱하게 살이 찐, 풍채가 좋은 마흔 살 정도의 남자였다. 줄무늬 하오리를 입고 그즈음 유행하던 쭈글쭈글한 흰색 허리띠에 번쩍거리는 시곗줄을 칭칭 감아 두르고 있었다. 말투로 보아하니 분명히 장사꾼이었다. 그러나 결코 고지식한 장사치로는 보이지 않았다. '과연 그렇지요'라고 해야 할 곳을 일부러 '과아연'이라고 길게 뺀다든지, '당연한 말'이라고 하는 대신에 자못 감복한 듯한 어조로 '지당하신 말씀'이라고 답하곤 했다.

겐조는 우선 요시다의 신분부터 알아둘 필요가 있었다. 그러나 겐조보다 말솜씨가 좋은 요시다는 질문을 받기도 전에 자신 쪽에서 먼저 간단히 본인을 설명했다.

요시다는 원래 다카사키에 살았다. 그곳에 있는 병영에 출입하면서 말 사료를 납품하는 것이 그의 일이었다.

"그런 일로 점점 장교들의 신세를 지게 되었습지요. 그 가운데서도 시바노 어른께 특별히 후원을 받았습니다."

겐조는 시바노라는 이름을 듣고 문득 떠오르는 것이 있었다. 시바노는 시마다의 후처가 데리고 온 딸과 결혼한 군인의 성(姓)이었다.

"그런 연고로 시마다를 알게 된 것이군요."

두 사람은 잠시 시바노라는 장교에 대해 이야기했다. 그가 지금 다카사키에 없다는 것, 훨씬 먼 곳으로 전임하고 몇 년이 지났다는 것, 여전히 술을 많이 마시고 가계가 그다지 윤택하지 않다는 것, 이런 것들은 모두 겐조가 처음 듣는 소식임에 틀림없지만 크게 흥미를 끄는 화제는 아니었다. 시바노 부부에 대해 아무런 나쁜 감정도 없는 겐조는 단지 '그런가' 하는 태도로 무심하게 듣고 있을 뿐이었다. 그러나 이야기가 본론에 들어가 그가 시마다에 관한 말을 꺼내자 겐조는 자신도 모르게 기분이 나빠졌다.

요시다는 이 노인의 궁핍한 상황을 열심히 호소하기 시작했다.

"사람이 너무 좋아서 남에게 자꾸만 속고 손해를 본 것입죠. 도저히 돌려받을 가능성이 없는데도 무턱대고 돈을 빌려준다니까요."

"사람이 좋다고요? 지나치게 욕심을 부리는 게 아닙니까?"

설령 요시다가 말한 대로 그 노인이 곤궁하다고 한들 겐조는 이렇게밖에 달리 해석할 길이 없었다. 게다가 곤궁하다는 것조차 의심스러웠다. 중요한 대리인의 자격으로 온 요시다도 굳이 그 점은 변호하지 않았다. "뭐, 그럴지도 모르죠"라고 말하고는 뒤는 웃음으로 얼버무렸다. 그러면서도 곧이어 매달 약간의 금품을 보내주면 안 되겠느냐는 말을 꺼냈다.

솔직한 성격의 겐조는 결국 일면식도 없는 이 남자에게 자신의 재정 상태를 털어놓아야 했다. 그는 자기 수중에 들어오는 백이삼십 엔의 월수입이 어떻게 쓰이는가를 상세히 설명하고, 매달 남는 돈이 한 푼도 없다는 사실을 상대방에게 납득시키려고 했다. 요시다는 예의 '과아연'과 '지당하신 말씀'을 때때로 사용하며 얌전히 겐조의 변명을 들었다. 그러나 그가 어디까지 겐조를 믿고 어디까지 의심하는지는 알 수 없었다. 단지 상대방은 어디까지나 저자세로 나오는 수단을 취하기로 작정한 것 같았다. 불손한 말은 물론, 강요하려는 태도는 조금도 내보이지 않았다.

13

이것으로 요시다가 들고 온 용건이 매듭지어졌다고 해석한 겐조는 내심 이제 그가 돌아갔으면 하고 생각했다. 그러나 요시다의 행동은 겐조의 예상과 달랐다. 돈 문제는 더 이상 언급하지 않았지만 쓸데없는 세상사 이야기를 계속하면서 자리를 뜨지 않았다. 그러더니 자연스럽게 화제를 다시 시마다의 신상으로 돌렸다.

"어떻습니까. 시마다 씨도 나이가 들었는지 요즘에는 왠지 허전하다는 말을 계속합니다요. 그냥 예전처럼 서로 왕래하실 수는 없을까요?"

겐조는 대답할 말이 없었다. 난처해진 겐조는 묵묵히 자기와 요시다 사이에 놓인 재떨이를 바라보았다. 겐조의 머릿속에 칙칙해 보이는 무거운 양산을 받쳐 들고 뚫어질 듯 그를 응시하던 노인의 모습이 선명히 떠올랐다. 그 사람에게 신세를 졌던 옛일을 잊을 수는 없었다. 그러나 동시에 인격이 일으키는 그 사람에 대한 혐오감도 떨쳐낼 수가 없었다. 서로 상반된 감정 사이에서 난처해진 겐조는 잠시 동안 입을 열지 못했다.

"저도 일부러 어렵게 찾아왔으니 아무쪼록 이 일만큼은 억지로라도 승낙을 받고 돌아가고 싶습니다만……"

요시다의 태도는 점점 정중해졌다. 그 남자와 다시 왕래하는 것은 아무리 생각해도 싫었지만, 너무 쉽게 거절하는 것도 의리 없는 사람처럼 느껴졌다. 의리를 중요하게 여기는 겐조는 내키지는 않지만 예의를 지키기로 마음을 정했다.

"그렇다면 좋습니다. 승낙한다는 뜻을 저쪽에 전해주십시오. 그러나 왕래는 해도 옛날 같은 관계는 절대 될 수 없으니까 그것도 오해가 없도록 잘 전해주십시오. 그리고 저의 지금 형편상 제 쪽에서 자주 가서 노인에게 위로가 된다거나 하는 일은 어렵습니다……"

"그렇다면 뭐, 저쪽에서만 드나들면 문제가 없겠지요."

겐조는 드나든다는 말을 듣는 것이 괴로웠다. 그렇게 하라고도 그렇게 하지 말라고도 하기 어려워 그는 다시 입을 다물었다.

"충분하겠지요. 옛날과 지금은 사정이 전혀 다르니까요."

요시다는 이제야 자신의 역할이 겨우 끝났다는 표정으로 말하더니 아까부터 만지작거리던 담배쌈지를 허리에 찔러 넣고는 냉큼 일어섰다.

겐조는 그를 현관까지 배웅하고 나서 서재로 갔다. 그날 해야 할 일을 빨리 해치우려고 책상 앞에 앉았지만 마음 한구석이 찜찜해서 좀처럼 생각대로 일이 진행되지 않았다.

그런 참에 아내가 슬며시 얼굴을 내밀었다. "여보" 하고 두 번 정도 불렀지만 겐조는 책상 앞에 앉은 채 돌아보지 않았다. 아내가 말없이 물러난 후, 겐조는 진척도 되지 않는 일을 저녁까지 계속했다.

평소보다 늦은 시간에 저녁식탁에 앉은 그는 그제야 아내와 이야기를 나눴다.

"아까 왔던 요시다라는 남자는 도대체 뭐 하는 사람이에요?" 하고 아내가 물었다.

"원래 다카사키에서 육군에 납품인가 뭔가를 했다는군" 하고 겐조
가 답했다.

문답이 그것만으로 끝날 리 없었다. 그녀는 요시다와 시바노의 관
계며 시마다와의 관계 따위에 대해 납득이 갈 때까지 남편에게 설명
을 들으려고 했다.

"어차피 돈을 달라는 거겠죠."

"뭐, 그럴 테지."

"그래서 당신은 어떻게 하시려고요? 물론 거절하셨겠죠?"

"응, 거절했지. 거절하는 수밖에 없잖아."

두 사람은 각각 마음속으로 집의 경제 상태를 생각했다. 매달 지출
하고 있는, 또 지출해야만 하는 금액은 그에게는 상당히 힘든 노력의
대가였지만 그것으로 모든 살림을 꾸려나가야 하는 아내에게는 결코
풍족하다 할 수 없었다.

14

겐조는 바로 자리를 뜨려고 했다. 그러나 아내는 아직 묻고 싶은 것
이 남아 있었다.

"그 말만 하고 고분고분 돌아간 거예요? 좀 이상하네요."

"그야 내가 거절했으니 어쩔 수가 없잖아. 그렇다고 싸울 수도 없
으니까."

"그렇지만 다시 오겠지요. 그렇게 얌전히 돌아갈 리 없어요."

"다시 와도 상관없어."

"하지만 싫어요. 귀찮기도 하고."

겐조는 아내가 옆방에서 조금 전의 대화를 빠짐없이 듣고 있었음을 깨달았다.

"당신, 들었지. 전부."

아내는 남편의 말을 긍정도 부정도 하지 않았다.

"그럼 그걸로 됐잖아."

겐조는 이렇게 말하고는 일어나 서재로 가려 했다. 그는 독선가였다. 처음부터 아내에게 이것저것 설명할 필요가 없다고 생각했다. 아내도 그 점에서는 남편의 권리를 인정하는 여자였다. 하지만 표면적으로 남편의 권리를 인정하는 반면, 마음속에는 언제나 불만이 있었다. 매사에 우격다짐으로 나오는 남편의 태도는 결코 기분 좋은 것이 아니었다. 왜 좀더 마음을 열어주지 않는가 하는 서운함이 항상 그녀의 가슴 깊이 자리잡고 있었다. 그러면서도 남편의 마음을 열게 하는 재주나 기량을 자신이 충분히 갖추고 있지 못하다는 사실에는 무관심했다.

"당신, 시마다와 연락해도 좋다고 말씀하셨죠."

"으응."

겐조는 그게 뭐 어떠냐는 태도로 아무렇지 않은 표정을 지었다. 아내는 언제나 이런 대목에 이르면 입을 다물어버렸다. 성격상 남편이 이런 태도로 나오면 갑자기 말을 하기 싫어졌다. 그런 아내의 무뚝뚝한 모습이 더욱 겐조를 우격다짐으로 나오게 했다.

"당신이나 당신 가족하고는 상관없는 일이야. 내가 어떻게 결정하든."

"그렇죠. 저한테 아무 말 안 해도 어쩔 수 없죠. 어차피 당신은 상대해주실 분도 아니니까……"

공부를 많이 한 겐조의 귀에는 아내가 하는 말이 전부 수준 이하로 들렸다. 그녀의 말은 아무래도 머리가 나쁜 증거로밖에 생각되지 않았다. '또 시작이군' 하는 생각이 들었다. 그러나 아내는 곧 본래의 문제로 돌아와 그의 주의를 끌 만한 이야기를 하기 시작했다.

"하지만 아버님께 불효잖아요. 이제 와서 그 사람과 왕래를 하게 되면요."

"아버님이라니, 우리 아버지?"

"물론 당신 아버지이지요."

"우리 아버지는 옛날에 돌아가셨잖아."

"그러나 돌아가시기 전에 시마다와는 절교했으니 앞으로 일절 왕래를 말라고 말씀하지 않으셨어요?"

겐조는 아버지와 시마다가 싸우고 절교했던 당시의 광경을 또렷이 기억하고 있었다. 그러나 그는 자신의 아버지에게 별로 애정 어린 기억이 없었다. 게다가 절교 운운에 대해 그렇게 엄중히 전달받은 기억도 없었다.

"도대체 누구한테 그런 말을 들었지? 나는 그런 말한 기억이 없는데."

"아주버님한테 들었어요."

아내의 대답은 이상할 것도 없었다. 그러나 아버지의 당부도 형의 뜻도 그에게 그다지 영향을 주지는 않았다.

"아버지는 아버지고 형은 형이고 나는 나야. 내 쪽에서 보면 교제를 거절할 만한 정당한 이유가 없으니까 어쩔 수 없어."

겐조는 이렇게 잘라 말했지만 마음속으로는 시마다와 왕래하는 것이 싫어서 견딜 수가 없었다. 그렇지만 그 마음은 전혀 아내에게 전해지지 않았다. 그녀는 단지 남편이 또 쓸데없이 고집을 부려 모두의 의견에 반대한다고만 생각했다.

15

어린 시절 겐조는 시마다에게 이끌려 이곳저곳을 돌아다녔다. 시마다는 겐조를 위해 작은 양복을 마련해주었다. 어른들조차 양복에 그다지 친숙하지 않던 때라 재봉사는 어린아이가 입을 옷의 스타일 따위는 전혀 신경 쓰지 않았다. 상의 허리 근처에는 단추가 나란히 두개 있었고 가슴 쪽은 벌어진 채였다. 희끗희끗한 양털로 짠 직물은 뻣뻣해서 촉감이 매우 거칠었다. 특히 옅은 갈색의 바지는 줄이 바짝 서 있어서 조련사나 입을 법했다. 그러나 당시의 겐조는 그것을 입고 득의만만한 태도로 시마다를 따라다녔다.

겐조의 모자도 그 무렵에는 꽤 신기한 물건이었다. 얕은 냄비 밑바닥 모양의 펠트 모자를 머리에 두건처럼 푹 눌러쓰면 정말이지 만족스러웠다. 어느 날은 여느 때처럼 시마다에게 이끌려 요세*에 마술을 보러 갔었는데 마술사가 겐조의 모자를 빌리더니 갑자기 그 속으로 손을 관통시켜 보였다. 겐조는 감탄하면서도 자기 손으로 돌아온 모자를 몇 번이고 걱정스럽게 여기저기 어루만져본 기억이 있었다.

그 사람은 겐조에게 꼬리가 긴 금붕어도 몇 마리나 사주었다. 사무라이 그림, 풍속도 목판화, 접었다 폈다 할 수 있는 그림도 사달라는 대로 전부 사주었다. 겐조는 몸에 꼭 맞는 붉은 가죽 갑옷과 용머리 투구까지 가지고 있었다. 매일 한 번 정도 그 갑주를 몸에 걸치고 금종이로 만든 지휘봉을 휘둘렀다.

겐조는 어린아이가 찰 수 있는 짧은 호신용 칼도 가지고 있었다. 호신용 칼의 칼집에는 생쥐가 빨간 고추를 물고 가는 조각이 붙어 있었다. 겐조는 은으로 세공된 생쥐와 산호로 만든 고추를 보물처럼 소중히 여겼다. 때때로 호신용 칼을 뽑으려 시도해보기도 했지만 칼은 언제나 칼집에서 빠지지 않았다. 이 봉건시대의 장식품 역시 그 사람의 호의로 어린 겐조의 손에 건네진 것이었다.

어린 겐조는 그 사람에게 이끌려 자주 배를 탔다. 배에는 언제나 허리에 도롱이를 두른 선원이 있었다. 선원이 바다로 그물을 던지고 다시 건져 올릴 때면 모쟁이며 숭어가 펄쩍펄쩍 뛰어올랐다. 그 모습이 어린 겐조의 눈에 백금 같은 눈부심을 전해주었다. 선원은 가끔 먼 바다까지 배를 저어 나가 감성돔을 잡았다. 그럴 때면 높은 파도가 일어 배가 흔들렸기 때문에 머리가 어지러워진 겐조는 배 안에서 자버리는 일이 많았다. 겐조는 복어가 그물에 걸리면 특히 재미있어했다. 삼나무 젓가락으로 복어의 배를 북처럼 콩콩 두들겨보고 볼록하게 부풀어

---

*寄席, 재담이나 만담, 마술 등을 공연하는 대중 극장.

오르는 모습을 보며 즐거워했다······

요시다를 만난 후 겐조의 마음에는 이런 어린 시절의 기억이 계속 떠올랐다. 모두 단편적이긴 했지만 비교적 또렷한 기억들이었다. 전부 결코 그 사람과 떼어놓을 수 없는 일들이었다. 사소한 사실들을 더 듣어나갈수록 한없는 이야기가 펼쳐질 것 같은 느낌이 들었고, 그 한없는 이야기 속에 반드시 모자를 쓰지 않은 남자의 모습이 포함되어 있다는 사실을 깨닫자 괴로운 마음이 들었다.

'그런 사소한 광경은 잘도 기억하면서 왜 그때 내가 가졌던 마음은 생각나지 않는 걸까?'

이것은 겐조에게 커다란 의문이었다. 그는 어린 시절 그토록 신세를 졌던 사람에 대한 당시의 감정을 완전히 잊어버리고 말았다.

'하지만 좋은 마음이었다면 잊을 리가 없으니까, 어쩌면 그 사람에게만큼은 처음부터 은혜에 보답할 만한 사랑이 생겨나지 않았는지도 몰라.'

겐조는 이렇게 생각하기도 했다. 아마 스스로의 생각이 틀림없을 거라고 자신을 위로하기까지 했다.

겐조는 떠오르는 어린 시절의 기억을 아내에게 말하지 않았다. 여자는 감정에 약하니까 만약 이런 이야기를 한다면 아내가 시마다에게 가진 반감이 누그러지지 않을까 하는 생각 따위는 더더욱 하지 않았다.

16

예상했던 날이 드디어 오고 말았다. 어느 날 오후, 요시다와 시마다
가 함께 겐조 집 현관에 나타났다.

겐조는 이 옛날 사람에게 어떤 말로 어떻게 대응을 해야 좋을지 몰
랐다. 배려심이나 애정 어린 감정은 지금의 그에게 완전히 결여되어
있었다. 그는 이십여 년 동안이나 만나지 않았던 사람과 무릎을 맞대
었지만, 감회를 느끼기는커녕 오히려 냉담한 응답만 했다.

시마다는 옛날부터 오만하다고 소문이 난 남자였다. 겐조의 형과
누이는 단지 그 사실 하나만으로도 시마다를 매우 싫어했다. 실은 겐
조 역시 속으로 은근히 그것을 두려워했다. 지금의 겐조는 이 남자의
사소한 말 한마디로 자존심을 다치기에는 자신이 너무 높은 위치에
있다고 스스로를 평가했다.

그러나 시마다는 생각보다 정중했다. 처음 만나는 사람들 사이에서
나 쓸 법한 존칭어를 쓰면서 말투 하나하나에 신경을 썼다. 겐조는 옛
날 그 사람이 겐짱, 겐짱 하고 불렀던 일을 생각했다. 관계가 끊어지
고 나서도 만나기만 하면 "겐짱" "우리 겐짱" 하고 불러서 기분이 나빴
던 과거의 기억도 자연스레 머리에 떠올랐다.

'하지만 이런 식이라면 괜찮겠지.'

그래서 겐조는 될 수 있는 한 불쾌한 얼굴을 두 사람에게 보이지 않
으려고 애썼다. 상대방도 웬만하면 조용히 돌아갈 작정인 듯 겐조가
기분이 상할 말은 한마디도 꺼내지 않았다. 당연히 서로 간에 화제가
될 만한 추억 따위는 거의 입에 오르지 않았다. 대화는 자주 끊어졌다.

겐조는 문득 비가 내리던 날 아침 일을 생각했다.

"요전에 길을 가던 중에 두 번 정도 뵈었습니다만, 가끔 그 주변을 지나가십니까?"

"실은 다카하시네 장남의 딸이 시집간 곳이 요 근처에 있어서요."

다카하시라는 사람이 누구인지 겐조는 짐작도 안 갔다.

"아, 네."

"아시잖습니까? 그 시바의."

시마다의 후처인 오후지의 친척이 시바에 있는데, 그쪽 집안은 모두 신관(神官)이나 스님이라는 이야기를 어린 시절 들었던 기억이 났다. 그러나 그 친척 중 요라는 이름의 또래 남자아이를 두세 번 만났을 뿐 다른 사람을 만난 기억은 전혀 없었다.

"시바라면 오후지 씨의 여동생인가 하는 사람이 시집간 곳이지요."

"아니, 언니지요. 여동생이 아니고요."

"아, 그렇습니까."

"요는 일찍 죽었습니다만 남은 자식들은 모두 좋은 곳에 시집가서 행복하게 잘 지내고 있지요. 큰아들은 아마 아실 텐데요. ○○라고 합니다만."

과연 ○○라는 이름은 겐조가 처음 듣는 이름은 아니었다. 그러나 그는 이미 오래전에 죽은 사람이었다.

"여자와 아이들만 남아서 곤란한 일이 생길 때마다 아저씨, 아저씨 하고 의지해서요. 그런데다 요즘에는 집을 수리한다고 감독을 좀 해달라고 해서 거의 매일 이 앞을 지나다닙니다."

문득 겐조는 옛날에 이 남자와 함께 간 연못가 책방에서 남자가 법

첩(法帖)을 사준 일이 떠올랐다. 한두 푼이라도 깎지 않고는 물건을 산 적이 없던 이 남자는 그때도 겨우 몇 푼을 깎을 요량으로 가게 앞에 앉아서 꿈쩍도 하지 않았다. 동기창*의 서도(書道) 책을 옆구리에 낀 채 옆에 가만히 서 있어야 했던 겐조는 시마다의 그런 태도가 무척이나 꼴사납고 불쾌하게 느껴졌다.

'이런 사람에게 감독을 받는 목수와 미장이는 분명히 화가 날 일이 많겠지.'

겐조는 이렇게 생각하면서 시마다의 얼굴을 보고 쓴웃음을 지었다. 그러나 시마다는 겐조의 생각을 알아채지 못한 듯했다.

17

"하지만 책을 남겨놓은 덕분에 남편이 죽은 후에도 별 곤란 없이 그럭저럭 지내는 것 같습니다."

시마다는 ○○가 쓴 책을 세상 모두가 알아야 한다는 듯한 말투로 말했다. 그러나 겐조는 불행히도 그 책을 몰랐다. 옥편이나 교과서일 거라고 추측은 했지만 다시 물어볼 마음은 들지 않았다.

"책이라는 게 정말 고마운 것이어서 하나 만들어두면 언제까지든 팔리니까요."

겐조는 묵묵히 듣고만 있었다. 보다 못한 요시다가 시마다의 말을

---

* 董其昌, 중국 명나라의 문인이자 서화가.

받아 "돈을 벌기에는 책이 제일이지요"라고 답했다.

"장례식은 치렀지만 ○○가 죽은 후 후손이 여자뿐이라 실은 제가 서점과 교섭했지요. 매년 얼마씩 정해 지급받을 수 있도록 말입니다."

"거 대단한 일을 하셨구먼요. 아무래도 학문을 할 때는 그만큼 돈이 들어서 좀 손해다 싶지만, 그래도 배움을 마치고 나면 결국 그 편이 남는 장사지요. 배우지 못한 사람은 배운 사람에게 도저히 상대가 되지 않으니까요."

"결국 득이고말고요."

겐조는 그들의 문답에서 아무 흥미도 느낄 수 없었다. 게다가 아무리 맞장구를 치려고 해도 칠 수 없게 대화가 점점 이상한 방향으로 흘러갔다. 따분해진 겐조는 두 사람의 얼굴을 번갈아보면서 가끔 뜰 쪽을 바라보았다.

뜰은 제대로 손질이 되지 않아 볼썽사나웠다. 언제 가지치기를 했는지 알 수 없는 소나무 한 그루가 울타리 옆으로 검푸른 잎을 무성하게 뻗고 있었다. 그 외에 나무다운 나무는 거의 없었다. 비질을 하지 않은 바닥은 작은 돌멩이들로 울퉁불퉁했다.

"선생님도 돈을 한번 벌어보시는 게 어떨까요?"

요시다가 갑자기 겐조 쪽을 향해 물었다. 겐조는 쓴웃음을 지었다. 그리고 하는 수 없이 "네, 벌고 싶군요" 하고 분위기를 맞췄다.

"뭐 어렵지 않지요. 외국 유학까지 갔다 온걸요."

이것은 노인의 말이었다. 마치 자기가 학비를 대어 겐조를 유학시켰다는 것처럼 들려서 겐조는 불쾌한 얼굴을 했다. 그러나 노인은 신경을 쓰지 않았다. 싫은 표정을 짓는 겐조를 보고서도 시치미를 떼고 있었다. 마침내 요시다가 예의 담배쌈지를 허리춤에 찔러 넣고서 "그럼 오늘은 이만 일어설까요" 하고 재촉하자 시마다는 그제야 겨우 돌아갈 생각을 했다.

두 사람을 배웅하고 다시 방으로 돌아온 겐조는 방석 위에 앉은 채 팔짱을 끼고 생각했다.

'도대체 무엇 때문에 왔을까? 이래서는 다른 사람을 괴롭히기 위해 온 것이나 다름없다. 저들은 이런 일이 재미있는 걸까?'

겐조의 앞에는 조금 전에 시마다가 가지고 온 선물이 그대로 놓여 있었다. 그는 그 변변치 못한 과자상자를 멍하니 바라보았다.

아무 말도 없이 찻잔이며 재떨이를 치우던 아내가 마침내 묵묵히 앉아 있는 그의 앞에 섰다.

"계속 앉아 계실 거예요?"

"아니, 이제 일어나려던 참이야."

겐조는 일어섰다.

"그 사람들이 또 올까요?"

"올지도 모르지."

그는 이렇게 내뱉은 후 서재로 들어갔다. 한바탕 빗자루로 방을 쓰는 소리가 들렸다. 그다음에는 과자상자를 서로 빼앗아 가지려는 아이들 소리가 났다. 이윽고 모든 것이 조용해졌을 무렵, 해질녘의 하늘에서 비가 흩뿌렸다. 겐조는 사야지 사야지 생각하면서 아직 사지 못한 고무덧신을 떠올렸다.

18

며칠 동안 계속 비가 내렸다. 날이 활짝 개자 파랗게 물든 하늘에서 찬란한 빛이 대지 위로 떨어졌다. 매일 찌무룩한 모습으로 바느질에만 몰두하던 아내가 툇마루 끝에 나와 푸른 하늘을 올려다보았다. 그러고는 서랍장의 서랍을 열었다.

아내가 옷을 갈아입고 남편의 얼굴을 잠깐 들여다보러 왔을 때 겐조는 턱을 괸 채 너저분한 뜰을 멍하니 바라보고 있었다.

"여보, 무슨 생각을 그리 하세요?"

겐조는 고개를 돌려 외출복으로 갈아입은 아내를 보았다. 그 순간 아무 생각 없이 흐릿했던 그의 눈이 아내에게서 어떤 신선함을 발견해냈다.

"어디 나가려고?"

"네."

아내의 대답은 지나치게 간단했다. 그는 다시 조금 전의 쓸쓸한 자신으로 돌아왔다.

"애들은?"

"애들도 데리고 가요. 두고 가면 시끄럽게 굴어서 귀찮으실 테니까요."

그 일요일 오후를 겐조는 혼자서 조용히 지냈다.

아내가 돌아온 것은 그가 저녁식사를 마치고 다시 서재로 돌아온 후로, 날이 저물어 램프를 켠 지 한두 시간이 지난 뒤였다.

"다녀왔습니다."

'늦었어요' 라든가 그 비슷한 말을 일절 하지 않는 아내의 무뚝뚝함이 겐조는 마음에 들지 않았다. 그는 잠시 뒤돌아보았을 뿐 아무 말도 하지 않았다. 그것이 또 아내의 마음에 어두운 그림자를 드리웠다. 아내 역시 그대로 일어나 안방 쪽으로 가버렸다.

이야기를 할 기회는 그렇게 끝이 났다. 그들은 얼굴만 보아도 뭔가 말을 나누고 싶어 하는 그런 사이좋은 부부는 아니었다. 그런 친밀감을 표현하기에는 둘 다 너무 고지식한 사람들이었다.

이삼 일이 지나고 나서야 아내는 비로소 외출했던 날의 일을 식탁의 화제로 올렸다.

"며칠 전 친정에 가서 모지 삼촌을 만났어요. 깜짝 놀랐어요. 아직 대만에 있을 거라고 생각했는데 어느새 돌아와 있더라고요."

모지 삼촌이라는 사람은 겐조 부부 사이에서 신뢰할 수 없는 남자로 각인되어 있었다. 겐조가 지방에 있을 무렵 그가 갑자기 기차를 타고 찾아와 급히 돈 쓸 곳이 생겼으니 제발 좀 돈을 변통해달라고 부탁했고, 겐조는 적은 돈이지만 지방 은행에 예치해두었던 저금을 꺼내 그 돈을 마련해주었다. 모지 삼촌은 나중에 정확하게 인지까지 붙인 차용증을 우편으로 보내왔다. 그 안에 '단 이자에 관한 사항은'이라는 문구까지 쓰여 있었기 때문에 겐조는 그가 지나치게 꼼꼼한 게 아닌가 생각했지만 빌려간 돈은 그뿐으로 다시 겐조의 손에 돌아오지 않았다.

"지금은 무슨 일을 한대?"

"모르겠어요. 무슨 회사를 세우려고 한다는데, 반드시 당신도 찬성해주었으면 해서 조만간 올라올 작정이라고 하더군요."

그다음은 듣고 싶지도 않았다. 옛날에 돈을 빌려갈 때도 무슨 회사를 차린다고 해서 겐조는 그 말을 철석같이 믿었다. 장인도 의심하지 않았다. 모지 삼촌은 그런 장인을 꼬드겨 사업 부지가 있다는 곳까지 끌고 갔다. 그러고서 지금 건축 중인 회사라고 하며 아무 연고도 없는 타인이 짓고 있던 집을 보여주었다. 그는 이런 방법으로 장인에게서 몇 천이나 되는 자본을 끌어들였다.

겐조는 그 사람에 대해 더 이상 아무것도 알고 싶지 않았다. 아내도 말하기 싫은 것 같았다. 그러나 여느 때와 달리 대화는 거기서 끝나지 않았다.

"그날은 아주 날씨가 좋아서 오랜만에 아주버님 댁에도 들렀어요."

"그래?"

아내의 친정은 고이시카와 다이마치이고, 겐조의 형 집은 이치가야 야쿠오지마에이니까 그리 돌아가는 길은 아니었다.

19

"아주버님께 시마다가 찾아왔었다고 말하니 깜짝 놀라셨어요. 이제 와서 찾아올 명분이 없다고요. 당신도 그런 사람은 상대하지 않는 게 좋을 거라고 하시던데요."

아내는 어지간히 말을 에둘러 했다.

"당신, 그런 말을 들으려고 일부러 야쿠오지마에까지 갔던 거야?"

"또 그렇게 빈정거리시네요. 당신은 왜 그렇게 남이 하는 말을 나쁘게만 받아들이세요? 오랫동안 아주버님을 찾아뵙지 못해 죄송해서 돌아오는 길에 잠깐 들른 것뿐이에요."

그가 좀처럼 들여다보지 않는 형 집에 아내가 가끔 방문하는 것은 결국 남편 대신 형제간의 의리를 지키는 일이므로 겐조도 여기에는 불평할 여지가 없었다.

"아주버님은 당신을 걱정하고 계세요. 그런 사람을 상대하기 시작하면 또 어떤 성가신 일이 생길지 모른다고요."

"성가시다니 뭐가 성가시다는 거야?"

"그야 무슨 일이든 일어나지 않으면 아주버님도 아실 리 없지만, 아무튼 득될 일은 없다고 생각하시는 거겠죠."

득될 일이 있으리라고는 겐조도 생각하지 않았다.

"하지만 의리에 어긋나니까 말이지."

"돈을 주고 절연한 이상 의리에 어긋날 리가 없잖아요?"

아내가 말하는 돈이란 위자료라는 명목으로 겐조의 아버지 손에서 시마다에게 건네졌던 것이다. 겐조가 스물두 살이던 해 봄의 일이었다.

"게다가 그 돈을 주기 십사오 년 전부터 당신은 이미 당신 집으로 돌아와 있었잖아요."

몇 살부터 몇 살까지 시마다의 손에 길러졌는지는 겐조도 확실히 기억하지 못했다.

"세 살부터 일곱 살까지였대요. 아주버님이 그렇게 말씀하셨어요."

"그럴지도 모르지."

겐조는 꿈처럼 사라진 자신의 과거를 회고했다. 머릿속에 안경을 끼고 보듯 선명한 그림이 수없이 떠올랐다. 하지만 그 그림 어느 것에도 날짜는 붙어 있지 않았다.

"증서에 분명히 그렇게 쓰여 있다고 하니까 틀림없을 거예요."

겐조는 이적(移籍)에 관한 서류를 본 적이 없었다.

"보지 않았을 리 없어요. 틀림없이 잊어버리신 거겠죠."

"하지만 여덟 살에 집에 돌아왔다고 해도 다시 복적할 때까지는 가끔 왕래가 있었어. 완전히 인연이 끊어졌다고는 할 수 없지."

아내는 입을 다물었다. 왠지 겐조는 쓸쓸한 기분을 느꼈다.

"나도 실은 달갑지 않다고."

"그럼 안 하시면 되잖아요. 여보, 이제 와서 그런 사람과 교제하는 건 다 쓸데없는 일이에요. 도대체 무슨 속셈일까요, 저쪽은."

"나도 짐작이 안 가. 저쪽에서도 분명히 쓸데없는 일이라고 생각할 텐데."

"아주버님은 아무래도 다시 돈을 뜯어낼 생각으로 찾아온 것 같으니 조심하지 않으면 안 된다고 말씀하셨어요."

"돈은 처음부터 거절했으니까 상관없어."

"그래도 앞으로 무슨 말을 꺼낼지는 알 수 없죠."

아내의 마음속에는 그런 예감이 있었다. 이미 돈에 관한 문제는 생기지 못하게 막았다고 믿었던 논리적인 겐조의 머릿속에도 희미한 불안이 새롭게 싹트기 시작했다.

20

　그러한 불안이 일을 하는 데 다소 방해가 되었다. 하지만 그는 곧 불안의 그림자를 어딘가로 날려버릴 정도로 바쁘게 일했다. 시마다가 다시 겐조를 찾아오지 않은 채로 시간은 빨리도 흘러 벌써 월말이 되었다.

　아내가 연필로 지저분하게 적어 넣은 가계부를 그의 앞에 불쑥 들이밀었다.

　겐조는 밖에서 일해서 받은 돈은 전부 아내에게 맡기는 것을 당연하게 여겼기에 아내의 이런 행동이 의외였다. 아내는 여태껏 한 번도 자진해서 월말에 지출명세서를 가져다준 일이 없었다.

　'뭐, 어떻게든 꾸려가고 있겠지.'

　그는 항상 이렇게 생각했다. 그래서 돈이 필요할 때는 거리낌 없이 아내에게 청구했다. 매달 사는 책값만으로도 꽤 큰 금액이었다. 그래도 아내는 언제나 잠자코 있었다. 경제에 어두운 겐조는 때로 아내의 살림살이가 엉터리가 아닌가 하고 의심하기까지 했다.

　"매달 쓴 것들을 반드시 나한테 보여주지 않으면 안 돼."

　아내는 싫은 표정을 지었다. 아내의 입장에서 보면 자기만큼 충실하게 가정을 꾸려가는 여자는 어디에도 없었다.

　"네."

　그녀의 대답은 이뿐이었다. 그러나 월말이 되어도 가계부는 겐조의 손에 들어오지 않았다. 겐조도 기분이 좋을 때는 그냥 묵인했다. 하지만 기분이 좋지 않을 때는 오기가 나서 일부러 가계부를 가져오라고 강요했다. 본다고 해도 이것저것 너저분하게 쓰여 있어 좀처럼 이해할 수 없었다. 설령 장부상의 숫자는 아내의 설명을 듣고 이해한다 해도 실제로 한 달에 생선을 어느 정도 먹었는지, 또 쌀은 어느 정도 필요한지, 또 그것이 지나치게 비싼 것인지 싼 것인지 하는 것은 도무지 짐작이 가지 않았다.

이때도 그는 아내의 손에서 가계부를 받아 대충 훑어볼 뿐이었다.

"뭐 달라진 거라도 있어?"

"어떻게든 대책을 마련해주시지 않으면……"

아내는 눈앞에 닥친 형편을 남편에게 설명했다.

"신기하군. 오늘까지 잘도 꾸려왔네."

"실은 다달이 모자라요."

겐조도 돈이 남으리라고는 생각하지 않았다. 지난달 말에 옛 친구 네다섯 명이 어딘가로 소풍을 가자고 그에게 엽서를 보내왔을 때, 그는 회비 이 엔이 없다는 이유로 동행을 거절했었다.

"잘하면 그럭저럭 해나갈 수도 있을 것 같은데."

"뭐 어차피 이 정도의 수입으로 꾸려나가는 수밖에 방법이 없지만요."

아내는 주저주저하며 장롱 서랍에 보관해두었던 자신의 기모노와 허리띠를 전당포에 맡긴 일을 이야기했다.

겐조는 옛날에 자신의 누이와 형이 나들이옷을 보자기에 싸서 몰래 밖으로 가지고 나간다든지 가지고 들어온다든지 하는 것을 자주 봤다. 남에게 들키지 않으려고 조심스럽게 행동하는 그들의 태도가 마치 범죄자처럼 보여 어린 마음에도 쓸쓸한 인상이 남아 있었다. 이런 연상이 지금의 그를 더욱 초라하게 만들었다.

"전당을 잡히다니, 당신이 직접 들고 갔어?"

전당포라는 곳에 한 번도 가본 적이 없는 그는 자신보다 빈곤한 생활을 해보지도 못한 아내가 태연히 그런 곳에 출입했을 리 없다고 생각했다.

"아니요. 부탁했어요."

"누구한테?"

"야마노 댁 할멈한테요. 그 집은 단골 전당포가 있어 편리하니까요."

겐조는 더 이상 묻지 않았다. 남편으로서 아내에게 변변한 옷 한 벌 마련해주지 못하고 친정에서 가져온 기모노까지 전당 잡혀서 가계에 보태게 하다니 수치스러운 일임에 틀림없었다.

21

겐조는 일을 좀더 하기로 결심했다. 그 결심에 따른 노력의 대가가 몇 장의 지폐로 변해 아내의 손에 건네진 때는 그로부터 얼마 지나지 않아서였다.

겐조는 받은 돈을 양복 안주머니에서 꺼내 봉투째 다다미 위에 내던졌다. 묵묵히 그것을 집어든 아내는 봉투 뒤를 보고 곧 지폐의 출처를 알았다. 부족한 생활비는 이렇게 무언중에 보충되었다.

아내는 별로 기쁜 표정도 짓지 않았다. 그러나 만약 남편이 부드러운 말을 덧붙여 돈을 건네주었다면 틀림없이 기쁜 표정을 지었을 거라고 생각했다. 겐조는 또 겐조대로 만약 아내가 기쁘게 봉투를 받아주었다면 부드럽게 말을 걸 수 있었을 텐데 하고 생각했다. 물질적 요구에 응하려고 마련된 이 돈은 두 사람 사이에 존재하는 정신적 요구를 충족시키는 방편으로서는 오히려 실패하고 말았다.

아내는 그때의 석연치 않았던 감정이 마음에 걸려 이삼 일 뒤 겐조에게 옷감 한 필을 보여주며 말했다.

"당신 옷을 지으려고 하는데 이건 어떠세요?"

아내의 얼굴은 밝게 빛났다. 그러나 겐조의 눈에는 그것이 서툰 기교로 비쳤다. 그는 아내의 순수함을 의심했다. 그리고 일부러 그녀의 애교에 넘어가지 않으려 했다. 아내는 쓸쓸히 자리를 떴다. 아내가 자리를 뜬 후 그는 왜 자신이 항상 아내를 차갑게 대하지 않으면 안 되는 심리 상태에 갇혀 있는지 고민하면서 점점 불쾌해졌다.

아내와 말을 나눌 기회가 다시 왔을 때 겐조가 말했다.

"나는 당신이 생각하는 것처럼 냉정한 인간은 아니야. 단지 내가 가진 따뜻한 애정을 밖으로 내보일 수 없게 만드니까 자꾸만 이렇게 되는 거야."

"누가 그런 심술궂은 짓을 하게 만든다는 거예요?"

"당신이 늘 그렇게 만들고 있잖아."

아내는 원망스러운 듯 겐조를 쳐다보았다. 겐조의 논리는 아내에게 전혀 통하지 않았다.

"당신 요즘 점점 더 이상해져요. 어째서 저를 좀더 제대로 봐주지 않으세요?"

겐조는 아내의 말에 귀를 기울일 마음의 여유가 없었다. 그는 부자연스러운 자신의 쌀쌀함에 화가 날 정도로 고통을 느꼈다.

"아무도 당신에게 뭐라고 하지 않는데 당신 혼자서 괴로워하시니 도리가 없지요."

두 사람은 각자 상대방을 대화가 통하지 않는 사람이라고 생각했다. 따라서 두 사람 모두 현재의 자신을 변화시킬 필요를 못 느꼈다.

겐조가 새롭게 구한 일은 그의 학식이나 교육 정도로 보았을 때 그다지 힘든 일은 아니었다. 단지 그는 그 일에 허비하는 시간과 노력이 아까웠다. 무의미하게 시간을 보내는 것은 지금의 겐조에게는 무엇보다 두려운 일이었다. 그는 살아 있는 동안 뭔가 해내야 한다고, 또 해내지 않으면 안 된다고 생각하는 남자였다.

그가 그 여분의 일거리를 해치우고 집으로 돌아오는 것은 언제나 해질 무렵이었다.

어느 날 겐조가 지친 발걸음을 재촉해 돌아와 현관 격자문을 거칠게 여는데, 안에서 나온 아내가 얼굴을 보자마자 대뜸 "여보, 그 사람이 또 왔었어요"라고 말했다. 아내는 시마다를 시종 그 사람, 그 사람하고 불렀으므로 겐조도 그녀의 태도와 말에서 자기가 없는 동안 누가 왔었는지 대강 짐작이 갔다. 겐조는 아무 말 없이 방으로 들어가서 아내의 도움을 받아 양복을 벗고 기모노로 갈아입었다.

22

화로 옆에 앉아 담배를 한 개비 피우고 있으니 저녁상이 곧 겐조 앞에 차려졌다. 그는 아내에게 물었다.

"집 안까지 들어왔었어?"

무엇이 들어왔다는 건지 아내가 단번에 이해하지 못할 정도로 질문은 갑작스러웠다. 약간 놀란 얼굴로 겐조를 바라보던 아내는 대답을 기다리고 있는 남편의 모습에서 비로소 그 의미를 깨달았다.

"그 사람 말이에요? 하지만 안 계셨으니까."

아내는 객실에 시마다를 들이지 않은 것이 마치 남편의 비위를 상하게 만들기라도 한 것처럼 변명 투로 대답했다.

"들이지 않았어?"

"네. 그냥 현관에서 잠깐."

"무슨 말을 했어?"

"진즉 들여다봤어야 하는데 그동안 여행을 좀 다녀오느라 오지 못해 미안하다나요."

겐조의 귀에 미안하다는 말이 조롱처럼 들렸다.

"여행이라니? 시골에 볼일이 있는 사람 같아 보이지는 않던데. 여행지가 어딘지 얘기하던가?"

"그런 거야 자세히 말 안 했지요. 그냥 딸네 집에서 오라고 해서 갔다 왔다고 하던데요. 아마 그 오누이라는 사람 집이겠죠."

오누이와 결혼한 시바노라는 남자는 겐조도 예전에 만난 기억이 있었다. 시바노가 지금 있는 곳도 얼마 전에 요시다에게 들어 알고 있었다. 사단인지 여단이 있다는 중국 언저리의 어느 도시였다.

"군인이에요? 그 오누이라는 사람이 시집간 데가."

겐조가 갑자기 말을 멈췄기 때문에 아내는 잠시 사이를 두었다가 이런 질문을 던졌다.

"잘 아는군그래."

"언젠가 아주버님한테 들었어요."

겐조는 옛날에 봤던 시바노와 오누이를 마음속에 나란히 놓고 생각해보았다. 시바노는 어깨가 딱 벌어지고 피부가 검었으며 얼굴 생김새로 말할 것 같으면 잘생긴 축에 드는 남자였다. 오누이 역시 날씬하고 예쁜 여자로, 얼굴이 갸름하고 살갗이 희었다. 특히 반달처럼 긴 눈이 숱 많은 속눈썹에 둘러싸여 예뻤다. 그들은 시바노가 소위인가 중위였던 시절에 결혼했다. 겐조는 그 신혼집에 한 번 찾아갔던 기억이 있었다. 그때 시바노는 부대에서 돌아와 기지개를 켜듯 몸을 쭉 펴고 화로 위 선반에 있던 컵을 들어 술을 벌컥벌컥 들이켰다. 오누이는 하얀 피부를 드러내고 경대 앞에 앉아 흐트러진 머리를 빗질하여 곱게 매만졌다. 그리고 겐조는 자기 몫으로 받은 초밥을 열심히 집어먹었다……

"오누이란 사람 꽤 미인이었어요?"

"왜 그런 걸 물어?"

"당신과 혼담이 오갔다면서요?"

그런 이야기가 없던 건 아니었다. 겐조가 열대여섯 살이었던 무렵, 한 친구를 큰길에서 기다리게 하고 혼자 잠깐 시마다의 집에 들렀던 적이 있었다. 그때 우연히 문 앞 도랑에 걸쳐진 작은 다리 위에 서서 큰길을 바라보고 있던 오누이와 겐조의 눈이 마주쳤는데 순간 그녀는 살짝 미소를 지으면서 가볍게 인사했다. 그것을 목격한 겐조의 친구는 독일어를 막 배우기 시작한 아이로, "프라우*, 문(門)에 기대어 기다리다"라며 겐조를 놀려댔다. 그러나 오누이는 나이가 그보다 한 살 위였다. 게다가 그 무렵의 겐조는 여자를 볼 때 아름다움이나 추함의 기준이 없었고 좋아하거나 싫어하는 감정도 역시 없었다. 그런데다 수줍음도 많아서 여자에게 가까이 다가가고 싶은 마음이 있어도 제대로 표현하지 못하고 오히려 여자에게서 멀어지기만 했다. 그와 오누이의 결혼은 다른 성가신 문제를 생각하지 않더라도 도저히 이루어질 수 없는 것으로 보였다.

23

"당신 왜 그 오누이라는 사람을 아내로 맞이하지 않으셨어요?"

겐조는 밥상 앞에서 깜짝 놀라 눈을 치켜떴다. 추억의 꿈에서 갑자기 깬 사람 같았다.

"무슨 소리를 하는 거야. 그런 속셈은 시마다에게만 있었어. 게다가 난 아직 어린아이였고."

"오누이 씨는 그 사람의 친자식이 아니죠?"

"물론이지. 오누이는 오후지가 데리고 온 딸인걸."

오후지는 시마다의 후처 이름이었다.

"당신이 만약 오누이란 사람과 결혼하셨다면 어땠을까요, 지금쯤?"

---

* Frau, 독일어로 '아내'라는 뜻.

"어떻게 됐을지 알 수 없지. 해보지 않으면."

"어쩌면 그쪽이 행복했을지도 모르겠네요."

"그럴지도 모르지."

겐조는 화가 치밀어올랐다. 아내는 입을 다물었다.

"왜 그런 걸 다 묻는 거야? 시시하게."

아내는 핀잔을 들은 듯한 기분이었다. 그녀에게는 그것을 그냥 지나칠 만큼의 대범함이 없었다.

"어차피 저는 애초부터 당신 마음에 안 드셨으니까……"

겐조는 젓가락을 내던지고 손을 머리 속에 집어넣더니 머리에 쌓인 비듬을 박박 긁어내기 시작했다.

두 사람은 그대로 각각 다른 방으로 들어가 각자의 일을 했다. 겐조는 '안녕히 주무세요'라고 말하는 아이들의 인사를 듣고 난 뒤 평소처럼 책을 읽었다. 아내는 아이들을 재우고 낮에 하다 남은 바느질을 시작했다.

오누이 이야기가 다시 두 사람 사이에 화젯거리가 된 것은 하루가 지나고 다음 날의 일로 우연한 계기에서였다.

아내가 엽서 한 장을 들고 겐조의 방으로 들어왔다. 남편의 손에 엽서를 건넨 그녀는 평소처럼 일어서서 자리를 뜨는 것이 아니라 그의 옆에 앉았다. 겐조가 엽서를 받고도 손에 쥔 채 좀처럼 읽으려고 하지 않자 참다못한 아내가 남편을 재촉했다.

"여보, 그 엽서 히다 씨한테서 온 거예요."

겐조는 겨우 책에서 눈을 뗐다.

"그 사람 일로 뭔가 볼일이 생긴 걸까요?"

과연 엽서에는 시마다 일로 만나고 싶으니까 좀 와달라고 쓰여 있었고 그 위에 날짜와 시간이 명기되어 있었다. 일부러 겐조를 불러들여서 미안하다고 정중히 사과까지 하고 있었다.

"무슨 일일까요?"

"모르겠어. 상담할 일이 있는 것도 아닐 테고, 이쪽에서 상담할 일도 없는데."

"만나지 말라고 충고라도 하실 작정은 아닐까요? 아주버님도 오신다고 쓰여 있지요? 거기에."

엽서에는 아내가 말한 그대로 적혀 있었다.

형의 이름을 보자 겐조의 머리에 갑자기 다시 오누이의 모습이 나타났다. 시마다가 겐조와 오누이를 결혼시켜 양가의 관계를 계속 이으려고 했던 것처럼, 오후지는 겐조의 형과 오누이를 부부로 맺어주고 싶다는 희망이 있었던 것 같다.

"겐짱네와 우리가 이런 사이가 되어야 나도 자주 겐짱 집에 갈 수 있잖아."

오후지가 겐조에게 이 말을 한 것도 돌이켜보면 먼 옛날 일이다.

"하지만 오누이 씨가 시집간 곳은 어렸을 때부터 약속된 집이 아닌 가요?"

"약속은 했었지만 경우에 따라선 거절할 생각이었을 거야."

"도대체 오누이 씨는 어디로 시집을 가고 싶었을까요?"

"그런 것을 누가 알겠어."

"그럼 아주버님 쪽은 어땠어요?"

"그것도 알 수 없지."

겐조의 어릴 적 기억 속에는 아내의 물음에 대답할 만한 정감 어린 이야깃거리가 하나도 없었다.

24

겐조는 엽서를 써서 알았다고 답장을 보냈다. 그리고 지정한 날이 오자 약속대로 쓰노카미자카로 갔다.

그는 시간관념이 철저한 남자였다. 우직하기까지 한 겐조의 성격은 다른 면에서는 오히려 그를 신경질적으로 만들었다. 겐조는 목적지로 향하는 도중 두 번 정도 시계를 꺼내 보았다. 요즘은 일어나서 잘 때까지 줄곧 시간에 쫓기는 듯한 느낌이었다.

겐조는 길을 걸어가면서 자신의 일에 대해 생각했다. 결코 그가 마음먹은 대로는 진행되지 않는 일이었다. 목표는 한 걸음 가까워졌다 싶으면 다시 한 걸음 멀어졌다.

그는 아내에 대해서도 생각했다. 옛날에는 무척 심했던 히스테리는 시간이 지나면서 많이 가라앉았지만 그의 마음에 어두운 불안의 그림자를 남겨놓았다. 또 아내의 친정에 대해서도 생각했다. 그녀의 친정에 점점 다가오는 경제적 압박의 그림자는 배를 탈 때 받는 둔한 울림 같은 것을 느끼게 했다.

겐조는 또 누이와 형, 그리고 시마다에 대해서도 생각해야 했다. 그 모두가 퇴폐의 그림자이며 쇠락하는 빛으로 느껴지는 가운데, 피와 살과 역사로 뒤얽힌 자신까지 한데 묶어서 생각하지 않을 수 없었다.

누이의 집에 도착했을 때는 마음이 침울하게 가라앉아 있었다. 그러나 그와 반대로 감정은 흥분 상태였다.

"이거 일부러 오시게 해서 미안하네." 히다가 인사했다. 옛날 겐조를 대하던 태도와는 많이 달랐다. 변해가는 세태 속에서 하나뿐인 누님의 남편에게 우월한 존재로 받들어진다는 것은 겐조에게 만족감보다는 고통스러움을 느끼게 했다.

"한번 놀러가보려고 해도 도무지 바빠서 시간을 낼 수 있어야지. 어젯밤에도 숙직이었어. 사실은 오늘밤도 부탁받았지만 약속이 있다고 거절하고 겨우 지금 돌아온 참이네."

히다가 하는 말을 듣다보면 그가 직장 근처에 이상한 여자를 첩으로 두고 있다는 소문은 완전히 거짓말 같았다.

점잖은 말로 표현하자면 계산과 읽고 쓰기에 능숙한 것 외에는 대단한 학식도 재주도 없는 사람이었다. '회사에서 그렇게 중요한 사람일 리가 없을 텐데.' 겐조의 마음에는 의문마저 솟았다.

"누님은요?"

"오나쓰는 그놈의 천식 때문에."

누이는 히다의 말처럼 반짇고리 위에 베개를 올려놓고 기대어 골골대고 있었다. 안방을 들여다보러 일어선 겐조의 눈에 누이의 흐트러진 머리카락이 애처롭게 비쳤다.

"좀 어떠세요?"

그녀는 자그마한 얼굴을 옆으로 하고 머리도 제대로 가누지 못한 채 겐조를 쳐다보았다. 인사를 하려는 노력이 목에 무리를 주었는지 지금까지 다소 가라앉아 있던 기침이 한꺼번에 쏟아져나왔다. 연이어 계속되는 기침은 옆에서 지켜보는 사람까지 기가 질리게 만들었다.

"얼마나 고통스러울까."

겐조는 혼잣말처럼 중얼거리고 눈살을 찌푸렸다.

마흔 살 정도 되어 보이는 낯선 여자가 누이 뒤에서 등을 문지르고 있었고 나무젓가락 하나가 꽂힌 조청 통이 쟁반 위에 놓여 있었다. 여자는 겐조에게 가볍게 인사했다.

"그저께부터 이런 상태랍니다."

누이는 이렇게 사나흘을 한잠도 못 자고 물 한 모금도 못 마신 채 쇠약해졌다가, 생명을 불러오는 탄성력으로 다시 한 발 한 발 원래의 모습으로 돌아오는 것을 마치 습관처럼 되풀이하고 있었다. 그 사실을 모르는 겐조는 아니었지만 눈앞에서 맹렬한 기침과 꺼져들어가는 숨결을 보고 있자니 병에 걸린 당사자보다 자신 쪽이 불안해서 견딜 수가 없었다.

"말을 하려니 기침이 나지요. 그냥 가만히 계세요. 저는 이제 저쪽으로 갈 테니까요."

누이의 발작이 잠시 진정됐을 무렵 겐조는 다시 객실로 돌아갔다.

25

히다는 태연한 얼굴로 책을 읽고 있었다. "뭐, 늘 있는 일이니까"라고 말하면서 상대도 하지 않았다. 같은 일을 일 년에 몇 번씩이나 반복하면서 점점 늙고 병들어가는 애처로운 아내의 모습을 보아도 이 남자는 아주 작은 동정심도 생기지 않는 듯했다. 실제로 그는 삼십 년 가까이 함께 살아온 아내에게 상냥한 말은 단 한 번도 건넨 적이 없었다.

겐조가 들어오는 것을 본 히다는 읽던 책을 얼른 엎어놓고 철테 안경을 벗었다.

"자네가 안으로 건너간 사이에 시시한 것을 읽기 시작했다네."

히다와 독서, 이건 또 매우 어울리지 않는 조합이었다.

"뭡니까, 그건."

"뭐, 겐짱이 읽을 만한 책은 아니야, 오래된 것이라."

히다는 웃으면서 책상 위에 엎어놓은 책을 집어 들어 겐조에게 건넸다. 뜻밖에도 유아사 조잔*이 쓴 『조잔기담』이었기에 겐조는 약간 놀랐다. 그러나 놀란 건 둘째치고 자기 아내가 금방이라도 숨이 끊어질 듯한 기세로 기침을 쏟아내는데 마치 남의 일처럼 태연히 이런 것을 읽을 수 있다니 이런 점에서도 정말이지 이 남자의 성질이 드러났다.

"나는 고리타분하니까 이런 옛 만담이 좋다네."

그는 『조잔기담』을 보통의 만담으로 여기는 듯했다. 그러나 그것을 쓴 유아사 조잔을 만담가로 잘못 아는 정도는 아니었다.

"역시 학자였겠지, 이 남자는. 교쿠테이 바킨**과 비교하면 어느 쪽이 더 좋은가? 내게 바킨의 『핫켄전』도 있다네."

---

* 湯淺常山, 에도 시대 중기의 유학자. 『조잔기담』은 명장들의 언행과 일화를 기록한 스물다섯 권으로 된 역사수필집이다.
** 曲亭馬琴, 에도 시대 대하소설가. 권선징악, 인과응보에 대한 내용을 주로 썼다. 『핫켄전』은 『난소사토미핫켄전(南總里見八犬傳)』의 약칭으로 바킨의 대표작이다.

과연 히다는 화선지에 활판으로 인쇄된 예약본 『핫켄전』을 오동나무 책장에 깨끗하게 보관하고 있었다.

"겐짱은 『에도 명소 도록』을 가지고 계신가?"

"아니요."

"참 재미있는 책이라네. 나는 정말 좋아해. 빌려줄 수도 있네. 무엇보다도 에도 시대의 옛 니혼바시와 사쿠라다를 자세히 알 수 있어 좋아."

그는 도코노마* 위 다른 책장에서 미농지에 인쇄한 연한 노란색 표지의 헌책을 한두 권 꺼냈다. 그리고 마치 겐조를 『에도 명소 도록』의 이름조차 들어본 적이 없는 사람처럼 취급했다. 그러나 겐조에게는 어렸을 적 그 책을 서고에서 꺼내 와서 한 장 한 장 넘기며 열심히 삽화를 보던 것이 가장 큰 즐거움이었던 그리운 기억이 있었다. 그중에서도 스루가초라는 곳에 그려진 포목집 에치고야**의 포렴과 후지산이 겐조의 기억에 지금도 또렷이 새겨져 있었다.

'이런 상태로는 도저히 예전처럼 느긋한 마음으로 연구와 직접적인 관련이 없는 책을 읽을 수가 없겠어.'

겐조는 마음속으로 생각했다. 끊임없이 초조해하기만 하는 지금의 자신이 원망스럽기도 하고 불쌍하기도 했다.

형이 약속시간이 되어도 나타나지 않자 히다는 시간을 때우기 위해 책 이야기를 계속하고 싶어 했다. 책에 관해서라면 언제까지 이야기

---

* 일본에서 객실인 다다미방의 상좌에 바닥을 한 단 높인 것으로 벽에는 족자를 걸고 바닥에는 꽃이나 장식물을 꾸며놓는다.
** 니혼바시 스루가초에 있던 포목점으로 미쓰코시(三越) 백화점의 전신이다.

해도 겐조에게는 폐가 안 된다고 자신하는 듯했다. 하지만 불행하게도 히다의 지식은 『조잔기담』을 보통의 만담으로 생각하는 정도였다. 그래도 그는 옛날에 출판된 『풍속화보』를 한 권도 빠짐없이 묶어서 보관하고 있었다.

책 이야기가 끝나자 히다는 어쩔 수 없는지 화제를 바꿨다.

"큰처남은 올 기미도 없군. 신신당부했으니 잊을 리가 없는데. 나는 오늘 숙직 다음 날이라 늦어도 열한시까지는 돌아가야 하는데. 뭣하면 누구를 좀 보내볼까?"

이때 또 무슨 변화가 있었는지 불이 붙은 것처럼 토해내는 누이의 기침 소리가 안쪽에서 들려왔다.

26

이윽고 현관 격자문이 열리는 소리와 함께 나막신을 벗는 소리가 났다.

"드디어 온 것 같군" 하고 히다가 말했다.

그러나 격자문을 들어선 발소리는 곧 안방으로 사라졌다.

"또 이렇게 안 좋아? 놀랐어. 전혀 몰랐네. 언제부터?"

짧은 말이 감탄사처럼, 혹은 질문처럼 객실에 앉은 두 사람의 귀에 울렸다. 히다가 추측한 대로 역시 겐조의 형이었다.

"큰처남, 아까부터 기다리고 있다고."

성질 급한 히다가 객실에서 목소리를 높여 소리쳤다. 마누라의 천식 따위는 어떻게 되어도 상관없다는 태도였다. '정말이지 제멋대로인 사람'이라고 모두에게 소문난 만큼 이 경우에도 그는 자신의 사정 외에는 어떤 것도 마음에 두지 않는 듯했다.

"곧 가겠습니다."

겐조의 형 조타로도 약간은 부아가 치민 듯 좀처럼 안방에서 나오지 않았다.

"미음이라도 좀 먹는 게 어때요. 싫어요? 하지만 그렇게 아무것도 먹지 않으면 몸이 더 약해져요."

누이가 숨을 가쁘게 쉬며 대답을 하지 못하자 등을 어루만지던 여자가 형의 말에 적당하게 답을 했다. 평소 겐조보다는 친밀하게 집에 출입하는 형은 낯선 여자와도 가까워 보였다. 그 탓인지 그들의 응대는 쉽게 끝나지 않았다.

히다는 몹시 골을 냈다. 아침에 일어나 세수를 할 때처럼 양손으로 검은 얼굴을 북북 문질렀다. 그러다가 끝내 겐조 쪽을 향해 작은 소리로 이런 말을 했다.

"겐짱, 저러니까 곤란하다고. 말만 많으니 말이야. 이쪽도 방법이 없으니까 할 수 없이 부탁을 하고는 있지만."

히다의 비난은 분명히 겐조가 알지 못하는 여자 위로 내던져지고 있었다.

"누굽니까? 저 사람은."

"아, 머리 틀어주는 오세이잖아. 옛날 겐짱이 놀러 왔을 때도 집에 자주 와 있었는데."

"아아."

그러나 겐조는 히다의 집에서 그 여자를 만난 기억이 없었다.

"모르겠는데요."

"모를 리가 있을까, 오세이라고. 저치는 겐짱도 알다시피 정말 친절하고 의리 있는 좋은 여자지만 저러니까 곤란해. 수다 떠는 게 병이라니까."

사정을 잘 모르는 겐조는 히다가 하는 말이 단지 자기에게만 편리한 대로 지어내는 말 같아서 별다른 인상도 받지 못했다.

누이가 다시 기침을 하기 시작했다. 발작이 진정될 때까지는 그처럼 대단한 히다도 침묵하고 있었다. 겐조의 형 조타로도 안방에서 나오지 않았다.

"왠지 전보다 심한 것 같군요."

불안해진 겐조가 자리에서 일어서려 했다. 히다가 즉각 만류했다.

"아이고 괜찮아, 괜찮다고. 지병이니까 괜찮아. 모르는 사람이 보면 좀 놀라지만 나처럼 매년 겪으면 익숙해져서 아무렇지도 않지. 실제로 저걸 일일이 신경 썼다면 절대 지금까지 같이 살 수는 없었을걸."

겐조는 대답할 말이 없었다. 다만 마음속으로 자신의 아내가 히스테리를 일으켰을 때 괴로웠던 기분을 대조해 그려볼 뿐이었다.

누이의 기침이 가라앉자 조타로는 그제야 객실에 얼굴을 내밀었다.

"죄송합니다. 좀더 빨리 오려고 했는데 갑자기 손님이 오셔서요."

"큰처남 왔는가? 정말 오래 기다렸다고. 농담이 아니야. 심부름꾼이라도 보낼까 생각하던 참일세."

히다는 겐조의 형에게 이 정도로 거리낌 없이 말할 수 있는 위치에 있었다.

27

세 사람은 곧 용건으로 들어갔다. 히다가 처음으로 입을 열었다.

히다는 대수롭지 않은 상담에도 심각한 체하는 남자였다. 그리고 심각한 체하면 할수록 자신의 존재가 주변 사람들로부터 인정받는다고 믿는 것 같았다. '히다 씨, 히다 씨 하고 치켜세워주기만 하면 된다니까'라고 하면서 모두가 뒤에서 비웃었다.

"그런데 큰처남, 이게 도대체 어떻게 된 일일까?"

"그러게요."

"처음부터 말이 안 되는 일이니 겐짱에게 얘기할 것까지도 없다고 생각하지만, 난."

"그렇죠. 새삼스럽게 그런 일을 꺼내며 찾아와도 이쪽에서 상대할 필요는 없는 게 아닐까요?"

"그러니까 나도 딱 거절한 거야. 이제 와서 그런 일로 찾아오는 건 마치 죽은 자식을 다시 살려내라고 부처님께 비는 거나 마찬가지니 관두라고 말이야. 그런데 도대체 말을 들어야지. 눌러앉아서 꿈쩍도 않으니 할 수 있나. 그러나 그 남자가 그렇게 뻔뻔하게 찾아올 수 있는 것도 역시 옛날에 그런 관계였기 때문이지. 그렇다고 해도 그건 옛날도 한참 옛날, 완전히 옛날 일인데 말이야. 게다가 거저 빌린 것도 아니고 말이지……"

"거저 빌려줄 사람도 아니고요."

"그렇지. 말로는 친척 같은 사이니까 어쩌고 한 주제에 돈에 관해선 생판 남보다 악독하다니까."

"왔을 때 그렇게 말했다면 좋았을 텐데요."

히다와 형의 대화는 좀처럼 본론으로 들어가지 않았다. 특히 히다는 그곳에 겐조가 있다는 사실마저 잊어버린 듯했다. 겐조는 적당히 말참견을 해야 할 필요를 느꼈다.

"도대체 무슨 일이에요? 시마다가 갑자기 이곳에 찾아오기라도 한 겁니까?"

"아, 일부러 불러놓고서 내 멋대로 지껄여서 미안하네. 그럼 큰처남, 내가 겐짱에게 이 일의 전말을 이야기할까?"

"네, 그러세요."

이야기는 의외로 단순했다. 어느 날 갑자기 시마다가 히다의 집에 찾아왔다. 그러고는 나이를 먹으니 의지할 사람이 없어 마음이 허전하다면서, 겐조를 예전처럼 시마다 성(姓)으로 복귀시키고 싶으니 겐조의 뜻이 어떤지 물어봐달라고 부탁했다는 것이다. 히다도 뜻밖의 요구에 놀라서 처음에는 거절했다. 그러나 아무리 말해도 꿈쩍도 하지 않아서 어떻든 그의 희망만은 겐조에게 전하겠다 받아들이고 말았다. 단지 그뿐이었다.

"좀 이상하네요."

겐조는 아무래도 이상하다는 생각이 들었다.

"이상하지."

형도 같은 의견이었다.

"어찌 됐든 이상하다는 건 틀림이 없어. 예순이 넘었으니 정신이 약간 이상해진 게 아닐까?"

"욕심 때문에 이상해진 게 아니고?"

히다도 형도 우스운 듯이 웃었지만 겐조만은 같이 웃을 수가 없었다. 그는 묘한 기분에 사로잡혔다. 그의 머리로 판단하면 도저히 있을 법한 일이 아니었다. 겐조는 맨 처음 요시다가 왔던 때를 떠올렸다. 그리고 다음으로 요시다와 시마다가 함께 왔던 때를 떠올렸다. 마지막으로 그가 집에 없었을 때 여행에서 돌아온 시마다가 혼자 찾아왔다는 아내의 말을 떠올렸다. 그러나 어디를 어떻게 생각해봐도 거기서 이런 결과가 나오리라고는 상상할 수 없었다.

"아무래도 이상하군."

그는 스스로를 위해 같은 말을 다시 한번 반복해보았다. 그러고 나서 겨우 기분을 바꿔 말했다.

"그런 건 문제가 안 되지요. 그냥 거절하면 그만이니까."

28

겐조가 보기에 시마다의 요구는 이상할 정도로 이치에 맞지 않았다. 따라서 그것을 처리하는 일도 쉬웠다. 간단히 거절만 하면 끝나는 일이었다.

"그러나 일단 겐짱에게 말해두지 않으면 내 잘못이 되니까" 하고 히다는 자신을 변호하듯 말했다. 히다는 이 회합에 무게를 싣지 않으면 만족하지 못하는 듯했다. 그래서 말도 때에 따라 변했다.

"게다가 상대가 상대니까. 까딱 잘못하면 무슨 짓을 할지 모르니 조심해야 돼."

"정신이 완전히 나간 거라면 상관없지 않을까요?" 하고 형이 농담 반으로 모순을 지적하자 히다는 더욱 진지해졌다.

"정신이 나갔으니까 더 무섭지. 저쪽이 보통사람 같았다면 나도 그 자리에서 거절해버렸을 거야."

대화 중에 이런 말이 종종 오갔지만 결국 이야기는 맨 처음으로 돌아가 결국 히다가 대표자로서 시마다의 요구를 거절하기로 했다. 세 사람 모두가 처음부터 예상했던 결과라서 겐조가 봤을 때는 거기에 다다르기까지의 절차가 시간낭비처럼 느껴졌다. 그러나 겐조는 이 일에 대해 히다에게 감사의 뜻을 표할 도리가 있었다.

"아니, 그런 인사를 들으면 송구스럽지." 히다의 표정은 득의양양했다. 이리저리 불려 다니며 집에도 돌아가지 못하고 일하는 사람이라고는 믿을 수 없을 정도로 우쭐해져 있었다.

히다는 앞에 놓인 짭짤한 과자를 마구잡이로 집어 어적어적 씹었다. 그러면서 틈틈이 커다란 찻잔에 몇 번이고 차를 따라 마셨다.

"여전히 잘 드시네요. 당장이라도 장어덮밥 두 그릇 정도는 해치우시겠어요."

"아니야, 사람도 쉰이 되면 틀린 거야. 전에는 겐짱이 보는 앞에서 튀김메밀국수 다섯 그릇 정도는 해치웠지만."

히다는 옛날부터 식욕이 강한 남자였다. 그리고 남보다 많이 먹는 것을 자랑스럽게 여겼다. 그는 항상 배불리 먹고 나서는 기회만 있으면 불룩한 배를 두드려 보였다.

겐조는 이 사람에게 이끌려 요세에 갔다 돌아오는 길에 둘이서 자주 포장마차 포럼을 걷고 들어가 선 채로 초밥이며 튀김을 먹었던 일을 떠올렸다. 히다는 요세에서 들었던 '사슴춤'을 샤미센으로 켜는 법이라든가 '고등어를 읽는다'*라는 은어를 겐조에게 가르쳐주었다.

"역시 서서 먹는 게 제일 맛있지. 이 나이까지 여기저기 맛있는 걸 많이도 먹고 다녔지만 말이야. 겐짱, 속는 셈치고 가루이자와에서 메밀국수를 한번 먹어보라고. 기차가 멈춰 있는 사이에 내려서 먹는 거야. 플랫폼에 서서 말이지. 본고장 메밀국수답게 정말 맛있어."

그는 신앙심을 핑계로 절에 다닌다며 여기저기로 싸돌아다니기를 즐겼다.

"그건 그렇고 젠코지(善光寺) 경내에 원조 도하치켄** 지도소라는 간판이 걸려 있어서 놀랐어, 큰처남."

"들어가서 배워보지 그랬어요?"

"그런데 돈을 내라고 해서 말이야."

이런 대화를 듣고 있으면 겐조도 어느샌가 예전의 자기 모습으로 돌아간 듯한 기분이 들었다. 그러나 동시에 지금의 자신이 어떤 의미로 그들로부터 떨어져 어디에 서 있는지도 분명히 인식할 필요가 있었다. 히다는 겐조의 마음을 조금도 눈치채지 못했다.

히다는 "겐짱은 교토에 간 적 있지? 거기에 접시에 담긴 모이를 먹으면 '친치라덴키' 하고 우는 새가 있는 거 아냐?" 따위를 물었다.

여태껏 잠잠했던 누이가 다시 격렬히 기침을 하자 히다는 마침내 입을 다물었다. 그러고는 마음이 울적한 듯 좌우의 손바닥을 모아서

---

* 고등어의 수를 셀 때 급히 서두르는 체하고 수를 속이는 일이 있음. 이익을 얻기 위해 수량을 속인다는 뜻.
** 藤八拳, 가위바위보의 한 가지.

검은 얼굴을 박박 문질렀다.

형과 겐조는 잠시 안방의 모습을 살피러 일어섰다. 두 사람 모두 발
작이 진정될 때까지 누이의 머리맡에 앉았다가 각자 히다의 집을 나
왔다.

29

겐조는 자신의 배후에 이런 세계가 존재하고 있다는 사실을 잊을
수 없었다. 이 세계는 평소에는 먼 과거로 존재했다. 그러나 경우에
따라서 갑자기 현재로 변화하는 성질을 띠고 있었다.

그의 머릿속에 땡중을 닮은 히다의 빡빡 깎은 머리가 떠올랐다 사
라졌다. 고양이처럼 몸을 웅크린 누이가 고통스러운 듯 헐떡이는 모
습도 어렴풋이 보였다. 특유의 혈색 없고 바싹 마른 형의 긴 얼굴도
떠올랐다 사라졌다.

옛날 그 세계에 속해 있던 겐조는 스스로의 힘으로 그곳에서 탈출
했다. 그러고 난 후에는 한동안 도쿄 땅을 밟지 않았다. 그는 지금 다
시 그 속으로 되돌아가서 오랜만에 과거의 냄새를 맡았다. 겐조는 삼
분의 일 정도는 그리움을, 삼분의 이 정도는 불쾌함을 느꼈다.

그는 그 세계와는 전혀 관계가 없는 다른 방향을 바라보았다. 그러
자 때때로 앞을 스쳐가는 젊은 피와 빛나는 눈을 가진 청년들이 보였
다. 그는 청년들의 웃음소리에 귀를 기울였다. 미래의 희망을 울리는
종소리처럼 맑은 웃음소리가 겐조의 어두운 마음을 춤추게 했다.

어느 날 겐조는 청년 한 명과 함께 연못가를 산책하고 돌아오는 길에 큰길에서 샛길 쪽으로 빠지는 길로 접어들었다. 두 사람이 새로 생긴 권번* 앞에 이르렀을 때 겐조가 생각났다는 듯 청년의 얼굴을 쳐다보았다.

겐조의 머릿속에 문득 한 여자의 이야기가 떠올랐다. 기생이었던 그녀는 사람을 살해하는 죄를 저질러 그 벌로 이십여 년이나 감옥에서 어두운 세월을 보내고 나서야 겨우 세상에 얼굴을 내밀 수 있었다.

"틀림없이 괴로웠을 거야."

미모를 생명같이 여기는 기생 신분으로서 견딜 수 없는 슬픔과 애절함을 느꼈을 거라고 겐조는 생각했다. 그러나 앞으로도 얼마든지 꽃피는 봄이 자신 앞에 계속되리라 여기는 청년은 겐조의 말에 별다른 감흥을 느끼지 못했다. 청년은 아직 스물서넛이었다. 겐조는 자신과 청년의 거리를 깨닫고 깜짝 놀랐다.

'이렇게 말하는 나 역시 그 기생과 똑같다.'

겐조는 마음속으로 이렇게 말했다. 젊은 시절부터 새치가 드문드문 보였던 머리에는 기분 탓인지 요즘 부쩍 흰머리가 더 많이 늘었다. 자신은 아직 멀었다고 생각하는 동안 십 년이 금세 지난 것이다.

"남의 일이 아니야, 자네도. 사실 나도 청춘 시절을 완전히 감옥 속에서 보냈으니까."

청년은 놀란 표정을 지었다.

"감옥이라니요? 무슨 말씀이십니까?"

---

* 기생을 주선하거나 화대 계산 등 감독을 했던 사무소.

"학교, 그리고 도서관. 생각하면 둘 다 감옥 같은 곳이지."

청년은 아무 대답도 하지 않았다.

"그러나 내가 오랫동안 감옥생활을 계속하지 않았다면 결코 오늘의 나는 존재하지 않았을 테지."

겐조의 어투는 반은 변명조였고 반은 자조적이었다. 과거의 감옥생활 위에 현재의 자신을 쌓아올린 그는 반드시 현재의 자신 위에 미래의 자신을 쌓아올려야 했다. 그것이 겐조의 인생관이었다. 그의 입장에서 보면 올바른 생각임에 틀림없었다. 하지만 그 인생관에 따라 앞으로 나아간다는 사실이 지금의 그에게는 헛되이 늙어간다는 것 외에 다른 어떤 결과도 가져다주지 않을 듯했다.

"아무리 열심히 학문을 배우고 죽는다 한들 인간은 결국 하찮은 존재야."

"그렇지 않습니다."

겐조가 말하고자 하는 뜻은 끝내 청년에게 통하지 않았다. 겐조는 지금의 자신이 결혼할 때의 자신과 아내 눈에 얼마나 다르게 비칠지 생각하며 걸었다. 아내는 아이를 낳을 때마다 늙어갔다. 머리카락이 한 움큼씩 빠질 때도 있었다. 그리고 지금은 벌써 세번째 아이를 임신중이었다.

30

집에 돌아오니 아내는 안방에서 팔베개를 한 채 자고 있었다. 겐조는 그 옆에 어지럽게 흩어진 빨간 천 자투리며 자, 반짇고리 따위를 보고 얼굴을 찌푸렸다.

아내는 잠이 많은 여자였다. 어느 때는 아침에도 겐조보다 늦게 일어났다. 겐조를 배웅하고 다시 자리에 눕는 일도 많았다. 푹 잠을 자두지 않으면 머리가 개운하지 않아 그날 하루 종일 무슨 일을 해도 제대로 안 된다는 것이 언제나 변명이었다. 겐조는 어쩌면 그럴지도 모른다는 생각을 하기도 했고, 또 과연 그럴까 하는 생각을 하기도 했다. 특히 겐조의 잔소리를 들은 뒤에 드러누운 아내를 보면 나중 쪽 생각이 강하게 일었다.

"심통이 나서 누워버리는 거겠지."

그는 자신의 잔소리가 히스테리 심한 아내에게 어떤 반응을 불러일으킬지는 생각도 않고 보복심리로 아내가 이런 태도를 보인다고 생각하여 씁쓸하게 혼잣말을 중얼거리는 일이 자주 있었다.

"왜 밤에 일찍 안 자는 거야?"

아내는 밤에 활동하는 체질이었다. 겐조에게 이런 말을 들을 때마다 그녀는 밤에는 잠이 안 와서 잘 수가 없으니 깨어 있는다는 대꾸를 꼭 했다. 그러고는 늦게까지 바느질을 멈추지 않았다.

겐조는 이런 아내의 태도를 미워했다. 동시에 그녀의 히스테리를 두려워했다. 그러면서 어쩌면 자신의 해석이 틀리지 않을까 하는 불안에도 시달렸다.

그는 자리에 서서 잠시 아내의 자는 얼굴을 물끄러미 내려다보았다. 팔꿈치에 얹힌 옆얼굴이 창백했다. 겐조는 묵묵히 서 있었다. '오스미' 하고 이름도 부르지 않았다.

겐조는 갑자기 고개를 돌려 아내의 하얀 팔 옆에 내팽개쳐진 서류 한 묶음에 눈길을 주었다. 편지를 묶어놓은 것도 아니고 새 인쇄물을 정리해 한데 모아놓은 것도 아니었다. 서류 뭉치는 전체적으로 색이 막 누렇게 변하기 시작해 이미 오랜 세월이 흐른 흔적을 띠었으며 고풍스러운 끈으로 정성스럽게 묶여 있었다. 서류의 한 부분은 아내의 머리 밑에 깔려 있었다. 아내의 검은 머리가 겐조의 눈을 가렸다.

그는 애써 그것을 빼내어 볼 마음도 없었기에 창백한 이마 위로 다시 눈길을 던졌다. 아내의 뺨은 말라서 홀쭉하게 야위어 있었다.

"아이고, 왜 이렇게 마르셨어요?"

오랜만에 그녀를 방문한 여자 친척 하나가 아내의 얼굴을 보고 놀란 듯 말한 적이 있었다. 그때 겐조는 왠지 아내를 여위게 만든 원인이 전부 자기에게 있는 것 같은 기분이 들었다.

그는 서재로 들어갔다.

삼십 분쯤 지났을까, 대문이 열리고 두 아이가 밖에서 돌아오는 소리가 났다. 앉아 있는 겐조의 귀에 아이들과 하녀가 주고받는 말이 손에 잡힐 듯 들려왔다. 아이들은 이내 집 안으로 뛰어 들어왔다. 아내가 시끄럽다고 아이들을 꾸짖는 소리가 났다.

그리고 잠시 후, 아내는 아까의 머리맡에 있던 서류 다발을 손에 들고 겐조 앞에 나타났다.

"당신 안 계실 때 아주버님이 오셨었어요."

겐조는 펜을 든 손을 멈추고 아내를 바라보았다.

"안 기다리고 갔어?"

"네, 지금 잠시 산책을 나갔으니 곧 돌아오실 거라고 말했지만 시간이 없다고 들어오지도 않으셨어요."

"그래?"

"야나카인가 어디에서 친구분 장례식이 있으시다고요. 서둘러 가지 않으면 늦어서 집 안에는 못 들어온다고 하시더라고요. 하지만 돌아오는 길에 시간이 있으면 들를지 모르니까 당신이 오면 기다리라고 전해달라셨어요."

"무슨 일일까?"

"역시 그 사람 일이겠죠."

형은 시마다 일 때문에 온 것이었다.

31

아내는 손에 든 서류 다발을 겐조 앞에 내놓았다.

"이걸 당신에게 드리라고 말씀하셨어요."

겐조는 의아한 표정으로 그것을 받아들었다.

"이게 뭐지?"

"모두 그 사람과 관계된 서류라고 하시던데요. 당신에게 보이면 참고가 될 것 같아 장롱 서랍 속에 간수해둔 것을 오늘 꺼내서 가지고 오셨대요."

"그런 서류가 있었나?"

그는 아내로부터 받은 한 묶음의 서류를 손에 든 채 시간의 때가 묻은 종이를 멍하니 바라보았다. 그러고 나서 별 의미도 없이 앞뒤를 뒤

집어보았다. 서류 묶음의 두께는 거의 육십 센티미터나 됐다. 바람이 통하지 않고 습기가 많은 곳에 내팽개쳐둔 탓인지 좀먹은 흔적이 있었다. 그것이 우연히 겐조의 기억을 과거로 데려갔다. 그는 종이에 불규칙하게 좀이 슨 자국을 손끝으로 까칠까칠 문질러보았다. 하지만 꼼꼼하게 잘 묶어둔 끈을 풀어 일일이 속을 확인해볼 마음은 들지 않았다.

"열어본들 뭐가 나오겠어?"

그의 마음은 이 한마디에 잘 나타났다.

"아버님이 나중을 생각하셔서 빈틈없이 잘 모아두셨대요."

"그래?"

겐조는 자기 아버지의 분별력과 이해심에 그다지 존경하는 마음을 품고 있지는 않았다.

"아버지라면 분명히 잘 챙겨두셨겠지."

"모두 당신에 대한 배려에서겠지요. '그런 사람이니까 내가 죽고 난 후에 어떤 일을 말하러 올지 모른다. 그때는 이것이 도움이 될 거다'라고 말하면서 일부러 아주버님께 넘겨주셨대요."

"그런가? 나는 모르지."

겐조의 아버지는 중풍으로 세상을 떠났다. 아버지가 건강히 살아 계셨을 때 겐조는 도쿄에 없었다. 그는 부친의 임종도 지켜보지 못했다. 이런 서류가 자기 눈에 띄지 않고 오랫동안 형의 손에 보관되었다는 것도 특별히 이상한 일은 아니었다.

그는 마침내 서류의 끈을 풀어서 포개져 있던 종이 뭉치를 일일이 펼쳐보기 시작했다. 수속서류라고 쓴 것이며 교환문서라고 쓴 것, 메이지 21년 쥐띠 해 1월 약정금 영수증이라고 쓴 작은 장부 따위가 차례로 나타났다. 장부의 마지막에 '우(右) 금일수취(今日受取), 우 월 부금 모두 갚았음'이라는 시마다의 글씨와 아래 확실하게 찍힌 붉은 도장이 보였다.

"매달 삼 엔에서 사 엔씩 빼앗겼군."

"그 사람한테요?"

아내는 장부를 거꾸로 들여다보았다.

"전부 얼마일까? 이 돈 말고 일시불로 준 것도 있을 거야. 아버지가 틀림없이 영수증을 받아두었겠지. 어디에 있을 거야."

서류는 끊임없이 나왔다. 하지만 이것저것 어지럽게 뒤섞여서 도무지 뭐가 뭔지 쉽게 알 수가 없었다. 겐조는 두 번 접어 네 겹으로 겹쳐진 두툼한 서류를 들어 안을 펼쳐보았다.

"소학교 졸업장까지 있어."

겐조는 몇 번이나 소학교를 옮겨 다녔다. 가장 오래된 것에는 '제1대 학구 제5중학구 제8번 소학교'라는 도장이 찍혀 있었다.

"뭐예요, 그건?"

"뭔지 나도 모르겠어."

"상당히 오래된 거네요."

증서 가운데는 상장도 두세 장 섞여 있었다. 승천하는 용과 하강하는 용으로 둥글게 윤곽을 두른 종이에 갑과(甲科)라든가 혹은 을과(乙科)라고 쓰여 있었다. 그리고 그 밑에는 붓글씨로 상의 내용이 적혀 있었다.

"책을 받은 적도 있네."

그는 『권선훈몽』이니 『여지지략』이니 하는 책을 품에 안고서 기쁜 나머지 단숨에 뛰어 집으로 돌아왔던 옛날 일을 떠올렸다. 상을 받기 전날 밤 꿈에 나왔던 청룡과 백호도 떠올랐다. 이런 먼 옛일들이 평소와는 달리 지금의 겐조에게는 아주 가깝게 느껴졌다.

32

아내는 낡아빠진 졸업장이 신기하기만 했다. 남편이 일단 밑에 내려놓은 것을 다시 집어 들고 한 장 한 장 정성스럽게 넘겨보았다.

"신기하네요. 하등 소학교 5급, 6급*이라니. 그런 게 있었어요?"

"있었지."

겐조는 다른 서류를 살펴보았다. 아버지의 필적은 알아보기가 힘들었다.

"이것 좀 봐. 도저히 읽을 엄두가 안 나네. 그냥 써도 잘 모를 텐데 여기저기 빨간 글씨로 고쳐 쓰고 줄을 그어놓고 했으니 말이지."

겐조의 아버지와 시마다가 약정 초안 비슷하게 쓴 문서가 아내의 손에 건네졌다. 아내는 여자인 만큼 면밀히 그것을 읽어 내려갔다.

"아버님이 그 시마다라는 사람을 보살펴준 일이 있으시네요."

"그런 얘기는 나도 듣긴 했어."

---

* 당시 소학교는 상급과 하급으로 나뉘어 각각 1급부터 8급까지 구성되어 있었다. 6개월마다 1급을 수료하는 형식으로 성적에 따라 월반할 수도 있었다.

"여기 적혀 있어요. 동인(同人)이 유소(幼少)하여 일하기 어려우니 이쪽에서 받아들여 오 년간 양육한 인연으로……"

아내가 낭독하는 문장은 마치 구 막부 시대의 상인이 관헌이나 어딘가에 내는 고소장처럼 들렸다. 그 어조를 듣자 겐조의 머릿속에 고풍스러운 아버지의 모습이 생생하게 떠올랐다. 겐조가 어렸을 때 아버지는 쇼군이 매사냥을 갈 때의 모습을 그 상황에 어울리는 경어로 들려주곤 했다. 그러나 주로 사실 관계에만 흥미를 가지는 아내는 문체에 관한 추억 따위에는 신경도 쓰지 않았다.

"그런 일이 있어서 당신이 그 집에 양자로 보내졌군요. 여기에 그렇게 쓰여 있네요."

겐조는 복잡한 인연의 한가운데 놓인 스스로를 불쌍히 여겼다. 겐조가 어떤 생각을 하는지 전혀 모르는 아내는 다음 부분을 읽기 시작했다.

"겐조 삼 세 때 양자로 보내진 바 시마다 헤이키치가 처 오쓰네와 불화를 일으켜 끝내 이별하게 되었으므로, 당시 팔 세인 겐조를 본가로 데리고 돌아와 오늘날까지 십사 년간 양육해왔고…… 그 뒤는 새빨갛고 지저분해서 못 읽겠어요."

아내는 문서를 눈앞에 가져갔다가는 멀리 떼기도 하면서 그다음을 읽어보려고 애를 썼다. 겐조는 팔짱을 끼고 묵묵히 기다렸다. 아내가 킥킥거리며 웃기 시작했다.

"뭐가 그리 우스워?"

"그게요."

아내는 아무 말 없이 서류를 남편 쪽으로 내밀었다. 그리고 주(註)

처럼 자잘하게 빨간 글씨가 적힌 곳을 집게손가락 끝으로 짚었다.

"여길 좀 읽어보세요."

겐조는 미간을 찌푸리면서 첫 줄을 어렵게 읽어 내려갔다.

"구청 근무 중에 도야마 오후지라는 과부와 정분이 있었으니……
뭐야, 이런 것까지."

"어쨌든 사실이겠죠?"

"사실은 사실이지."

"당신이 여덟 살 때로군요. 그 뒤로 생가로 돌아왔고요."

"하지만 호적을 돌려주진 않았어."

"그 사람이요?"

아내는 다시 서류를 집어 들었다. 어쩔 수 없는 곳은 그대로 두고
읽을 수 있는 부분만 대충 훑어보아도 모르는 사실이 많이 나올 거라
는 호기심이 적잖게 그녀의 흥미를 자극했다.

서류의 마지막에는 시마다가 겐조의 호적을 친가로 복적시키지 않
았을 뿐 아니라 어느샌가 겐조를 호주(戶主)로 고친 다음 겐조의 인
감을 남용해서 돈을 여기저기서 빌렸던 예가 열거되어 있었다.

마침내 관계를 끊을 때 양육비로 시마다에게 건넸던 돈의 영수증도
나왔다. 거기에는 '그런고로 겐조를 다시 본적으로 복귀시키는 데 우
선 ○○엔을 건네고, 잔금 ○○엔은 매월 30일 월부로 변제할 예정'
이라고 장황하게 쓰여 있었다.

"모두 기묘한 문구뿐이군."

"친척 입회인에 '히다 도라하치'라고 밑에 찍힌 도장을 보니 아마
이건 히다 씨가 쓴 거겠지요?"

겐조는 며칠 전 모든 일을 안다는 듯 으스대던 히다와 문서의 이 문구를 비교해보았다.

33

장례식에 갔다가 돌아오는 길에 들를지도 모른다고 한 형은 끝내 얼굴을 보이지 않았다.

"너무 늦어서 곧장 댁으로 돌아가셨나봐요."

겐조는 그쪽이 오히려 편했다. 그가 하는 일은 하룻밤을 꼬박 새워서 조사를 하고 생각하지 않으면 제대로 해낼 수 없는 성질의 것이었다. 따라서 일에 필요한 시간을 남에게 빼앗기는 것은 그에게 아주 큰 고통이었다.

겐조는 형이 두고 간 서류를 다시 모아서 원래의 끈으로 묶으려고 했다. 그런데 손가락 끝에 힘을 주었을 때 그 중요한 노끈이 뚝 끊어지고 말았다.

"너무 낡아서 약해졌나봐요."

"설마."

"서류를 보세요. 좀이 슬 정도잖아요, 여보."

"듣고 보니 그럴지도 모르겠네. 어쨌든 서랍 속에 처박아둔 채 오늘날까지 방치해두었으니 말이지. 하지만 형님도 참, 이런 것을 잘도 간수해뒀어. 형편이 곤란하면 뭐든지 팔면서 말이야."

아내는 겐조의 얼굴을 보고 웃기 시작했다.

"아무도 사려고 들지 않겠지요. 그런 좀먹은 종이 따윈."

"그래도 용케 쓰레기통에 넣어버리지 않았다는 말이지."

아내는 붉은색과 흰색으로 꼬아 만든 가느다란 실을 서랍에서 꺼내 와서 서류를 새로 정리해 묶은 후 남편에게 건넸다.

"여기에는 놓아둘 곳도 없어."

주변은 책으로 가득했다. 문갑 속에는 빈 편지봉투와 노트가 잔뜩 들어차 있었다. 빈 곳은 침구와 이불을 넣어두는 선반 한 칸뿐이었다. 아내는 쓴웃음을 지으며 일어섰다.

"아주버님이 이삼 일 내로 다시 오실 거예요."

"이 일로 말이야?"

"이 일도 그렇지만 오늘 장례식에 가실 때 하카마*가 필요하니 빌려달라고 하시기에 여기서 입고 가시라 했어요. 돌려주러 오실 거예요."

겐조는 하카마를 빌리지 않으면 장례식에도 갈 수 없는 형의 처지를 잠시 생각해보았다. 처음 학교를 졸업했을 때 겐조는 형에게 물려받은 흐늘흐늘한 얇은 하오리를 입고 친구들과 함께 연못가에서 사진을 찍었다. 친구 중 하나가 겐조에게 "이 가운데 누가 제일 먼저 출세할까?" 하고 물었을 때 그는 대답 대신 단지 자신이 입고 있는 하오리를 쓸쓸하게 내려다보았다. 낡은 견직에 집안의 문장(紋章)은 찍혀 있었지만 명목 때문에 버리지 못할 뿐 너무나 초라한 것이었다. 친한 친구의 신혼 피로연에 초대받아 호시가오카의 요릿집에 가야 했는데 입을 옷이 없어서 형의 하카마와 하오리를 빌려 급한 대로 모면한 일

---

* 일본 전통의복 중 아래쪽에 입는 겉옷의 총칭. 허리에서 발목까지 내려오며 넉넉하게 주름이 잡히고 바지처럼 가랑이진 것이 보통이다.

도 있었다.

겐조는 아내가 모르는 이런 기억을 머릿속에 떠올렸다. 그러나 그 기억들은 그를 득의만만하게 하기보다는 오히려 슬프게 만들었다. 격세지감이라는 진부한 말로 가장 잘 드러나는 감정이 가슴에서 솟아났다.

"하카마 정도는 있을 법도 한데."

"옛날부터 하나둘씩 팔아버렸겠죠, 뭐."

"거참 난처하군."

"어차피 우리 집에 있으니까 필요할 때 빌려드리면 그것으로 괜찮잖아요. 매일 입는 것도 아니고."

"우리가 가지고 있는 동안은 그걸로 괜찮겠지만."

아내는 남편 몰래 기모노를 전당포에 잡힌 요전의 일을 떠올렸다. 겐조는 언제 자신이 형과 같은 처지에 빠질지 모른다는 비관적인 생각을 했다.

옛날의 겐조는 가난하기는 했지만 세상에 홀로 서 있었다. 지금의 그는 절약하고 절약하면서 여유 없는 생활을 하는 데다가 주위 사람들은 그를 쉽게 돈을 잘 버는 사람으로 생각했다. 그는 고통스러웠다. 자기 같은 사람이 친척 가운데 가장 출세했다고 여겨지는 것은 더욱더 한심했다.

34

겐조의 형은 말단 공무원이었다. 그는 도쿄 한복판에 위치한 큰 관청에서 근무했다. 크고 웅장한 건물 안에서 오랜 세월을 일하며 대조적인 자기의 초라한 모습을 깨닫는 것이 그는 정말 견디기 힘들었다.

"나 같은 건 이제 늙었어. 젊고 유능한 사람들이 계속 들어오고 있으니 말이야."

건물 안에서는 몇백 명이나 되는 사람들이 밤낮을 가리지 않고 열심히 일했다. 기력이 다한 그의 존재는 형체가 없는 그림자에 지나지 않았다.

"아, 지겨워!"

움직이기를 싫어하는 그의 머릿속에는 언제나 이런 생각이 머물러 있었다. 그는 병약했다. 나이보다 빨리 늙어갔다. 또 나이보다 빨리 메말라갔다. 그는 마치 죽으러 나가는 사람처럼 윤기 없는 얼굴로 직장에 나가서 일했다.

"밤에 잠을 못 자니까 몸이 견뎌낼 리가 없지."

그는 자주 감기에 걸려 기침을 했다. 어느 때는 열도 났다. 그럴 때면 그 열은 마치 폐병의 전조처럼 그를 위협했다.

실제로 그는 건강한 청년이라도 힘들어할 만한 성질의 일을 했다. 하루 건너 한 번은 직장에서 숙직을 했다. 숙직 때는 밤새도록 일을 하지 않으면 안 되었다. 다음 날 아침에는 멍한 상태로 집으로 돌아왔다. 그런 날은 하루 종일 어떤 일도 할 엄두가 안 나 축 늘어져 죽은 듯 잠만 자며 보낸 적도 있었다.

그래도 그는 자신을 위해서 또 가족을 위해서 어쩔 수 없이 일을 했다.

"올해는 아무래도 위험할 것 같으니 누구한테 부탁 좀 해다오."

개혁이라든가 정리라든가 하는 소문이 있을 때마다 형은 겐조에게 자주 이런 말을 했다. 겐조가 도쿄를 떠나 있을 때는 일부러 편지를 써서 부탁한 적도 한두 번이 아니었다. 형은 그때마다 누구누구라고 하며 특별히 요직의 사람을 지명했다. 그러나 겐조도 이름만 알 뿐 형의 지위를 보장해줄 만큼 친한 사람은 한 명도 없었다. 그때마다 겐조는 턱을 괴고 생각에 잠길 뿐이었다.

형은 이런 불안을 몇 번이고 되풀이하면서도 옛날부터 지금까지 같은 일만 했다. 변화도 추구하지 않고 발전도 하지 않았다. 겐조보다 일곱 살이 많은 그의 반생은 마치 변화를 허용하지 않는 기계같이 점차 소모해가는 것 외에는 무엇도 받아들이지 않았다.

'이십사오 년 동안이나 똑같은 일을 했으니 뭔가 다른 일도 할 수 있을 텐데.'

겐조는 때때로 형에게 이런 말을 해주고 싶었다. 화려한 것을 좋아하고 공부를 싫어하던 형의 옛 시절이 눈에 잡힐 듯 선했다. 샤미센을 켠다, 일현금을 배운다, 하얀 경단을 빚어 냄비 속에 던져 넣는다, 우무를 삶아서 나무상자 저장고에서 식힌다…… 그 무렵의 형에게 시간은 그저 먹고 놀기 위해서만 존재하는 것 같았다.

"전부 자업자득이니 어쩔 수 없지."

이것이 가끔 남에게 내뱉는 신세한탄일 정도로 겐조의 형은 게으름뱅이였다.

형제가 모두 죽은 후 자연히 생가의 대를 잇게 된 형은 마치 아버지가 돌아가시기를 기다렸다는 듯 집과 땅을 전부 팔아버렸다. 그런 다음 아버지 때부터 있던 빚을 갚고 작은 집으로 이사를 했다. 그러면서 다 들여놓을 수 없는 가구들도 전부 팔아치웠다.

이윽고 형은 세 아이의 아버지가 되었다. 그중 맏딸을 가장 예뻐했는데 그 딸이 결혼 적령기가 되기 얼마 전에 악성 폐결핵에 걸렸다. 형은 딸을 구하기 위해 모든 수단을 다 썼다. 그러나 잔혹한 운명 앞에 인간이 할 수 있는 일이란 아무것도 없었다. 이 년 동안 시름시름 앓던 딸은 결국 저세상으로 떠났고 그때 그의 집 장롱은 완전히 비어 있었다. 장례식에 필요한 하카마는 물론 변변한 하오리 하나조차 없었다. 형은 겐조가 외국에서 입던 낡은 양복을 얻어 입고 매일 직장으로 출근했다.

35

이삼 일이 지나자 과연 하카마를 돌려주기 위해 형이 겐조의 집을 찾아왔다.

"너무 늦게 가져와서 미안합니다. 잘 입었습니다."

형은 곱게 잘 접은 하카마를 보자기에서 꺼내 아내 앞에 놓았다. 허영심이 강해 별것 아닌 보따리를 드는 것도 싫어했던 옛날에 비하면, 지금의 형은 완전히 멋이 없어졌다. 그리고 윤기도 없었다. 형은 말라빠진 손으로 더러워진 보자기 끝을 잡아 정성스럽게 접었다.

"좋은 하카마로군요. 최근에 마련했습니까?"

"아니요. 그런 여유는 없어요. 옛날부터 있던 거예요."

아내는 결혼할 때 이 하카마를 입고 짐짓 점잔을 빼며 앉아 있던 남편의 모습을 떠올렸다. 먼 곳에서 지극히 간소하게 치러진 결혼식에 형은 참석하지 않았다.

"아, 그런가요? 과연 그렇게 듣고 보니 어딘가에서 본 듯한 기분도 들고. 옛날 것은 역시 튼튼하다니까요. 조금도 낡지 않았잖아요?"

"좀처럼 입지 않으니까요. 그 사람이 혼자 있으면서 이런 걸 다 살 생각을 했다니 저는 지금도 이상해요."

"어쩌면 혼례 때 입을 작정으로 일부러 마련했는지도 모르지요."

두 사람은 이상했던 그때의 결혼식에 대해 웃으며 이야기했다.

도쿄에서 아내를 데리고 온 장인은 딸에게는 일부러 후리소데*를 입혔으면서 정작 자신은 필요한 예복을 갖추지 않았다. 모직으로 된 홑옷을 입고 나타나서 나중에는 책상다리까지 하고 앉았다. 집안일을 돌봐주는 노파 외에 상담할 상대가 전혀 없던 겐조는 허둥지둥할 수밖에 없었다. 겐조는 결혼 예식에 대해 아무것도 몰랐다. 원래 도쿄로 돌아간 다음 결혼식을 올린다는 약속이 있었기 때문에 중매인도 자리에 없었다. 겐조는 중매인이 참고하라고 써서 보내준 주의문을 읽어보았다. 근사한 종이에 해서체로 쓴 엄숙한 문장임에는 틀림없었지만 내용은 『아즈마카가미』** 따위를 예로 들었을 뿐 실제로는 전혀 도움이 되지 않았다.

---

* 미혼 여성이 예복으로 입는 옷. 겨드랑이 밑을 꿰매지 않은 긴 소매의 일본 옷이다.
** 東鑑, 가마쿠라막부 시대의 사적을 일기체로 쓴 역사서.

"혼례 때 술주전자에 매다는 암수 나비 한 쌍도 없었다니까요. 게다가 술잔 가장자리는 깨져 있기까지 했어요."

"그걸로 결혼식의 헌배(獻杯)를 했다고요?"

"네. 그러니까 부부 사이가 이렇게 삐걱거리는 거 아니겠어요?"

그 말에 겐조의 형이 쓴웃음을 지었다.

"겐조 성미도 꽤 까다로우니까 제수씨가 고생이 많겠지요."

아내는 단지 웃고 있었다. 형의 말에 맞장구를 치려고 하지도 않았다.

"이제 곧 돌아오실 것 같아요."

"오늘은 기다렸다가 그 사건 얘기를 해주지 않으면……"

형이 말을 계속하는데 아내가 갑자기 일어서더니 거실로 시계를 보러 갔다. 다시 돌아왔을 때 그녀는 일전의 서류를 손에 들고 있었다.

"이게 필요하시겠죠?"

"아닙니다. 그건 어디까지나 참고로 가져 온 거니까 특별히 필요하지는 않아요. 이미 겐조에게 보여줬죠?"

"네, 보였죠."

"뭐라고 하던가요?"

그녀는 딱히 대답할 말이 없었다.

"상당히 여러 종류의 문서가 있던데요. 이 안에."

"아버지가 언젠가 무슨 일이 생기면 필요할지 모른다고 꼼꼼히 챙겨두셨으니까요."

아내는 남편에게 부탁을 받아 그중에 가장 중요해 보이는 일부를 읽어준 사실은 말하지 않았다. 형도 더 이상 서류에 대해서는 묻지 않았다. 두 사람은 겐조가 올 때까지 쓸데없는 잡담으로 시간을 허비했다. 겐조는 삼십 분 정도가 지나자 돌아왔다.

36

겐조는 평소처럼 옷을 갈아입고 객실로 나왔다. 형의 무릎 위에 붉은색과 흰색으로 꼰 가느다란 실로 묶인 예의 그 서류가 놓여 있었다.

"요전에는,"

형이 까칠해진 손가락으로 반쯤 풀린 실의 매듭을 원래대로 묶으면서 말했다.

"지금 잠시 보니까 너에게 불필요한 것도 이 안에 섞여 들어 있더구나."

"그래요?"

그렇게 소중히 보관했다면서도 겐조는 형이 이 서류를 오랫동안 들춰보지 않았다는 사실을 깨달았다. 형 역시 동생이 이 서류 뭉치를 그다지 열심히 살피지 않았다는 사실을 알아차렸다.

"오요시의 송적원*이 들어 있었어."

오요시란 형의 지금 아내 이름이었다. 형이 그녀와 결혼할 당시에 필요했던 서류가 이 종이 뭉치에서 나오리라고는 두 사람 모두 생각

---

* 일본의 구민법 규정에 의해 결혼이나 양자 결연 등으로 호적을 상대방 호적으로 옮기는 데 필요한 서류.

지 못했다.

형은 첫번째 아내와 이혼했다. 두번째 아내와는 사별했다. 두번째 아내가 병이 났을 때 형은 그다지 걱정하는 기색도 없이 자주 여기저기를 돌아다녔다. 병이라는 게 고작 입덧이니까 괜찮다고 그리 크게 신경 쓰지 않기도 했지만, 병세가 심해진 후에도 여전히 태도를 바꾸지 않았기 때문에 사람들은 그것을 마음에 들지 않는 아내에 대한 박대라고 해석했다. 겐조도 어쩌면 그럴지 모른다고 생각했다.

세번째 아내를 맞아들일 때 형은 자기가 결혼하고 싶은 여자를 정한 다음 아버지의 허락을 구했다. 그러나 동생에게는 한마디 상의도 하지 않았다. 그 때문에 고집 센 겐조는 형에 대한 불만을 죄 없는 형수에게까지 뿜어냈다. 겐조는 교육도 받지 못하고 신분마저 미천한 사람을 형수라고 부르는 것은 싫다며 마음 약한 형을 괴롭혔다.

"속이 좁아터졌구면."

사람들이 뒤에서 수군거리는 말은 겐조를 반성하게 하기보다 오히려 더 완고하게 만들었다. 겐조는 사회적인 습속만을 중시하려고 학문을 배운 것처럼 나쁜 아집에 빠져 스스로를 옭아맸다. 그는 자기가 분별력이 부족함을 인정하면서도 배우고 익힌 것들은 자랑하려고 하는 폐단을 보였다. 겐조는 예전의 자기 모습을 부끄러운 심정으로 돌아보았다.

"송직원이 섞여 있다면, 그건 돌려드릴 테니 가져가세요."

"아니, 사본이니까 나도 필요 없어."

형은 홍백의 실을 다시 풀려고는 하지 않았다. 겐조는 문득 그 날짜가 알고 싶어졌다.

"도대체 언제쯤이었죠? 송적원을 구청에 제출한 게?"

"이미 오래전 일이지."

형은 이렇게만 말할 뿐이었다. 입가에 미소의 그림자가 비쳤다. 첫번째도 두번째도 실패하고 마지막에 겨우 자기 마음에 든 여자와 부부가 된 일을 잊을 정도로 그는 늙지 않았다. 동시에 그것을 입 밖에 낼 만큼 젊지도 않았다.

"몇 살이셨죠?"

아내가 물었다.

"오요시 말입니까? 오요시는 제수씨와 한 살 차이죠."

"아직 젊으시네요."

형은 아내의 말에는 아무런 대꾸도 하지 않고 갑자기 무릎 위에 놓여 있던 서류 끈을 풀기 시작했다.

"아직 이런 게 들어 있어. 이것도 너와는 관계없는 것이지. 조금 전에 보고 나도 좀 놀랐다만, 거참."

형은 어수선하게 뒤섞인 낡은 종이 속에서 별로 힘들이지 않고 한 장의 서류를 찾아냈다. 그것은 형의 맏딸 기요코의 출생신고서 초안이었다. "이 사람은 금월 23일 오전 열한시 오십분에 출생했습니다"라는 문장의 '금월 23일'에만 줄이 좍좍 그여 있고, 그 위에 좀이 슨 것 같은 선이 비스듬히 남아 있었다.

"이것도 아버지 필적이네. 그렇지?"

형은 그 종이 한 장을 소중한 듯 겐조 쪽으로 돌려놓으며 말했다.

"보라고, 좀이 슬었어. 당연히 그럴 테지. 출생신고서뿐 아니라 벌써 사망신고서까지 나와 있으니까."

결핵으로 죽은 딸의 생년월일을 형은 입속으로 조용히 되뇌었다.

37

형은 과거의 사람이었다. 화려한 미래는 이미 그 앞에 존재하지 않았다. 매번 지나간 일을 돌이켜보기만 하는 형과 마주 앉아 있는 겐조는 자신이 나아가야 할 생활의 방향이 반대로 되돌려지는 듯한 기분이 들었다.

'쓸쓸해.'

겐조는 형의 길동무가 되기에는 지나칠 정도로 미래에 대한 희망이 많았다. 그리고 현재의 겐조는 상당히 쓸쓸함을 타는 사람이었다. 현재에서 점차 나아가게 될 미래 역시 쓸쓸할 것임을 겐조는 잘 알고 있었다.

형은 일전에 가졌던 모임에서 내린 결정대로 히다가 시마다의 요구를 거절했다는 이야기를 겐조에게 전했다. 그러나 어떤 절차로 그것을 거절한 것인지, 또 시마다가 그에 대해 어떤 말을 했는지 같은 세세한 이야기는 말해주지 않았다.

"어쨌든 히다가 그렇게 말하고 왔다니까. 확실하겠지."

히다가 시마다를 만나러 가서 직접 이야기를 매듭지었는지, 혹은 셋이 모여 의논한 일의 전말을 편지로 알려줬는지도 겐조는 알 수 없었다.

"아마 직접 찾아갔을 것 같긴 한데. 아니면 히다가 하는 일이 그렇듯 편지만 보내고 말았으려나. 그걸 물어본다는 걸 깜빡해버렸어. 그 후에 한 번 누님 병문안 겸 가긴 했는데 히다가 없어서 못 만났거든. 그때 누님 말로는 너무 바빠서 아직 안 갔을 수도 있다고 했는데. 히다는 꽤 무책임한 성격이니까 말은 듣기 좋게 하고서 어쩌면 안 갔을지도 몰라."

겐조도 히다를 무책임한 남자라고 생각했다. 그는 부탁이 들어오면 뭐든지 받아들이는 성격이었다. 단지 사람들이 머리를 숙이고 부탁하는 모습을 보는 것이 좋아서 어떤 일이든 떠맡으려 했다. 그러나 그런 히다도 부탁하는 상대가 마음에 안 들면 쉽게 움직이지 않았다.

"이번 일은 말이지. 시마다가 직접 히다한테 부탁한 거잖아."

형은 은연중에 히다 본인이 시마다를 찾아가서 이야기를 매듭짓지 않으면 도리에 어긋난다는 뜻을 내비쳤다. 그럼에도 불구하고 형은 이런 경우에 절대 자신이 담판을 지으러 갈 사람은 아니었다. 조금이라도 신경을 써야 할 성가신 일이 생기면 형은 반드시 외면했다. 그렇게 일이 끝날 때까지 꾹 눌러 참으면서 홀로 괴로워했다. 겐조는 이런 형의 모순을 보면 화가 나거나 우스운 대신 왠지 모르게 불쌍하게 느껴졌다.

'나도 형제니까 남이 보기엔 어딘가 닮은 구석이 있을지 몰라.'

이렇게 생각하자 형을 불쌍히 여기는 것은 결국 자신을 불쌍히 여기는 일과도 같았다.

"누님은 좀 좋아졌어요?"

겐조는 화제를 바꿔 누이의 병이 어떤지 물어보았다.

"아, 천식이라는 병은 이상도 하지. 그렇게 고통스러워하다가도 금세 좋아지니 말이야."

"이제 말도 할 수 있어요?"

"할 수 있다뿐이야? 예전 그 말투가 되살아났어. 어지간히 수다스러워야지. 누님은 시마다가 오누이 씨 집에 가서 이상한 지혜를 배워 오는 것 같다던데 말이야."

"설마요. 원래부터가 그런 남자니까 비상식적인 말도 잘하는 거죠."

"그런가?"

형은 생각에 잠겼다. 겐조는 바보 같은 말을 다 한다는 듯 형을 쳐다보았다.

"어쨌든 말이야. 나이가 들어 모두한테 거추장스러운 존재로 여겨지는 것은 확실해."

겐조는 입을 열지 않았다.

"외롭기는 할 거야. 그렇긴 해도 사람이 그리워 외로운 게 아니라 욕심 때문에 외로운 거지."

형은 어디서 들었는지 오누이가 어머니인 오후지에게 매달 돈을 부친다는 사실을 알고 있었다. "확실히는 모르지만 금치훈장* 연금인가 뭔가를 오후지 씨가 받고 있다지. 그러니까 시마다도 어디에선가 도움을 받지 않으면 견딜 수 없는 게 아닐까? 아무튼 그 정도로 욕심이 많다니까."

겐조는 욕심 때문에 외로워하는 사람에게는 별다른 동정심이 생기

---

* 金鵄勳章. 제2차 세계대전 때까지 무공이 뛰어난 군인에게 수여된 훈장.

지 않았다.

38

　아무 일도 없는 날이 또다시 계속되었다. 아무 일이 없는 날이란 겐
조에게는 침묵하는 날에 불과했다.

　겐조는 그사이에 가끔 추억을 더듬어보았다. 형을 불쌍히 여기면서
도 그는 어느새 형과 비슷한 과거의 사람이 되어갔다.

　겐조는 자신의 생을 둘로 나누어보려고 했다. 그러자 깨끗하게 잘
라내버려야 할 과거가 오히려 자신을 뒤쫓아왔다. 그의 눈은 앞을 향
했다. 그러나 그의 발은 자꾸만 뒷걸음질을 쳤다.

　그렇게 뒷걸음질로 막다른 곳에 이르자 커다랗고 네모난 집이 서
있었다. 그 집에는 폭이 넓은 나무계단으로 이어진 이층이 있었다. 그
이층의 위아래가 겐조의 눈에는 똑같아 보였다. 복도로 에워싸인 안
뜰도 정사각형이었다.

　이상하게도 그 넓은 집에는 사람이 아무도 없었다. 아직 집에 대한
경험이나 이해가 부족했던 어린 겐조는 그것이 외로움이라고 생각하
지 못했다.

　그는 끊임없이 이어진 방이며 멀리까지 보이는 복도를 마치 천장이
있는 거리처럼 생각했다. 그래서 사람이 다니지 않는 길을 혼자서 걷
는 기분으로 주위를 뛰어다녔다.

　그는 가끔 바깥쪽으로 향한 이층에 올라가 좁은 격자문 틈으로 아

래를 내려다보았다. 방울 소리를 내거나 안장을 얹은 말이 몇 마리나 연이어 눈앞을 지나갔다. 길 바로 맞은편에는 커다란 청동불상이 있었다. 굵은 지팡이를 짚고 머리에는 삿갓을 쓴 불상은 책상다리를 하고 연꽃 위에 앉아 있었다.

젠조는 어슴푸레한 토방으로 내려가서 반대쪽의 돌계단으로 올라가기 위해 말이 지나가는 길을 가로지르기도 했다. 그는 자주 불상에 기어올라갔다. 불상의 옷 주름에 다리를 걸치기도 하고, 지팡이 손잡이에 매달리기도 하고, 불상의 뒤로 가서 손을 길게 뻗어 어깨에 닿는지 시험해보고, 삿갓에 자신의 머리가 닿을 정도로 올라가보기도 하고는 더 이상 할 일이 없어지면 내려왔다.

그는 네모난 집과 청동불상 근처에 있던 빨간 대문 집도 기억했다. 빨간 대문 집은 좁게 난 바깥 길에서 다시 좁은 골목으로 사십 미터 정도 구부러져 들어간 곳에 있었다. 더 안쪽은 무성한 대나무 숲이었다.

빨간 대문 집에서 왼쪽으로 돌면 긴 내리막길이 있었다. 젠조의 기억 속 그 길은 불규칙한 돌계단으로 이루어져 있었다. 오래된 탓인지 돌의 위치가 조금씩 움직여서 계단 여기저기가 울퉁불퉁했다. 돌과 돌의 틈새로 푸른 풀이 바람에 너울거렸다. 그래도 사람이 지나다니는 길인 것은 확실했다. 젠조는 짚신을 신고 몇 번인가 그 높은 돌계단을 오르내렸다.

내리막길을 다 내려가면 다시 언덕이 있었고 약간 경사가 높은 앞쪽으로 검푸른 삼나무가 보였다. 이 내리막길과 언덕 사이의 움푹 파인 골짜기 왼쪽에는 새로 지붕을 만들어 올린 집 한 채가 있었다. 그 집은 길에서 약간 들어간 데다 조금 오른쪽으로 치우쳐 있었지만, 길과 면하는 쪽에 찻집같이 여러 가지 장식을 해놓고 의자 두세 개를 보기 좋게 세워두고 있었다.

갈대발 틈으로 돌을 둘러놓은 연못이 보였다. 연못 위에는 등나무 덩굴이 드리워졌고 덩굴이 늘어질 수 있게 기둥 두 개가 연못 속에서부터 물 위로 비쭉 나와 있었다. 연못 주위에는 철쭉이 만발했다. 연못 속에는 관상용 잉어의 그림자가 이리저리 움직였다. 겐조는 탁한 연못 바닥을 환영처럼 붉게 물들이는 잉어를 꼭 잡고 싶었다.

어느 날 겐조는 그 집에 아무도 없을 때를 골라 엉성하게 만든 대나무 낚싯대 끝에 미끼가 걸린 실 한 줄을 달아 연못 속에 던져 넣었다. 곧 줄을 당기는 섬뜩함이 느껴졌다. 갑자기 연못 바닥으로 끌려들어갈 듯한 강한 힘이 두 팔에 전해졌다. 두려워진 겐조는 바로 낚싯대를 내팽개쳤다. 그리고 다음 날, 겐조는 연못물 위에 조용히 떠 있는 팔뚝만 한 잉어를 발견했다. 겐조는 두려운 기분이 들었다……

'나는 그때 누구와 함께 살았던 걸까?'

아무런 기억도 없었다. 머릿속이 마치 백지 같았다. 하지만 모든 기억을 다 끄집어내어 짜맞춰보면 아무래도 시마다 부부와 함께 살았다고밖에 할 수 없었다.

39

그러고 나서 무대가 갑자기 바뀌었다. 적막한 시골은 그의 기억에서 사라졌다.

창살이 달린 집이 어렴풋이 눈앞에 나타났다. 대문이 없는 그 집은 동네의 뒷골목 같은 곳에 있었다. 거리는 좁고 길었다. 길은 사방으로 이리저리 나 있었고 구불구불했다.

겐조의 기억이 어렴풋하듯 기억 속 집도 시종 어두침침했다. 햇빛과 그 집을 관련지어 생각할 수가 없었다.

그는 그곳에서 천연두를 앓았다. 크고 나서 들은 바로는 종두가 원인이 되어 천연두로 발전했다던가 하는 이야기였다. 그는 어두운 방 안에서 나뒹굴었다. 온몸을 마구 쥐어뜯으며 울부짖었다.

그는 다시 넓은 건물 안에 있는 어린 자신을 발견했다. 잘 구획되어 나뉜 칸막이 속에 드문드문 사람이 보였다. 비어 있는 곳은 다다미인지 돗자리인지가 노랗게 빛나서 주위가 가람당(伽藍堂)처럼 적막해 보였다. 겐조는 높은 곳에 있었다. 거기서 도시락을 먹었다. 그는 박고지로 묶은 유부초밥 같은 것을 위에서 아래로 떨어뜨렸다. 난간에 매달려 몇 번이나 아래를 내려다보았지만 아무도 그것을 집어주는 사람이 없었다. 주위 어른들은 모두 무대에 정신이 팔려 있었다. 무대에서는 기둥이 흔들리고 커다란 집이 무너졌다. 그리고 무너진 지붕 사이에서 수염을 기른 군인이 으스대며 나왔다. 그 무렵의 겐조는 연극이라는 개념을 몰랐다.

그의 머릿속에는 이 연극과 달아난 매가 아무런 인과관계 없이 연결되어 있었다. 갑자기 매가 건너편에 보이는 푸른 대숲 쪽으로 비스듬하게 날아가자 겐조 옆에 있던 누군가가 달아났다, 달아났다 하고 소리쳤다. 그러자 또 누군가가 손뼉을 쳐서 매를 불러들이려 했다. 겐조의 기억은 여기서 뚝 끊겼다. 연극과 매 중 어느 쪽을 먼저 보았는지 불분명했다. 따라서 그가 논과 수풀만 보이던 시골에 살았던 것과 비좁고 답답한 동네의 한길 옆 어둠침침한 집에 살았던 것 중 어느 쪽이 먼저인지도 알 수 없었다. 그 시절 겐조의 기억에는 사람의 그림자도 거의 비치지 않았다.

그의 의식에 시마다 부부가 부모라고 확실하게 인식된 것은 그로부터 얼마 후의 일이었다.

시마다 부부는 이상한 집에 살았다. 시마다 부부의 집에 가려면 우선 큰 대문을 들어간 뒤 오른쪽으로 돌아서 남의 집 담장을 따라 돌계단을 세 개 정도 올라가야 했다. 거기서부터 사람 두 명이 겨우 지나갈 만한 좁은 골목이 나오고, 그 골목을 빠져나가면 넓고 번화한 거리가 나왔다. 다시 왼쪽으로 돌아 두세 계단 내려가면 시마다의 집이 보였다. 직사각형 모양의 큰 방이 있었고, 거기에 딸린 토방도 직사각형이었다. 토방에서 밖으로 나오면 큰 강이 보였다. 강물 위를 흰 돛단배가 몇 척이나 오갔다. 강기슭을 따라 세운 울타리 안으로는 땔감이 잔뜩 쌓여 있었다. 울타리 사이로 길게 뻗은 공터는 내리막길을 따라 물가까지 이어졌다. 돌담 사이로 모말게가 자주 집게발을 내밀었다.

시마다의 집은 긴 저택을 셋으로 나누어 정중앙에 위치했다. 원래는 큰 상인의 소유로, 강가 쪽으로 난 직사각형의 넓은 방은 가게였던 것 같았지만 집 주인이 어떤 사람이었는지 또 왜 주인이 그곳을 떠났는지는 겐조가 모르는 일이었다.

한때 그 넓은 방을 어느 서양인이 빌려서 영어를 가르친 적이 있었다. 서양인을 신기하게 여기던 시절이라 시마다의 부인 오쓰네는 도깨비와 함께 살기라도 하는 것처럼 그를 싫어했다. 서양인은 슬리퍼를 신고서 시마다 부부가 사는 방의 툇마루까지 어슬렁어슬렁 걸어 들어오는 버릇이 있었다. 오쓰네가 위경련이 오는 것 같다며 창백한 얼굴을 하고 누워 있으면 툇마루에 서서 방을 들여다보고 위로의 말을 건네기도 했다. 겐조는 그 위로의 말이 일본어였는지 영어였는지 또는 단지 손짓뿐이었는지 기억이 나지 않았다.

40

서양인은 어느샌가 사라져버렸다. 어린 겐조가 그것을 알아차렸을 때 넓은 방은 이미 사무취급소로 변해 있었다.

사무취급소는 지금의 구청 같은 곳이었다. 낮은 책상을 일렬로 늘어놓고 모두 바닥에 앉아 사무를 보았다. 테이블과 의자가 지금처럼 널리 사용되지 않던 때라서 다다미 위에 오래 앉아 있는 것이 그다지 불편하진 않았을 터였다. 호출을 받아 온 사람도, 일을 찾아온 사람도 하나같이 나막신을 토방에 벗어놓고 담당자의 책상 앞에 단정히 앉았다.

시마다는 사무취급소 대표였다. 따라서 그의 자리는 입구에서 가장 먼 안쪽에 마련되었다. 거기서부터 강이 보이는 창문까지 몇 사람이 더 있었는지, 책상 수가 몇 개였는지 겐조는 확실하게 기억이 안 났다.

시마다의 집과 사무취급소는 원래부터 기다란 하나의 집을 칸막이로 막은 것이어서, 시마다는 출근이며 퇴근에 적지 않은 편의를 누렸다. 그는 날씨가 좋은 때라도 흙을 밟는 귀찮은 일을 하지 않아도 되었다. 비가 내리는 날에 우산을 써야 하는 번거로움도 없었다. 시마다는 툇마루를 빙 돌아 출근했다. 그리고 같은 툇마루를 걸어서 집으로 돌아왔다.

이런 환경이 어린 겐조를 대담하게 만들었다. 겐조는 종종 사무적인 장소에 얼굴을 내밀고 모두에게 귀여움을 받았다. 겐조는 우쭐해서 서기의 벼룻집 안에 있는 주묵(朱墨)을 만진다든지, 창칼을 뽑아본다든지 하며 남들을 귀찮게 하는 장난을 계속해댔다. 시마다는 가능한 한 겐조가 하고 싶어 하는 대로 내버려두면서 작은 폭군의 태도를 묵인했다.

시마다는 인색한 남자였다. 부인 오쓰네는 시마다보다 더 인색했다.

"양초 대신 손톱에 불을 켤 사람들이야."

겐조가 생가에 돌아온 후, 이런 말이 종종 겐조의 귀에도 들려왔다. 그러나 어린 시절의 겐조는 오쓰네가 화로 옆에 앉아 하녀에게 된장국을 담아주는 것을 아무 생각 없이 바라볼 뿐이었다.

"하녀가 불쌍하지."

겐조의 생가 사람들은 쓴웃음을 지었다.

오쓰네는 밥통과 반찬이 들어 있는 찬장에 언제나 열쇠를 채웠다. 가끔 친정아버지가 찾아오면 꼭 메밀국수를 배달시켜 드시게 했다. 그때는 그녀도 겐조도 같은 것을 먹었다. 그러고는 끼니때가 되어도 결코 상을 내놓지 않았다. 그것을 당연한 일처럼 여기던 겐조는 생가로 다시 맡겨지고 나서 하루 세끼 식사에다 간식까지 꼭꼭 챙기는 것을 보고 많이 놀랐다.

그러나 부부는 겐조에게만큼은 이상할 정도로 금전적인 부분에 관대했다. 밖으로 나갈 때는 노란 바탕에 줄무늬가 있는 비단 하오리를 입혔고, 오글쪼글한 견직물의 옷을 사기 위해 일부러 유명 양품점인 에치고야까지 데리고 가기도 했다. 에치고야에서 옷의 무늬를 고르는 사이에 어느새 황혼이 내려 어린 사내 점원들이 우르르 나가서 폭이 넓은 덧문을 양쪽에서 일제히 닫았을 때 갑자기 두려워진 겐조가 큰소리로 울었던 적도 있었다.

원하는 장난감도 물론 마음대로 살 수 있었다. 그중에는 환등기(幻燈機)도 있었다. 겐조는 종이를 이어 꿰맨 막 위에 산바소*의 그림자를 비추고, 에보시**를 쓰고 방울을 흔들거나 발을 움직이거나 하며 좋아했다. 새 팽이를 사서 오래된 것처럼 보이려고 일부러 강가 도랑에 파묻기도 했다. 그런데 도랑의 진흙이 조금씩 강으로 빠져 흘렀기 때문에 겐조는 팽이가 없어질까 걱정을 하며 하루에도 몇 번이나 사무취급소의 토방을 빠져나가 팽이를 꺼내보곤 했다. 그리고 그때마다 돌담 사이로 도망치는 게의 게구멍을 막대기로 쿡쿡 쑤셨다. 미처 도망치지 못한 게의 등딱지를 눌러 잡고 여러 마리를 소매에 넣기도 했다……

요컨대 겐조는 이 인색한 시마다 부부에게 다른 집에서 받아들인 하나뿐인 아들로서 이례적인 취급을 받았던 것이다.

---

* 三番叟, 노가쿠에서 대화극인 교겐 연기자의 역할을 말한다.
** 옛날 천황이나 무사가 쓰던 두건의 일종.

41

그러나 시마다 부부의 마음 깊숙한 곳에는 겐조에 대한 불안감이 항상 잠재되어 있었다.

차가운 늦가을 밤 초저녁 겐조와 화로 앞에 마주 앉으면 그들은 자주 질문을 던졌다.

"네 아버지는 누구지?"

겐조는 시마다를 손가락으로 가리켰다.

"그럼 네 어머니는?"

겐조는 오쓰네의 얼굴을 보고 그녀를 가리켰다.

부부는 자신들의 요구를 일단 만족시키면 이번에는 같은 것을 다른 형태로 물었다.

"그럼 네 진짜 아버지와 어머니는?"

겐조는 마지못해 똑같은 대답을 반복했다. 그러나 그것은 왠지 그들을 기쁘게 했다. 부부는 얼굴을 마주보며 웃었다.

이런 일은 거의 매일 일어났다. 어느 때는 단지 이런 문답만으로 끝나지 않았다. 특히 오쓰네가 집요했다.

"너는 어디서 태어났지?"

이런 질문을 받을 때마다 겐조는 그의 기억 속에 보이는 높게 자란 대나무 숲이 있는 빨간 대문 집을 대답할 수밖에 없었다. 언제 이 질문을 던져도 막힘없이 똑같은 대답을 하도록 오쓰네가 겐조를 훈련시킨 것이었다. 겐조의 대답은 물론 기계적이었다. 하지만 그녀는 그런 건 조금도 개의치 않았다.

"겐짱, 너는 진짜 누구 아들이니? 숨기지 말고, 그래, 말해보렴."

겐조는 고문을 당하는 것 같았다. 때로는 고통스러움을 넘어 화가 났다. 상대방이 듣고 싶어 하는 대답을 하기 싫을 뿐 아니라 일부러 입을 다물고 싶었다.

"넌 누구를 제일 좋아하지? 아버지? 어머니?"

겐조는 그녀의 기분을 맞춰주기 위해 바라는 대답을 하는 것이 싫어서 견딜 수 없었다. 겐조는 말없이 막대기처럼 서 있었다. 그것을 단지 아직 어린 탓이라고 해석했던 오쓰네는 어떻게 생각하면 지나치게 단순했다. 겐조는 마음속으로 그녀의 이런 태도를 증오했다.

부부는 온갖 노력을 다해 겐조를 자신들의 전유물로 만들고자 했다. 또 사실상 겐조는 그들의 전유물이었다. 그들에게 겐조가 소중한 존재가 되어갈수록 겐조는 점점 자유를 빼앗겼다. 그에게는 이미 육체라는 속박이 있었다. 그러나 그보다 더욱 두려운 마음의 속박이, 아무것도 모르는 어린 가슴에도 어렴풋한 불만의 그림자를 던졌다.

부부는 자기들이 은혜를 베푼다는 걸 겐조의 머리에 의식적으로 주입시켰다. 그래서 어느 때는 '아버지가'라는 소리를 크게 했다. 어느 때는 '어머니가'라는 말에 힘을 주었다. 아버지와 어머니의 허락을 받지 않고 과자를 먹거나 옷을 입는 것은 당연히 금지되었다.

자신들의 친절을 어린 가슴에 무리하게 주입시키려는 그들의 노력은 오히려 정반대의 결과를 불러일으켰다. 겐조는 만사가 귀찮았다.

'왜 이렇게 간섭을 할까?'

'아버지가'라든가 '어머니가'라는 말이 나올 때마다 겐조는 혼자만의 자유를 원했다. 양부모가 사준 장난감을 가지고 놀며 즐거워하고 니시키에*를 싫증내지 않고 바라보긴 했지만 겐조는 그것들을 사주는 사람은 좋아하지 않게 되었다. 겐조는 잠시라도 양쪽을 완전히 분리해서 순수하게 즐거움을 느끼고 싶었다.

부부는 겐조를 귀여워했다. 하지만 그 애정 속에는 이상한 보상심리가 있었다. 돈의 힘으로 아름다운 여자를 첩으로 둔 사람이 그 여자가 좋아하는 것은 뭐든지 사주는 것처럼 시마다 부부는 애정 그 자체를 목적으로 행동하지 못하고 그저 겐조의 환심을 얻기 위해 친절을 보였다. 그들은 그 불순함 때문에 벌을 받았다. 그러나 자신들은 그 사실을 알지 못했다.

42

동시에 겐조의 성격도 변해갔다. 유순하고 착한 천성은 눈에 띨 정도로 침울하게 변했다. 고집이라는 두 글자가 겐조를 채웠다.

나날이 겐조는 버릇이 없어졌다. 자신이 좋아하는 것을 손에 넣지 못하면 도로든 길가든 상관없이 바로 주저앉아 꼼짝달싹하지 않았다. 어느 때는 어린 점원의 등 뒤에서 머리카락을 힘껏 쥐어뜯었다. 어느 때는 신사에서 풀어놓고 기르는 비둘기를 무슨 일이 있어도 집에 데려가겠다고 억지를 부렸다. 양부모에게 사랑받으며 제 뜻대로 모든 것을 소유할 수 있는 작은 세상 속 일밖에 모르는 그에게는 모든 사람

* 여러 가지 색깔을 넣어 찍어낸 풍속도 목판화.

114

이 단지 자신의 명령을 듣기 위해 존재하는 것처럼 보였다. 그는 말만 하면 통한다고 생각했다. 겐조의 뻔뻔스러움은 점점 깊어져만 갔다.

어느 날 아침 양부모가 겐조를 깨우자 그는 졸린 눈을 비비면서 툇마루로 나왔다. 겐조는 매일 아침 일어나면 툇마루에 서서 소변을 보는 버릇이 있었다. 그런데 그날은 잠이 덜 깨어 소변을 보면서 그만 다시 잠들어버렸다. 그 후는 기억이 나지 않았다.

정신이 들고 보니 겐조는 소변을 본 자리 위에 나뒹굴고 있었다. 불행하게도 겐조가 떨어진 툇마루는 꽤 높았다. 큰길에서 해안 쪽으로 미끄러지듯 파인 지면의 중간쯤으로, 보통 집 툇마루 높이의 두 배였다. 그는 그 일로 허리관절을 삐었다.

놀란 양부모는 곧 겐조를 센쥬에 있는 유명한 접골원 나구라로 데리고 가서 치료란 치료는 모두 받게 했다. 그러나 크게 삔 허리는 좀처럼 낫지 않았다. 겐조는 식초 냄새가 나는 노란색의 끈적끈적한 약을 매일 다친 부위에 바르고 안방에 누워 있었다. 며칠이나 계속 누워 있었는지도 알지 못했다.

"아직 못 일어서겠니? 한번 일어나봐."

매일마다 오쓰네가 재촉했다. 그러나 겐조는 꿈쩍도 할 수 없었다. 움직일 수 있게 되고 나서도 그는 일부러 가만히 누워 있었다. 누워서 오쓰네의 안절부절못하는 얼굴을 보며 은근히 즐거워했다.

마침내 겐조가 일어섰다. 그리고 평소와 별반 다를 것 없이 집 근처를 걸어 다녔다. 그러자 오쓰네는 놀라며 기뻐했지만 그 표정이 마치 연극을 하는 듯했기 때문에 겐조는 차라리 일어나지 말고 좀더 누워 있을걸 하는 생각을 했다.

그의 약점이 오쓰네의 약점과 정면으로 부딪치는 일도 적지 않았다.

오쓰네는 정말이지 굉장히 거짓말을 잘하는 여자였다. 그리고 어떤 경우라도 자신에게 이익이 있다고 생각만 하면 곧바로 눈물을 흘릴 수 있는 교활한 여자였다. 겐조를 그저 어린아이라고 여기고 방심하던 그녀는 자신의 이면을 겐조에게 완전히 내비치고서도 스스로는 깨닫지 못했다.

어느 날 손님 한 사람을 상대하던 오쓰네는 그 자리에서 화제에 오른 갑(甲)이란 여자를 옆에서 듣기 거북할 정도로 험담을 해댔다. 그런데 그 손님이 돌아간 후에 갑이 우연히 그녀를 찾아왔다. 그러자 오쓰네는 시치미를 떼고 갑을 향해 빤한 공치사를 늘어놓기 시작했다. 방금 어떤 사람과 당신 칭찬에 한창이었다는 불필요한 거짓말까지 했다. 겐조는 기가 막혔다.

"거짓말이잖아."

겐조는 융통성 없는 어린아이의 정직함을 갑 앞에서 그대로 드러냈다. 갑이 돌아간 후에 오쓰네가 길길이 뛰며 말했다.

"너랑 같이 있으면 내 얼굴에 불이 붙는 것 같구나."

겐조는 오쓰네의 얼굴에 빨리 불이 붙었으면 좋겠다고 생각했다.

겐조 자신도 모르는 마음속 깊은 곳 어딘가에서 오쓰네를 증오하는 마음이 항상 꿈틀거렸다. 아무리 귀여워해줘도 그에 보답할 만한 애정이 생기지 않을 정도로 그녀의 인격에는 추악한 부분이 있었다. 그리고 그 추악함을 누구보다 잘 아는 사람은 그녀가 그토록 품속에서 애지중지 키운 떼쟁이 겐조였다.

43

그러는 동안 시마다와 오쓰네 사이에 이상한 일이 일어났다.

어느 날 밤 겐조가 문득 잠에서 깨어보니 옆에서 두 사람이 서로 심하게 욕을 퍼붓고 있었다. 너무나 갑작스러운 일이었다. 그는 울음을 터뜨리고 말았다.

그다음 날 밤에도 겐조는 싸우는 소리에 깊은 잠을 잘 수가 없었다. 그는 또 울었다.

소란스러운 밤이 며칠이고 거듭되면서 두 사람이 욕을 퍼붓는 소리도 점차 커져갔다. 끝내는 서로에게 손찌검을 하기 시작했다. 때리는 소리, 짓밟는 소리, 울부짖는 소리가 어린 겐조의 마음에 두려움을 주었다. 두 사람은 처음에는 겐조가 울음을 터뜨리면 싸움을 그쳤지만 날이 갈수록 겐조가 잠을 자든 깨어 있든 상관없이 싸워댔다.

어린 겐조는 여태껏 한 번도 없었던 이런 일이 무엇 때문에 밤마다 늦게까지 계속되는지 전혀 이해가 되지 않았다. 그는 단지 두 사람의 싸움이 싫었다. 도덕적인 판단을 내릴 수 없는 겐조는 그냥 싸우는 행위 자체가 싫을 뿐이었다.

이윽고 오쓰네가 겐조를 불러 일의 전말을 들려주었다. 오쓰네의 말에 따르면 그녀는 이 세상에서 가장 선한 사람이었다. 이에 반해 시마다는 정말 악한 사람이었다. 그러나 가장 악한 사람은 오후지였다. '그년'이라든가 '그 여자가'라는 말을 할 때마다 오쓰네는 분해서 견딜 수 없다는 표정을 지었다. 눈에서는 눈물을 흘렸다. 그러나 그런 악에 받친 표정은 오히려 겐조의 기분을 나쁘게 할 뿐, 그 외에 아무런 효과도 주지 못했다.

"그년은 원수야. 엄마한테도 너한테도 원수야. 뼈가 가루가 되는 한이 있더라도 반드시 원수를 갚아야 해."

오쓰네는 부드득부드득 이를 갈았다. 겐조는 하루라도 빨리 오쓰네의 곁을 떠나고 싶었다.

겐조는 아침부터 밤까지 옆에 있으면서 무슨 일이든 자기 편으로 만들려고 하는 오쓰네보다 차라리 시마다가 좋았다. 시마다는 전과 달리 집에 없는 일이 많았다. 시마다가 돌아오는 시간은 언제나 한밤중이었기 때문에 낮에는 좀처럼 얼굴을 마주 대할 기회가 없었다.

그러나 겐조는 매일 밤 어두운 등불 아래에서 시마다를 보았다. 그 험악한 눈과 분노에 떠는 입술을 보았다. 소용돌이치는 연기처럼 흘러나오는 분노의 목소리를 들었다.

그래도 시마다는 종종 겐조를 데리고 예전처럼 외출을 했다. 시마다는 술을 한 모금도 입에 대지 않는 대신 단것을 무척 즐겼다. 어느 날 밤 시마다는 오후지의 딸인 오누이와 겐조를 데리고 번화가를 산책하고 돌아오는 길에 단팥죽 집에 들렀다. 겐조가 오누이를 만난 것은 이때가 처음이었다. 그러나 겐조와 오누이는 제대로 얼굴조차 마주 보지 못했다. 말을 건다는 것은 상상도 못했다.

집에 돌아온 겐조는 오쓰네에게 시마다와 함께 어디에 갔었느냐는 추궁을 당했다. 오쓰네는 겐조가 오후지 집에 들르지는 않았는지 몇 번이고 질책 담긴 목소리로 확인을 했다. 마지막으로 단팥죽 집에 누구와 함께 갔는지 힐문했다. 겐조는 시마다가 주의를 주었음에도 불구하고 사실대로 말했다. 오쓰네의 의심은 좀처럼 풀리지 않았다. 그녀는 이것저것을 물어보면서 그 이상의 사실을 꾀어내려고 했다.

"그년도 함께였지? 사실대로 말해. 말하면 엄마가 맛있는 걸 사줄 테니까 말해봐. 그년도 갔지? 그렇지?"

그녀는 어떻게 해서든 오후지가 같이 갔다는 말이 나오게 하려고 했다. 동시에 겐조는 어떤 일이 있어도 말하지 않겠다고 결심했다. 오 쓰네는 겐조를 의심했다. 겐조는 그녀를 경멸했다.

"그럼 그 애한테 아버지가 뭐라고 했는지 말해봐. 그 애한테 말을 많이 했니, 너한테 더 많이 했니?"

겐조는 아무런 대답도 하지 않았다. 마음에는 불쾌한 기분만 자꾸 더해졌다. 그러나 오쓰네는 거기서 멈출 여자가 아니었다.

"단팥죽 집에서 너를 어디에 앉혔니? 오른쪽이야, 왼쪽이야?"

질투심에서 시작된 질문은 언제까지고 끝나지 않았다. 수준 이하의 질문들로 자신의 인격을 여지없이 드러내고서도 오쓰네는 깨닫지 못 했다. 그런 그녀가 열 살도 안 된 양자가 자기에게 정나미가 있는 대 로 떨어졌다는 사실을 눈치챌 리 없었다.

44

얼마 지나지 않아 시마다는 겐조의 시야에서 사라져버렸다. 강가에 면한 뒷골목과 번화한 큰길 사이에 끼어 있던 집도 갑자기 어딘가로 사라져버렸다. 오쓰네와 단둘이 남은 겐조는 낯설고 이상한 집에 있 는 자신을 발견했다.

집의 정면에는 새끼줄을 대문에 여러 가닥 드리운 쌀가게인가 된장 가게인가가 있었다. 겐조는 이 큰 가게와 삶은 콩을 함께 기억했다. 그는 매일 삶은 콩을 먹었던 것을 기억했다. 그러나 새로 이사한 집에 대해서는 어떤 기억도 떠오르지 않았다. '세월'은 그를 위해 쓸쓸한 기억들을 깨끗이 지워주었다.

오쓰네는 누군가만 만났다 하면 시마다의 이야기를 꺼내며 분하다고 울었다.

"죽어서 귀신이 되더라도 달라붙어 저주할 거야."

그녀의 서슬 퍼런 저주가 겐조의 마음을 점점 더 오쓰네에게서 멀어지게 했다.

남편과 헤어진 오쓰네는 겐조를 혼자만의 전유물로 삼고자 했다. 또 그렇다고 믿었다.

"앞으로 내가 의지할 곳이라곤 너 하나뿐이야. 알겠니? 정신 바짝 차리지 않으면 안 돼."

이런 당부를 들을 때마다 겐조는 제대로 대답을 못하고 머뭇거렸다. 도저히 고분고분한 아이처럼 마냥 듣기 좋은 대답만 할 수가 없었기 때문이다.

겐조를 독차지하려는 오쓰네의 마음속에는 애정보다는 오히려 욕심에서 비롯된 악의가 자리하고 있었다. 아직 어려서 철이 없는 겐조의 가슴에도 그것은 불쾌한 그림자를 드리웠다. 그러나 그 외의 다른 점에 대해서 겐조는 꿈속을 걷는 것처럼 정확한 기억이 없었다.

두 사람이 함께한 생활은 아주 잠깐이었다. 물질적인 결핍이 원인이었는지, 또는 오쓰네의 재혼이 변화를 가져왔는지 아직 어렸던 그는 알 수 없었다. 어쨌든 그녀 또한 갑자기 겐조의 시야에서 사라져버렸다. 그리고 겐조는 어느새 생가로 돌아와 있었다.

"생각해보면 마치 남의 일 같아. 내 얘기라고는 도저히 생각할 수가 없어."

기억 속의 겐조는 지금의 그와 너무나 큰 차이가 있었다. 그러나 그는 타인의 삶 같은 자신의 옛날 일들을 떠올릴 수밖에 없었다. 더군다나 불쾌한 의미로 그래야 했다.

"오쓰네라는 사람은 그때 하타노인가 하는 사람에게 다시 시집을 간 건가요?"

겐조의 아내는 몇 년 전 오쓰네가 남편 앞으로 보낸 장문의 편지 겉봉에 쓴 이름을 기억하고 있었다.

"아마 그럴 거야. 잘은 모르지만."

"그 하타노라는 사람은 아직 살아 있겠죠?"

겐조는 하타노의 얼굴조차 본 적이 없었다. 생사 따위도 물론 몰랐다.

"경부(警部)였다고 하지 않으셨어요?"

"글쎄, 난 잘 몰라."

"어머, 당신이 그렇게 말씀하셔놓고는."

"언제?"

"편지를 저한테 보여주셨을 때요."

"그런가?"

겐조는 오쓰네가 보내왔던 편지 내용을 잠깐 돌이켜보았다. 편지에는 그녀가 어린 겐조를 보살펴줬을 때 쓰라리게 고생했다는 일만 적혀 있었다. 젖이 없어서 처음부터 암죽으로 키웠다는 일, 대소변을 잘 가리지 못해 자다가 오줌을 싸면 뒤처리에 애먹었다는 일 등, 그런 전말을 질릴 정도로 미주알고주알 상세히 적은 가운데 고후인가 어디에 살면서 재판관을 하는 친척이 매달 돈을 보내주어 이제는 정말 행복하다고 적혀 있었다. 그러나 정작 중요한 그녀의 남편이 경부였는지 아닌지에 이르면 전혀 기억이 나지 않았다.

"어쩌면 벌써 죽었을지 모르지."

"살아 있을지도 모르죠."

두 사람은 하타노를 말하는 건지 오쓰네를 말하는 건지 확실하지도 않게 이런 문답을 주고받았다.

"그 사람이 불시에 찾아왔던 것처럼 그 여자도 언제 갑자기 찾아올지 몰라요."

아내는 겐조의 얼굴을 보았다. 겐조는 팔짱을 낀 채 잠자코 있었다.

45

겐조도 아내도 오쓰네가 쓴 편지에 담긴 뜻을 잘 기억하고 있었다. 그녀와는 그다지 연고가 없는 사람도 친절히 매달 얼마씩 송금을 해주는데 어렸을 때 그렇게 신세를 진 겐조가 의리상으로라도 모른 체하면 되겠느냐는 속셈이 편지 각 장마다 빤히 들여다보였다.

그때 겐조는 그 편지를 도쿄에 있는 형에게 부쳤다. 그러면서 직장에 이런 편지를 보내오면 곤란하니까 좀 조심하도록 저쪽에 주의시켜

달라고 부탁했다. 형에게서 곧 답장이 왔다. 원래 양가(養家) 집과 인연을 끊고 다른 집에 시집을 간 이상은 타인이다. 게다가 겐조는 그 양가에서 이미 돌아온 뒤니까 이제 와서 겐조에게 편지 따위를 보내는 것은 곤란하다고 잘 알아듣도록 설명했으니 안심하라고 답장에 쓰여 있었다.

그 후 오쓰네는 편지를 쓰지 않았다. 겐조는 안심했다. 그러나 어딘가 마음이 석연찮았다. 오쓰네에게 신세를 졌던 옛일을 잊을 수는 없었다. 그러나 동시에 그녀를 혐오하는 마음도 그대로 남아 있었다. 오쓰네를 향한 그의 마음은 시마다를 대하는 태도와 비슷했다. 그러나 시마다보다 오쓰네가 훨씬 혐오스러웠다.

'시마다 하나만으로도 질리는데 그런 여자까지 찾아오면 곤란해.'

겐조는 마음속으로 생각했다. 남편의 과거에 대해 잘 알지 못하는 아내의 마음은 더욱 그랬다. 아내의 마음은 지금 친정에 쏠려 있었다. 원래 높은 지위에 있던 그녀의 아버지는 실직한 지 오래되어 경제적으로 어려움에 빠져 있었다.

겐조는 가끔 집에 이야기를 나누러 오는 청년들과 마주 앉을 때면 밝고 명랑한 그들의 모습과 자신의 내면을 비교해보곤 했다. 겐조의 눈에 비친 청년들은 모두 유쾌하게 앞을 응시하면서 미래를 향해서만 걸어가는 듯했다.

어느 날 겐조가 청년 중 한 사람에게 말했다.

"자네들은 행복하겠네. 졸업하면 무엇이 될까, 무엇을 할까, 그런 것만 생각하고 있으니까."

청년은 쓴웃음을 지으며 대답했다.

"그것은 선생님 시대의 일이겠지요. 지금의 젊은이들은 그렇게 한가하지 않습니다. 무엇이 될지, 무엇을 할지 생각하지 않는 건 물론 아닙니다만 세상이 자기 뜻대로 되지 않는다는 사실 역시 잘 알고 있으니까요."

과연 겐조가 졸업한 시대와 비교하면 세상은 열 배는 더 살아가기 힘들어졌다. 그러나 그것은 의식주와 관련된 물질적인 문제에 불과했다. 따라서 청년의 대답에는 겐조의 생각과 다소 엇갈리는 점이 있었다.

"아니, 자네들은 나처럼 과거 때문에 번민하지 않으니까 행복하다는 말이야."

청년은 이해하기 어렵다는 표정을 지었다.

"선생님도 과거 때문에 번민하는 것처럼 보이지는 않습니다. 오히려 '내 세상은 지금부터'라고 생각하시는 것 같은데요."

이번에는 겐조 쪽이 쓴웃음을 지을 차례였다. 그는 청년에게 프랑스의 어느 학자가 기억에 관한 새로운 학설을 제창했다고 말해주었다.

사람이 막 물에 빠질 때 또는 절벽에서 막 떨어지는 찰나에 자신의 과거 전체를 또렷이 머리에 그려내는 사실에 대해 이 철학자는 새로운 관점을 제시했다.

"인간은 평소 자신들의 미래만을 기대하고 사는데, 그 미래가 갑자기 발생한 위험 때문에 중단되고 '아, 이제 나는 끝장이구나!' 하는 사실을 인식하면 급히 눈을 돌려 과거를 뒤돌아보게 된다는 거야. 그래서 과거의 모든 경험이 한꺼번에 의식 표면에 떠오른다는 거지. 그의 학설에 따르면."

청년은 겐조가 소개하는 학설을 재미있다는 듯 들었다. 하지만 전후 사정을 모르는 청년은 그 학설을 겐조의 처지에 적용해서 생각할 수가 없었다. 겐조 역시 현재의 자기 형편이 한순간 과거 전부를 떠올릴 만큼 위험하다고 여길 정도로 바보는 아니었다.

46

겐조의 마음을 불쾌한 과거로 내몬 장본인인 시마다는 그 후 대엿새가 지나 다시 겐조의 집에 나타났다.

겐조의 눈에 비친 이 노인은 그야말로 과거의 유령이었다. 그러면서 현재의 인간이기도 했다. 또한 어두운 미래의 그림자임에도 틀림없었다.

'이 그림자는 언제까지 나에게 붙어 있을 생각일까?'

겐조의 마음은 호기심보다는 불안의 잔물결로 흔들렸다.

"요전에 히다 씨의 집에 잠깐 들렀습니다."

시마다의 말투는 이전과 똑같이 정중했다. 그러나 어째서 히다의 집에 발걸음을 했는지에 대해서는 시치미를 뚝 떼고 있었다. 시마다는 마치 그곳에 볼일이 있어 간 참에 겸사겸사 안부 인사와 병문안을 하고 왔다는 듯 말했다.

"그 부근도 옛날과는 달리 꽤 변했더군요."

겐조는 자신 앞에 앉은 사람의 진정성을 의심했다. 과연 이 남자가 그의 복적을 히다에게 신신당부한 것인지, 그리고 히다는 다 같이 상의한 결과대로 단연코 그 일을 거절한 것인지, 겐조는 명백하다고 생각했던 사실마저 의심하지 않을 수 없었다.

"예전에는 그 근처에 폭포가 있어서 여름이 되면 함께 자주 갔습니다만."

시마다는 상대가 무슨 생각을 하든 개의치 않고 혼자서 이야기를 이끌어나갔다. 겐조는 자진해서 그 불쾌한 문제를 언급할 필요가 없었기 때문에 단지 노인이 이야기하는 대로 그냥 내버려두었다. 그런데 점점 시마다의 말투가 변하더니 나중에는 겐조의 누이 이름에 경칭을 붙이지도 않았다.

"오나쓰도 나이를 먹었어. 하긴 벌써 안 만난 지 오래됐으니. 정말 억척스러운 성격이라 옛날에는 자주 나한테 대들기도 했지. 그래도 원래 형제 같은 사이니까 아무리 싸움을 해도 화해하는 것도 빨랐는데. 어쨌든 형편이 어려울 때마다 도와달라고 울며 찾아와서 나야 뭐 불쌍하니까 그때마다 얼마씩이나마 돈을 마련해줬지."

시마다는 누이가 옆에서 들었더라면 분명히 화를 낼 만큼 거만하게 말했다. 그의 말은 자기 좋을 대로 왜곡한 사실을 남에게 강요하려는 악의로 가득 차 있었다.

겐조의 말수가 점차 줄어들었다. 그러다가 마침내는 입을 다문 채 꼼짝 않고 시마다의 얼굴만 쳐다보았다.

시마다는 묘하게 인중이 길었다. 게다가 길에서 뭔가를 바라볼 때는 꼭 입을 헤벌려서 좀 바보 같기도 했다. 하지만 결코 선량한 바보로 보이지는 않았다. 움푹 들어간 눈은 항상 반대의 뭔가를 말하고 있었다. 눈썹은 험악했다. 좁고 튀어나온 이마 위 머리카락은 젊은 시절부터 반듯하게 좌우로 가르마를 탄 적이 없었다. 그는 흐트러진 머리를 걸인처럼 마구잡이로 넘기고 다녔다.

시마다는 문득 겐조의 눈을 보고 상대방의 속마음을 읽었다. 거만한 옛날로 돌아갔던 그의 말투가 어느새 현재의 정중함으로 되돌아와 있었다. 겐조 앞에서 과거의 자기로 돌아가려고 했던 시마다는 결국 그 시도를 단념해버렸다.

시마다는 방 안을 두리번두리번 둘러보기 시작했다. 공교롭게도 액자는 고사하고 족자도 걸려 있지 않아 살풍경한 느낌이 들었다.

"이홍장*의 글씨를 좋아하십니까?"

그가 갑자기 물었다. 겐조는 좋아한다고도 싫어한다고도 말하지 않았다.

"좋아하면 드릴까요? 그래 봬도 값으로 치면 상당할 겁니다."

옛날에 시마다는 후지타 도코**의 위필(僞筆)을 진품처럼 낡아 보이게 만든다며 '백발창안만사여(白髮蒼顔万死余)' 운운이라고 쓰인 얇은 종이를 부엌 부뚜막에 매달아둔 적이 있었다. 그가 겐조에게 준다는 이홍장의 글씨도 어디의 누가 쓴 것인지 수상쩍었다. 시마다에게서 물건을 받을 생각 따위는 추호도 없는 겐조는 상대도 하지 않았다. 시마다는 마침내 돌아갔다.

---

* 李鴻章, 중국 청나라의 정치가.
** 藤田東湖, 에도 시대 유학자.

47

"왜 왔대요, 그 사람은?"

아내는 목적 없이 시마다가 올 리가 없다고 생각했다. 겐조도 아내와 비슷한 생각을 했다.

"도무지 모르겠어. 원래 물고기와 짐승만큼이나 다르잖아."

"뭐가요?"

"그 사람과 나 말이야."

아내는 갑자기 자기 가족과 남편의 관계를 떠올렸다. 양쪽은 옛날부터 감정의 골이 있어서 서로를 거의 남이라고 생각하고 있었다. 외고집인 남편은 결코 먼저 해결을 하려 하지 않았다. 감정의 골을 만든 쪽에서 그것을 메우는 것이 당연하지 않느냐는 생각으로 끝까지 버티는 것이었다. 친정에서는 또 반대로 남편이 제멋대로 감정의 골을 파기 시작했으니까 그가 먼저 평평하게 해주기를 기대했다. 아내의 마음은 물론 친정 쪽이었다. 그녀는 자기 남편을 세상과 조화하지 못하는 편협한 학자라고 해석했다. 그러면서 남편이 친정과 조화롭게 지내지 못하는 원인 중에는 자신도 큰 부분을 차지한다는 사실을 인정했다.

아내는 조용히 이야기를 일단락 지으려 했다. 그러나 시마다에게 정신이 팔린 겐조는 그 뜻을 알아차리지 못했다.

"당신은 그렇게 생각하지 않아?"

"그야 그 사람과 당신이라면 물고기와 짐승만큼이나 다르겠죠."

"물론이지. 다른 사람과 나를 비교해서 뭣해."

초점이 다시 시마다에게로 맞춰졌다. 아내는 웃으며 물었다.

"이홍장의 족자를 어떻게 한다고요?"

"나한테 주겠다던데."

"그만두세요. 그런 것을 받으면 나중에 어떤 요구를 들고 나올지 모르잖아요. 준다는 것은 아마도 말뿐이겠죠. 마음속으로는 사주었으면 하는 바람일 거예요, 틀림없이."

겐조 부부는 이홍장의 족자보다 필요한 게 아주 많았다. 점점 커가는 딸아이에게 어울리는 옷을 입혀 밖으로 내보낼 수 없는 것도 남편이 모르는 아내의 걱정임에 틀림없었다. 얼마 전 이 엔 오십 전 하는 비옷을 월부로 마련해 매달 양복점에 돈을 지불하고 있는 남편도 그다지 마음이 편할 리는 없었다.

"복적에 관해서는 아무 말도 안 꺼낸 것 같네요."

"응, 아무런 말도 없었어. 꼭 도깨비한테 홀린 것 같아."

처음부터 겐조의 관심을 끌어보려고 일부러 엉뚱한 요구를 해본 것인지, 아니면 말하기 어려운 일이라 쉽게 담판을 짓기 힘들 것 같아 히다에게 말을 꺼냈는데 딱 잘라서 거절당하자 틀렸다고 깨달은 것인지, 겐조는 도무지 짐작이 가지 않았다.

"어느 쪽일까요?"

"도저히 모르겠어. 무슨 생각을 하는지."

시마다는 어느 쪽이라고도 추측하기 힘든 남자였다.

시마다는 사흘 정도 지나 다시 겐조의 집 현관 앞에 나타났다. 그때 겐조는 서재의 불을 밝히고 책상 앞에 앉아 있었다. 겐조의 머리에 때마침 사상적인 어떤 문제에 대한 실마리 한 줄기가 그럴싸하게 보이던 참이었다. 그는 집중해 생각을 발전시키려고 애를 쓰고 있었다. 그러나 시마다 때문에 사색이 뚝 끊어져버리고 말았다. 겐조는 방 입구에 손을 모으고 선 하녀를 괴로운 표정으로 돌아보았다.

'왜 이렇게 자주 와서 사람을 방해하는 거야. 정말 좋아하려야 좋아할 수가 없는 사람이군.'

그는 마음속으로 중얼거렸다. 그러나 찾아온 사람을 돌려보낼 용기는 없었기 때문에 하녀를 바라본 채 잠시 동안 가만히 있었다.

"들어오시라고 할까요?"

"그래."

그는 마지못해 대답했다. 그리고 "사모님은?" 하고 물었다.

"속이 좀 안 좋다고 조금 전부터 누워 계세요."

아내가 누워 있는 경우는 히스테리가 발작했을 때뿐이라는 생각이 들었다. 그는 마침내 일어섰다.

48

전기가 집집마다 보급이 되지 않던 시절이라 객실에는 평소처럼 어두운 램프가 켜져 있었다. 가늘고 긴 대나무 대 위에 기름종이를 끼워 넣어 만든 램프는 장구통같이 바닥이 평평해서 다다미 위에 놓기 좋았다.

겐조가 객실로 들어갔을 때, 시마다는 램프를 자기 곁으로 끌어당겨 심지를 올렸다 내렸다 하면서 램프 불의 상태를 바라보고 있었다.

시마다는 제대로 된 인사도 하지 않고 대뜸 "그을음이 좀 쌓인 것 같군요"라고 말했다.

과연 램프의 등피가 거무스름하게 그을려 있었다. 둥근 심지를 평평하게 자르지 않고 무리하게 불을 높이면 꼭 그런 이상이 생겼다.

"바꾸도록 시키죠."

집에는 같은 모양의 램프가 세 개 정도 있었다. 겐조는 하녀를 불러 안방에 있는 것과 이 방의 램프를 바꾸게 하려 했다. 그러나 시마다는 건성으로 겐조를 상대할 뿐 좀처럼 그을음으로 새까매진 램프 등피에서 눈을 떼지 않았다.

"왜 그런 걸까."

시마다는 혼잣말을 하더니 화초가 그려진 불투명한 유리 갓 안으로 램프를 들여다보았다.

겐조의 기억 속에 존재하는 시마다는 이런 일에 무척이나 신경을 쓰는 아주 꼼꼼하고 빈틈이 없는 남자였다. 말하자면 결벽증이었다. 타고난 윤리상의 결벽하지 못함과 금전상의 결벽하지 못함을 보상이라도 하려는 듯 안방과 툇마루 먼지까지도 신경을 쓰는 사람이었다. 그는 엉덩이를 들고 마룻바닥을 걸레질했다. 맨발로 뜰에 나가 눈에 보이지 않는 곳까지 쓸기도 하고 물을 뿌리기도 했다.

물건이 망가지면 반드시 자기가 고쳤다. 혹은 고치려 했다. 그런 일 때문에 아무리 시간이 들어도, 또 어떤 노력이 든다 해도 마다하지 않았다. 단지 성격 때문만은 아니었다. 그에게는 손에 쥔 한 푼의 동전이 물건을 고치는 데 들이는 시간이나 노력보다 훨씬 중요했기 때문이다.

"그런 건 전부 집에서 할 수 있어. 돈을 들여서까지 부탁할 것은 없어. 손해야."

시마다는 손해를 본다는 사실이 무엇보다도 두려웠다. 그러나 눈에 보이지 않는 손해는 아무리 큰 손해라도 알아채지 못했다.

"우리 집 양반은 너무 정직해."

옛날에 오후지가 이런 말을 한 적이 있었다. 세상 물정 모르는 겐조도 그 말이 진실이 아니라는 것쯤은 잘 알고 있었다. 그때 겐조는 거짓말임을 뻔히 알면서도 체면상 남편의 품성을 감싸주려는 것이라고 좋게 해석하고 오후지에게 아무 말도 하지 않았다. 그러나 지금 돌이켜보면 그녀의 말에도 조금은 근거가 있는 것 같았다.

'그렇게 커다란 손해를 입고서도 알아채지 못하는 게 어쩌면 정직일지 모르지.'

겐조는 금전적인 욕망을 충족시키려고 그 욕망에 어울리지도 않는 유치한 머리를 온힘을 다해 굴리는 노인을 오히려 불쌍하게 생각했다. 그리고 움푹 들어간 눈을 지금 램프의 유리 갓에 대고서 연구라도 하는 듯 어두운 불빛을 응시하는 그를 측은하게 바라보았다.

'이 사람은 이렇게 늙었구나.'

시마다의 일생을 한마디로 응축한 이 말을 눈앞에서 음미한 겐조는 자신은 과연 어떻게 늙어갈 것인가를 생각했다. 그는 신(神)이라는 말을 싫어했다. 그러나 그때 그의 마음에는 분명히 '신'이라는 단어가 떠올랐다. 만약 신의 눈으로 꿰뚫어 본다면 자기 일생도 이 욕심 사나운 노인의 일생과 특별히 다르지 않으리라는 느낌이 들었다.

그때 시마다가 램프의 나사를 돌렸는지 가늘고 긴 램프 갓 안이 갑자기 빨간 불꽃으로 가득해졌다. 그것에 놀라 또 나사를 반대로 너무 돌렸는지 이번에는 안 그래도 어두운 불빛이 더욱 어두워졌다.

"아무래도 뭔가 고장난 것 같군요."

겐조는 손뼉을 쳐서 하녀를 불러 다른 램프를 가져오라고 말했다.

49

그날 밤 시마다는 요전에 왔을 때와 다르지 않은 태도를 보였다. 겐조를 한 사람의 어른으로 인정하는 말투를 썼다.

그러나 전에 말했던 족자에 대해서는 완전히 잊은 듯했다. 이홍장의 '이' 자도 꺼내지 않았다. 복적 건은 더더욱 그랬다. 입 밖에 내려는 기색조차 없었다.

시마다는 가능한 한 일상적인 이야기를 하려고 했다. 그러나 어디를 어떻게 찾아보아도 두 사람에게 공통된 흥밋거리가 있을 리 없었다. 시마다가 하는 말 대부분이 겐조에게는 완전히 무의미했다.

겐조는 따분했다. 그러나 따분함 가운데 일종의 경계심도 포함되어 있었다. 겐조는 틀림없이 이 노인이 어느 날 무언가를 들고 지금보다 분명한 태도로 자신 앞에 나타날 거라고 예감했다. 또한 그 무언가란 반드시 불쾌함 내지는 불이익의 형태일 거라는 추측도 했다.

겐조는 작지만 예민한 긴장감을 느꼈다. 그 때문인지 시마다가 겐조를 보는 눈이 조금 전 불투명한 유리 갓을 통해 램프의 불꽃을 바라보던 때와는 완전히 달라져 있었다.

'조금이라도 틈이 보이면 달려들 테다.'

움푹 들어간 시마다의 눈이 분명하게 말하고 있었다. 자연히 겐조는 그 눈에 저항하며 경계할 수밖에 없었다. 그러나 때때로 경계심을 모두 내던지고, 굶주린 듯한 상대방의 눈을 안정시켜주고 싶은 생각이 들기도 했다.

그때 갑자기 안쪽에서 아내가 신음하는 듯한 소리가 났다. 겐조는 이 소리에 보통사람보다 더 민감했다. 그는 바로 귀를 기울였다.

"누가 아픕니까?" 시마다가 물었다.

"네, 아내가 좀."

"그렇습니까. 그거 참 안됐군요. 어디가 아픈가요?"

시마다는 아내의 얼굴을 본 적이 없었다. 언제 어디서 시집온 여자인지도 모르는 것 같았다. 그러므로 그의 말은 그냥 해보는 인사말에 지나지 않았다. 겐조도 시마다에게 아내에 대한 동정을 구할 생각은 없었다.

"요즈음은 날씨가 나빠서 주의하지 않으면 큰일나지요."

아이들이 벌써 잠든 뒤라서 집 안은 아주 조용했다. 하녀는 멀리 떨어진 부엌 옆 작은방에 있는 것 같았다. 이런 때 아내를 혼자 놔두다니 겐조는 무척이나 괴로웠다. 그는 손뼉을 쳐서 하녀를 불렀다.

"안으로 가서 사모님 옆에 앉아 있어라."

"네?"

하녀는 무슨 영문인지 모르겠다는 얼굴로 방문을 닫았다. 겐조는 다시 시마다 쪽으로 돌아섰다. 하지만 그의 신경은 노인을 떠나 있었다. 마음속으로는 '빨리 좀 돌아가지' 하는 생각뿐이었다. 그 속내가 겐조의 말과 태도에 역력히 드러났다.

그러나 시마다는 쉽게 일어서지 않았다. 더 이상 이야기를 이을 거리가 없는 지경에 이르러서야 비로소 방석에서 슬쩍 일어났다.

"바쁘신데 대단히 실례가 많았습니다. 그럼 조만간 또 찾아뵙겠습니다."

시마다는 아내의 병에 대해서는 아무런 말도 하지 않은 채 섬돌에 서서 다시 겐조 쪽을 뒤돌아보았다.

"밤중에는 대개 한가하십니까?"

겐조는 건성으로 대충 대답했다.

"실은 좀 드리고 싶은 얘기가 있습니다만."

겐조는 무슨 일이냐고 되묻지도 않았다. 노인은 겐조가 손에 든 어두운 등롱 밑에서 둔한 눈을 반짝이며 겐조의 얼굴을 올려다보았다. 그 눈에는 역시 어딘가 틈만 있으면 겐조에게 달려들겠다는 기분 나쁜 술수가 숨어 있었다.

"자, 그럼 이만 실례하겠습니다."

격자문을 열고 밖으로 나간 시마다는 마지막으로 이렇게 말하고 마침내 어둠 속으로 사라졌다. 겐조의 집 대문에는 처마 등마저 켜져 있지 않았다.

50

겐조는 곧 집 안으로 들어가서 아내의 머리맡에 섰다.

"왜 그래?"

아내가 눈을 뜨더니 천장을 쳐다보았다. 겐조는 이부자리 옆에서 아내의 눈을 내려다보았다.

미닫이문 아래 놓인 램프의 불은 객실의 것보다 어두웠다. 아내 눈동자가 어디를 향해 있는지조차 알 수 없을 정도였다.

"왜 그래?"

겐조는 똑같은 질문을 반복해야 했다. 그래도 아내는 대답하지 않았다.

그는 결혼 후 이런 일을 몇 번씩이나 경험했다. 그러나 그것에 익숙해지기에는 신경이 지나치게 예민했다. 이런 일을 경험할 때마다 언제나 똑같은 불안감을 느꼈다. 겐조는 얼른 아내의 머리맡에 앉았다.

"이제 방으로 가도 좋아. 여기는 내가 있을 테니까."

이부자리 아래쪽에 멍하니 앉아서 무료한 듯 겐조의 모습을 바라보던 하녀가 말없이 일어섰다. 그리고 "안녕히 주무세요"라고 방문 앞에서 손을 짚고 인사한 뒤 미닫이문을 꽉 닫았다. 하녀가 나가고 난 뒤 빨간 실이 달린 반짝거리는 물체가 다다미 위에 남았다. 그는 눈살을 찌푸리면서 하녀가 떨어뜨리고 간 바늘을 집어 들었다. 평소 같으면 하녀를 도로 불러 잔소리를 하고 바늘을 건네주었겠지만 지금의 그는 묵묵히 그것을 손에 쥔 채 잠시 생각에 잠겼다. 겐조는 마침내 바늘을 미닫이문 종이에 푹 꽂았다. 그리고 아내 쪽을 다시 보았다.

아내의 눈은 이미 천장을 떠나 있었다. 그러나 확실히 어디를 보고 있다 말할 수도 없었다. 크고 검은 눈동자가 번쩍거렸다. 하지만 생동감이 없었다. 그녀는 혼이 빠져버린 듯 눈을 한껏 뜨고 눈동자가 향하는 어느 부근을 멍하니 쳐다보고 있었다.

"이봐."

겐조는 아내의 어깨를 흔들었다. 아내는 대답 없이 그저 천천히 고개만 움직여 겐조 쪽으로 얼굴을 돌렸다. 하지만 남편의 존재를 알아차린 것 같지는 않았다.

"이봐, 나야. 알아보겠어?"

이런 경우에 그가 언제나 사용하는 진부하고 간략하면서도 난폭한 이 말 속에는 남들은 모르지만 겐조만은 아는 연민과 고통과 비애가 서려 있었다. 무릎을 꿇고 하늘에 기도를 드릴 때와 같은 정성과 간절한 바람도 있었다.

'제발 말 좀 해. 제발 내 얼굴을 좀 봐.'

그는 마음속으로 이렇게 말하며 아내에게 애원했다. 그러나 간절한 애원을 결코 입 밖에 드러내어 말하려고 하지는 않았다. 그는 감상적인 기분에 쉽게 사로잡히면서도 결코 그것을 솔직히 드러내지는 않는 남자였다.

아내의 눈이 갑자기 평소대로 돌아왔다. 그리고 꿈에서 깬 사람처럼 겐조를 보았다.

"여보."

그녀의 목소리는 가늘고 길었다. 아내는 미소를 지어 보였다. 그러나 아직 긴장이 풀리지 않은 겐조의 얼굴을 보자 곧 웃음기를 거두어들였다.

"그 사람은 돌아갔어요?"

"응."

두 사람은 잠시 동안 말이 없었다. 아내는 고개를 돌려 옆에서 자고 있는 아이들을 바라보았다.

"잘도 자네요."

아이들은 한 이불 밑에서 작은 베개를 나란히 하고 새근새근 잠들어 있었다.

겐조는 아내의 이마 위에 오른손을 얹었다.

"찬 물수건으로 머리라도 식혀줄까?"

"아니에요. 이제 괜찮아요."

"괜찮아?"

"네."

"정말로 괜찮아?"

"네, 당신도 이제 주무세요."

"나는 아직 못 자."

겐조는 다시 서재로 돌아가 조용한 밤을 혼자 지새워야 했다.

51

밝게 빛나는 눈에 비해 겐조의 머리는 맑지 않았다. 그는 사색의 끈을 놓쳐버리고 생각의 진로를 방해하는 안개 속에서 괴로워했다.

그는 내일 아침 많은 사람들보다 한 단 높은 곳에 서야 하는 불쌍한 자기 모습을 머릿속에 그려보았다. 그 불쌍한 얼굴을 열심히 응시하거나 또는 서툰 말을 진지하게 필기할 청년들에게 미안한 감정이 들었다. 자신의 허영심과 자존심에 상처를 입는 것도, 그 상처를 초월할 수 없는 것도 겐조에게는 큰 고통이었다.

'내일 강의도 실패할지 몰라.'

이런 생각을 하자 그는 갑자기 노력하는 것이 싫어졌다. 논리적인 생각이 물 흐르듯 잘 펼쳐질 때면 무엇인가에 선동되듯 일어나는 '내 머리도 결코 나쁘지 않아'라는 자신감도, 자만심도 순식간에 사라졌다. 동시에 두뇌 회전을 어지럽히는 주위에 대한 불만은 평소보다 심해졌다.

그는 결국 펜을 던지듯 내팽개쳤다.

"이제 더는 못 하겠다. 어떻게 돼도 상관없어."

벌써 한시가 지난 시각이었다. 램프 불을 끄고 어두운 툇마루를 지나 복도로 나오자 저쪽 끝 안방 미닫이문 사이로 밝은 불빛이 새어나오고 있었다. 겐조는 그 문을 열고 안으로 들어갔다.

아이들은 강아지처럼 한데 모여 자고 있었다. 아내도 조용히 눈을 감고 반듯이 누워 자고 있었다.

소리가 나지 않도록 조심조심 아내 옆에 앉은 겐조는 고개를 약간 내밀어 아내의 얼굴을 위에서 들여다보았다. 그러고는 가만히 아내의 얼굴 쪽으로 손을 가져갔다. 그녀는 입을 꼭 다물고 있었다. 손바닥에 아내의 콧구멍에서 새어나오는 뜨뜻미지근한 숨결이 미약하게 느껴졌다. 숨결은 규칙적이었다. 그리고 평온했다.

겐조는 마침내 내민 손을 거두었다. 다시 한번 아내의 이름을 불러보지 않으면 안심할 수 없다는 생각이 엄습했다. 하지만 그는 곧 그 충동을 극복해냈다. 아내 어깨에 손을 얹고 흔들어 깨우려다가 그것도 그만두었다.

'괜찮겠지.'

겐조는 간신히 보통사람들이 흔히 내리는 결론을 내렸다. 아내의 병 때문에 신경이 예민해진 그는 이것이 이런 경우에 취해야 할 보통의 절차라고 생각했다.

아내의 병에는 숙면이 가장 좋은 약이었다. 긴 시간을 아내 곁에 앉아 걱정스럽게 그 얼굴을 바라봐야 하는 겐조는 그녀의 눈꺼풀 위로 조용히 잠이 내려올 때면 하늘에서 내리는 감로(甘露)를 받는 기분이었다. 그러나 잠이 지나치게 길어지면 이번에는 자신을 쳐다보지 않는 눈동자가 오히려 불안거리가 되었다. 그래서 속눈썹에 가려진 그 눈을 보기 위해 겐조는 깊이 잠든 아내를 일부러 흔들어 깨워볼 때도 종종 있었다. 좀더 자게 내버려두라는 호소를 피로한 안색에 드러내며 아내가 무거운 눈꺼풀 들어 올릴 때면 그제야 후회를 했다. 그러나 그는 이런 딱한 짓을 해서라도 그녀의 실재를 확인해야 안심할 수 있었다.

이윽고 겐조는 잠옷으로 갈아입고 자리에 누웠다. 그리고 복잡한 두뇌를 조용한 밤의 지배에 내맡겼다. 밤은 머릿속의 혼탁함을 정화시키기에는 지나치게 어두웠다. 그러나 소란스러운 두뇌의 활동을 멈추기에는 충분히 고요했다.

이튿날 아침 겐조는 자신을 부르는 아내의 목소리에 눈을 떴다.

"여보, 일어날 시간이에요."

아내는 이부자리에 누운 채로 손을 뻗어 겐조의 머리맡에 있는 회중시계를 집어 들어 바라보았다. 하녀의 도마질 소리가 부엌 쪽에서 들려왔다.

"일하는 아이는 벌써 일어난 거야?"

"네, 조금 전에 깨우러 갔다 왔어요."

아내는 하녀를 깨워두고 다시 이불 속으로 들어왔던 것이다. 겐조는 곧 일어났다. 아내도 동시에 일어났다.

어젯밤 일에 대해서는 두 사람 모두 완전히 잊어버린 듯 아무 말도 하지 않았다.

52

두 사람은 자신들의 태도에 대해 어떠한 반성도 하지 않았다. 두 사람은 서로가 특별한 인과 관계로 맺어졌다는 사실을 막연하게 느끼고 있었다. 그리고 그 인과 관계란 타인들에게는 전혀 통하지 않는다는 사실도 잘 알고 있었다. 그러나 사정을 모르는 제삼자의 눈에 자신들이 이상하게 비치지 않을까 하는 의심 따위는 하지 않았다.

겐조는 밖으로 나가서 평소처럼 일했다. 그러나 한창 일하는 중에도 문득 아내의 병을 생각하곤 했다. 눈앞에 꿈을 꾸는 듯한 아내의 검은 눈동자가 갑자기 떠올랐다. 그러면 그는 지금 서 있는 높은 단상에서 내려와 집으로 당장 돌아가야 한다는 생각이 들었다. 어쩌면 금방이라도 집에서 데리러 올 것 같은 기분이 들었다. 그는 넓은 교실 한구석에 서서 맞은편 끝에 있는 먼 출입구를 바라보았다. 그리고 고개를 들어 투구를 엎어놓은 듯한 높고 둥근 천장을 바라보았다. 니스로 칠한 나무조각을 몇 겹이나 쌓아올려 한층 높아 보이게 궁리한 천장도 불안한 그의 마음을 감싸기에는 부족했다. 마지막으로 겐조의 눈길은 단상 아래에서 검은 머리를 나란히 하고 열심히 말을 듣고 있는 많은 청년들에게로 떨어졌다. 그들 때문에라도 겐조는 현실로 돌아와야 했다.

이토록 아내의 병 때문에 고민하는 반면 시마다 때문에 느끼는 두려움은 그리 크지 않았다. 그는 이 노인을 완고하고 매정하며 탐욕스러운 남자라고 여겼다. 그러나 한편으로는 그런 성격을 충분히 발휘할 능력이 없다고 얕보기도 했다. 단지 겐조는 시마다와 쓸데없이 만나서 아까운 시간을 낭비하는 것이 죽도록 싫었다.

"뭘 말하러 올 생각일까, 요다음에는."

시마다의 느닷없는 방문을 은근히 염려하는 겐조의 중얼거림이 아내의 대답을 재촉했다.

"뻔하잖아요. 그렇게 걱정하지 말고 그냥 절교하는 편이 훨씬 득이라니까요."

겐조는 마음속으로 아내가 하는 말을 수긍했다. 그러나 입으로는 정반대의 대답을 했다.

"별로 걱정이 되는 건 아니야. 어차피 그런 사람은 상대할 가치가 없지. 두려워할 것도 없고."

"두려워하신다는 게 아니에요. 하지만 성가신 건 틀림없잖아요, 아무리 당신이라고 해도요."

"세상에는 단지 성가시다는 이유로는 그만둘 수 없는 일이 있는 거라고."

겐조는 쓸데없이 고집을 부리며 아내와 대화를 주고받았다. 결국 그다음에 시마다가 찾아왔을 때는 평소보다 바빠서 머리를 싸매고 고민하고 있었음에도 불구하고 끝내 시마다가 만나자고 하는 요청을 거절할 수 없었다.

시마다가 이야기하고 싶어 한 일은 아내가 추측한 대로 역시 돈 문제였다. 약간의 틈이라도 보이면 잽싸게 말을 꺼내려고 했던 시마다는 계속 기다려봤자 기회가 없다고 생각했는지 마침내 이것저것 가리지 않고 겐조를 압박하기 시작했다.

"아무래도 좀 힘들어서요. 어디 달리 부탁할 곳도 없는 처지입니다. 이번 딱 한 번만."

노인의 말 어딘가에는 의무로라도 들어줘야 한다는 뻔뻔함이 숨어 있었다. 그러나 겐조의 자존심을 건드릴 만큼 강하게 드러나지는 않았다.

겐조는 일어나 서재로 가서 책상 위에 놓여 있던 지갑을 가지고 왔다. 살림살이는 모두 아내에게 맡겼으므로 그의 지갑은 물론 가벼웠다. 안이 텅 빈 채로 벼룻집 옆에 며칠이고 있는 일도 많았다. 그는 지갑 속에서 손에 닿는 대로 지폐를 꺼내어 시마다 앞에 놓았다. 시마다는 야릇한 표정을 지었다.

"어차피 당신이 요구하는 대로 줄 수는 없어요. 그래도 지갑에 있는 돈은 모두 드리죠."

겐조는 지갑 속을 열어 시마다에게 보였다. 그리고 시마다가 떠난 후에 텅 빈 지갑을 객실에 내팽개친 채 서재로 돌아갔다. 아내에게는 돈을 주었다는 말은 꺼내지도 않았다.

53

이튿날 여느 때와 같은 시간에 집에 돌아온 겐조는 책상 앞에 앉아서 평소와 같은 장소에 놓인 지갑을 가만히 쳐다보았다. 두 번 접을 수 있는 가죽 지갑이었다. 런던의 번화가에서 산 지갑은 그의 소지품치고는 지나치게 질이 좋은 물건이었다.

외국에서 가지고 돌아온 기념품들에 아무 흥미도 느끼지 못하는 겐조에게는 이 지갑도 길쭉하기만 한 무용지물로밖에 보이지 않았다. 아내가 왜 이것을 원래 장소에 고이 놓아둔 것일까 의심한 그는 텅 빈 지갑을 빈정거리듯 힐끗 보고는 손도 대지 않고 며칠을 보냈다.

그러는 사이에 어떤 이유인가로 돈이 필요한 날이 생겼다. 겐조는 책상 위의 지갑을 집어 아내에게 내밀었다.

"여보, 지갑에 돈 좀 넣어줘."

아내는 오른손에 자를 든 채 남편의 얼굴을 올려다보았다.

"들어 있을 텐데요."

그녀는 요전에 시마다가 돌아간 뒤 남편에게서 아무 말도 듣지 못했다. 겐조가 노인에게 돈을 빼앗긴 일은 부부 사이의 화젯거리로 오르지도 않았다. 겐조는 아내가 사정을 몰라서 이렇게 말하는가 생각했다.

"다 써버렸어. 지갑은 벌써부터 텅 비었다고."

아내는 돈이 아직 남아 있을 거라고 여겼는지 들고 있던 자를 다다미에 내려놓고 남편 쪽으로 손을 내밀었다.

"좀 보여주세요."

겐조는 어이가 없다는 표정으로 지갑을 아내에게 건넸다. 아내가 지갑을 열어 속을 확인했다. 안에서 네다섯 장의 지폐가 나왔다.

"보세요. 역시 있잖아요?"

그녀는 손때 묻은 꼬깃꼬깃한 지폐를 손가락으로 집어 가슴께까지 들어 보였다. 자기 말이 맞지 않느냐는 듯 살짝 미소를 짓기까지 했다.

"언제 넣었지?"

"그 사람이 돌아간 뒤에요."

겐조는 그 마음씀씀이를 기뻐하기보다 오히려 신기한 무엇을 보듯 아내를 바라보았다. 그가 알고 있는 아내는 이렇게 재치 있는 짓을 하는 여자가 아니었다.

'내가 시마다에게 돈을 빼앗긴 게 딱해 보였나?'

겐조는 생각했다. 그러나 입 밖으로 소리 내어 이유를 캐묻지는 않았다. 그녀도 남편과 같은 태도를 보이며 자진해서 뭔가를 설명하는 귀찮은 일 따위는 하지 않았다. 돈은 이렇게 말없이 건네지고 또 말없이 쓰였다.

그사이에 아내의 배가 점점 더 불러왔다. 아내는 움직일 때마다 숨쉬기를 괴로워했다. 기분도 자주 바뀌었다.

"저 이번엔 어쩌면 죽을지도 몰라요."

아내는 가끔 이상한 예감이 드는지 이렇게 말하며 눈물을 흘렸다. 대개는 상관하지 않고 내버려두는 겐조도 때에 따라서는 대꾸를 할 수밖에 없었다.

"왜 그런 말을 해?"

"왠지 자꾸 그런 생각이 들어요."

질문도 대답도 그 이상 이어지지 않았다. 그들의 대화에는 어렴풋한 무언가가 항상 존재했다. 그 무언가는 단순한 몇 마디 말로 나타났다가 곧 말이 닿지 않는 먼 곳으로 사라졌다. 마치 방울 소리가 고막에 미치지 못하고 희미한 세계로 사라져버리는 것처럼.

아내는 입덧으로 죽은 겐조의 형수를 생각했다. 그리고 큰딸을 낳을 때 고생했던 옛일을 떠올리기도 했다. 며칠 동안이나 음식을 제대로 먹지 못했다. 사흘만 더 영양을 섭취하지 못하면 죽을지도 모른다는 말을 듣자 살아 있는 것이 도리어 우연처럼 느껴졌다.

"여자는 너무나 작은 존재 같아요."

"여자의 의무니까 하는 수 없지."

겐조의 대답은 무척이나 평범했다. 이성적인 머리로 비판한다면 참으로 엉터리 같은 말을 둘러댄 것에 지나지 않았다. 그는 속으로 쓴웃음을 지었다.

54

겐조의 기분도 기복이 심했다. 그러나 모든 생각을 입 밖으로 내뱉어도 아내의 마음을 안심시키는 말만은 절대 하지 않았다. 때로는 힘들어하며 누워 있는 아내의 꼬락서니에 부아가 치밀어 견딜 수 없었다. 그래서 머리맡에 우뚝 선 채 일부러 무뚝뚝한 말투로 괜한 일을 시키기도 했다.

아내는 꿈쩍도 안 했다. 커다랗게 부른 배를 다다미 바닥에 붙인 채

구워 먹든 삶아 먹든 멋대로 하라는 태도였다. 평소에도 별로 말수가 없는 그녀는 점점 더 말이 없어졌고, 그것이 남편의 신경을 건드린다는 걸 알면서도 시치미를 떼고 있었다.

'정말 고집불통이야.'

겐조의 마음속에는 이 한마디가 아내의 전부인 양 깊이 각인되었다. 다른 것은 완전히 잊어버렸다. '고집불통'이라는 단어만이 인식의 중심이 되었다. 그는 주위를 새까맣게 칠하고서 가능한 한 강렬하게 증오의 빛을 네 글자 위로 집어 던졌다. 아내는 잠자코 입을 다문 채 증오의 빛을 받아들였다. 따라서 사람들 눈에는 아내는 언제나 품위 있는 여자로 비치는 반면, 남편은 아무래도 제멋대로 구는 신경질쟁이로 보일 수밖에 없었다.

'당신이 그렇게 매정하고 무자비하게 구시면 또 히스테리를 일으킬 거예요.'

아내의 눈빛에는 가끔 이런 뜻이 비쳤다. 어찌 된 영문인지 겐조는 그 빛이 몹시 두려웠다. 동시에 격렬히 증오하기도 했다. 고집스러운 그는 마음으로 아내가 무사하기를 빌면서도 겉으로는 어디 멋대로 해보라는 듯 행동했다. 하지만 그 강경한 태도 이면에는 언제나 거짓말처럼 약한 면이 존재한다는 것을 아내는 잘 알고 있었다.

"어차피 아기를 낳다가 죽어버릴 테니까 상관없어요."

그녀는 겐조가 들으라는 듯 중얼거렸다. 겐조는 그토록 죽고 싶으면 죽어버리라고 말하고 싶었다.

어느 날 밤 그가 문득 눈을 떴는데 커다랗게 눈을 치뜨고 천장을 응시하고 있는 아내가 보였다. 손에는 그가 서양에서 가져온 면도칼이 있었다. 검은 칼집에 접힌 칼날은 빼지 않은 채 손잡이만을 쥐고 있었기 때문에 칼날의 오싹한 광채는 보이지 않았다. 하지만 겐조는 가슴이 철렁했다. 그는 자리에서 일어나 몸을 반쯤 세우고 아내의 손에서 면도칼을 낚아챘다.

"바보 같은 짓 하지 마."

그는 이렇게 말하면서 면도칼을 내던졌다. 면도칼은 방문 유리창에 부딪쳐 유리창을 깨뜨리고 건너편 툇마루로 떨어졌다. 아내는 꿈이라도 꾼 사람처럼 한마디도 하지 않았다.

애정에 굶주린 나머지 정말 칼부림을 할 생각이었을까? 아니면 발작 때문에 의지를 상실하고 자기도 모르는 사이에 칼을 들었던 것일까? 아니면 남편에 대한 복수심에 이렇게 사람을 놀라게 하는 것일까? 그렇다면 그 진의는 과연 무엇일까? 남편을 온화하고 다정한 사람으로 만들려는 것일까? 남편을 자기 뜻대로 하려는 천박한 정복욕일까? 겐조는 자리에 누워서 하나의 사건을 여러 가지 관점으로 생각해보았다. 그리고 좀체 감기지 않는 눈을 슬쩍 돌려 아내의 동정을 살폈다. 자고 있는지 깨어 있는지도 알 수 없는 아내는 전혀 움직임이 없었다. 흡사 죽음을 기쁘게 기다리는 사람 같았다. 겐조는 다시 베개 위에서 문제의 해결책을 생각했다.

이 문제는 겐조의 실생활을 지배하고 있으므로 학교에서 하는 강의보다 훨씬 중요했다. 그 해결 방법에 따라 그가 아내를 대하는 태도가 정해질 터였다. 지금보다 훨씬 단순했던 옛날의 겐조는 아내의 불가사의한 행동이 오로지 병 때문이라고 굳게 믿었다. 그 시절에는 아내가 발작할 때마다 신 앞에 죄를 참회하는 사람의 심정으로 아내 앞에 무릎을 꿇었다. 그는 그것이 남편으로서 할 수 있는 가장 다정하고 고상한 행동이라고 믿었다.

'왜 저러는지만 분명히 안다면.'

그에게는 이런 자애로움이 넘칠 정도로 가득했다. 하지만 불행히도 그 원인은 옛날처럼 단순해 보이지 않았다. 겐조는 끊임없이 고민했다. 도저히 해결되지 않는 문제에 지쳐 깜박 잠이 들었다가 눈을 뜨자 벌써 아침이었다. 그는 다시 일어나 강의를 하러 나가야만 했다. 그는 어젯밤의 일에 대해 아내에게 끝내 한마디도 하지 못했다. 아내도 날이 밝자 언제 그런 일이 있었느냐는 듯한 표정을 지었다.

55

대개 이런 불쾌한 일은 시간이 지나면 자연히 기억 속에서 사라졌다. 두 사람은 어느덧 보통 부부들처럼 지내기 시작했다.

하지만 때로 시간은 방관자에 지나지 않았다. 부부는 언제까지고 등을 맞대고 반대쪽을 향한 채 지냈다. 두 사람의 긴장이 최고조에 달할 때면 겐조는 언제나 아내를 향해 "친정에나 가버려" 하고 말했다. 아내는 무엇을 하든 상관 말라는 표정을 지었다. 겐조는 아내의 그런 태도가 밉살스러워서 똑같은 말을 몇 번이나 반복했다.

"그럼 아이들을 데리고 당분간 친정에 가 있겠어요."

아내가 이렇게 말하고 친정으로 돌아간 적이 있었다. 겐조는 생활비를 매달 보내준다는 조건에 다시 옛날 학생 시절처럼 혼자서 생활

할 수 있게 된 것을 기뻐했다. 그는 꽤 넓은 집에 하녀와 단둘이 남았지만 갑작스러운 변화에도 전혀 쓸쓸하다고는 느끼지 않았다.

"아, 상쾌해서 기분 좋다."

겐조는 다다미 8조의 넓은 방 한가운데에 다리가 낮은 작은 상을 놓고 아침부터 저녁까지 공책에 글을 썼다. 때마침 여름이 절정에 달한 무렵이어서 몸이 허약한 그는 자주 뒤로 벌렁 누워버렸다. 언제 바꾼 지 모를 정도로 오래된 다다미 짚 거스러미가 등을 푹푹 찔렀다.

겐조는 보고 있으면 숨이 막힐 만큼 작은 글씨로 노트를 채워나갔다. 파리 머리 같은 글씨로 되도록이면 많은 초고를 완성하는 것이 그때의 그에게는 무엇보다도 유쾌하고 동시에 고통스러운 일이었다. 그것은 또 그의 의무이기도 했다.

부모가 스가모에서 식목원을 한다는 하녀가 겐조를 위해 분재 두세 개를 집에서 가져다주었다. 하녀는 거실 툇마루에 분재를 두고 겐조가 밥을 먹을 때 시중을 들면서 이런저런 이야기를 했다. 겐조는 하녀의 친절이 고마웠다. 하지만 분재는 그리 달갑지 않았다. 그건 어느 가게에서든 이삼십 전만 내면 화분째 살 수 있는 싸구려 물건이었다.

겐조는 아내 일은 완전히 잊고 글만 써내려갔다. 그녀의 친정에 얼굴을 디밀고 싶지는 않았다. 아내의 병에 대한 걱정도 모두 사라져버렸다.

'부모가 옆에 있지 않은가? 몸이 안 좋으면 무슨 연락이 있겠지.'

겐조의 마음은 아내와 함께 있을 때보다 훨씬 평온했다.

겐조는 아내의 친정 식구들뿐 아니라 자신의 형과 누이도 만나러 가지 않았다. 저쪽에서도 오지 않았다. 그는 낮에는 공부를 하고 시원한 저녁이 되면 산책을 하며 혼자 시간을 보냈다. 그리고 밤에는 여기 저기 기운 파란 모기장 속에 들어가서 잠을 잤다.

한 달 정도가 지나고 아내가 집에 들렀다. 그날 겐조는 해질녘 하늘 아래 넓지도 않은 뜰을 이리저리 거닐고 있었다. 그가 서재의 툇마루 앞에 이르렀을 때 아내는 반쯤 썩기 시작한 사립문 뒤에서 갑자기 모습을 드러냈다.

"여보, 예전으로 돌아가지 않으실 건가요?"

겐조는 아내가 신은 나막신 앞부분이 갈라지고 뒷부분은 보기 흉하게 닳아 있는 것을 보았다. 안쓰럽게 생각한 그는 지갑 속에서 일 엔짜리 지폐 석 장을 꺼내 아내의 손에 쥐여주었다.

"보기 흉하니까 이걸로 새 나막신 사 신어."

아내가 돌아가고 며칠이 지난 후 장모가 겐조를 찾아왔다. 용건은 아내 때와 비슷했다. 장모는 다다미 방에 앉아 겐조 쪽에서 처자식을 불러달라는 말을 했다. 본인이 돌아오고 싶다는데 그것을 거절하는 일은 무정한 처사라고 겐조는 생각했다. 그는 두말없이 승낙했다. 아내는 아이들을 데리고 고마고메로 돌아왔다. 그러나 그녀의 태도는 친정에 가기 전과 다르지 않았다. 겐조는 장모에게 속았다는 생각이 들었다.

여름 동안 있었던 이 사건을 되풀이해서 떠올릴 때마다 그는 불쾌해졌다. 이런 상황이 언제까지 계속될지 암담하기도 했다.

56

시마다는 여전히 겐조네 집에 얼굴을 내밀었다. 한번 줄을 잡은 이상 놓아버리면 완전히 끝이라는 불안이 더더욱 시마다를 조급하게 만들었다. 겐조는 가끔 서재에 들어가 예의 지갑을 노인 앞에 가지고 나와야 했다.

"좋은 지갑이군요. 허, 외제는 역시 어딘가 달라도 다르군요."

시마다는 두 번 접힌 지갑을 손에 들고 자못 감탄한 듯 중얼거렸다. 안과 겉을 뒤집어서 보기도 했다.

"실례지만 얼마 정도 합니까? 그쪽에서는?"

"아마 십 실링이었을 겁니다. 일본 돈으로 치면 오 엔 정도겠지요."

"오 엔? 오 엔이면 상당히 비싸게 주고 샀네요. 아사쿠사의 구로후네초에 예전부터 알고 지내는 가방가게가 있는데 거기라면 훨씬 싸게 만들어줄 겁니다. 다음에 필요할 때는 내가 부탁해드리지요."

겐조의 지갑에 항상 돈이 들어 있는 것은 아니었다. 텅 비어 있을 때도 있었다. 그런 경우에는 어쩔 수 없이 지갑을 가져오지 못했다. 그러면 시마다도 핑계를 대면서 오랫동안 앉아 있었다.

'돈을 안 주면 돌아가지 않으려고 하다니. 지겨운 놈이야.'

겐조는 분노했다. 그러나 아무리 성가셔도 아내에게서 일부러 돈을 받아내어 노인에게 건네지는 않았다. 아내도 '그 정도면, 뭐'라고 생각하며 별로 참견하지 않았다.

이럭저럭 시간이 지나면서 시마다의 태도도 점점 적극적으로 변했다. 태연하게 이삼십 엔이나 되는 목돈을 요구하기 시작했다.

"제발 한 번만. 이 나이가 돼서 기댈 자식은 없고, 의지할 곳은 당신 한 사람뿐이니까."

자기 말투가 뻔뻔스럽다는 것도 알아채지 못했다. 그래도 겐조가 화가 나서 입을 다물고 있으면 쑥 들어간 탁한 눈을 교활하게 움직여 유심히 겐조의 모습을 관찰하는 일을 잊지 않았다.

"이런 형편에 십 엔, 이십 엔이라는 큰돈이 어디 있겠습니까?"

겐조는 이런 말까지 입 밖에 내야 했다.

그가 돌아가자 겐조는 짜증스럽다는 표정을 하고 아내 앞에 앉았다.

"이거야 원, 야금야금 내 등골을 빨아먹을 작정이야. 처음에 단번에 함락시키려다 거절당하니까 이번에는 빙빙 돌면서 한 발짝씩 다가오는군. 참으로 지겨운 놈이야."

겐조는 화가 나면 '참으로'라든가 '제일'이라든가 '대단히'라는 최상급 부사를 써서 울분을 터뜨리는 남자였다. 이런 점에서 보면 아내 쪽이 고집은 세지만 훨씬 침착한 편이었다.

"걸려든 당신이 나빠요. 그러니까 처음부터 조심해서 얼씬 못하게 했다면 좋았을걸."

겐조는 그 정도는 자기도 알고 있다는 것을 부루퉁한 뺨과 입술로 표현했다.

"인연을 끊으려고 생각하면 언제든지 할 수 있어."

"지금까지 받아준 것만으로도 손해를 보셨어요."

"그거야 아무런 상관없는 당신이 보면 그렇지. 하지만 나는 당신하고는 다르다고."

아내는 겐조가 하는 말을 이해할 수 없었다.

"어차피 당신 눈에 저 같은 건 바보나 다름없겠지요."

겐조는 그녀의 오해를 바로잡아주는 것조차 귀찮아졌다.

두 사람 사이에 감정이 어긋날 때는 이런 대화도 오가지 않았다. 그는 시마다에 대한 걱정을 안은 채 말없이 곧장 서재로 들어갔다. 그곳에서 책도 읽지 않고 펜도 잡지 않고 그저 가만히 앉아 있었다. 아내역시 가정에는 신경도 쓰지 않는 고독한 남편을 상대할 기색이 없었다. 남편이 스스로 좋아서 감옥 같은 서재에 틀어박혀 있으니 별수 없다는 생각으로 깨끗하게 무시했다.

57

겐조의 마음은 구겨진 휴지조각처럼 울적했다. 때에 따라서는 어떤 기회를 이용해서 울화통을 밖으로 분출하지 않으면 고통스러워 견딜수가 없었다. 그는 툇마루로 나와 아이들이 엄마를 졸라서 산 화분을 이유도 없이 걷어찼다. 불그스름한 갈색의 옹기 화분이 와장창 깨지는 순간 그는 만족감을 느꼈다. 하지만 무참하게 꺾인 꽃줄기의 가련한 모습을 보자마자 허무한 기분에 휩싸였다. 아무것도 모르는 아이들이 예뻐하는 아름다운 위안을 무자비하게 파괴한 것이 그들의 아비라는 자각은 더더욱 그를 슬프게 했다. 겐조는 자신의 행동을 후회했다. 그러나 아이들 앞에서 잘못을 고백하는 일은 결코 있을 수 없었다.

'내 책임이 아니야. 결국 이런 미치광이 같은 짓을 내게 시키는 그놈이 나쁜 거야.'

마음속에는 이런 변명이 숨어 있었다.

파도치는 겐조의 기분을 가라앉히는 데는 평화롭고 침착한 대화가 필요했다. 그러나 사람을 멀리하는 그에게 그런 대화는 쉽지 않았다. 그는 혼자서 열을 내는 듯한 기분이 들었다. 하녀가 평소에도 달갑지 않은 보험회사 직원의 명함을 가지고 들어오자 문을 열어주었다는 이유만으로 죄없는 하녀를 큰소리로 꾸짖었다. 그 소리는 현관에 서 있는 보험회사 직원의 귀에까지 또렷하게 울렸다. 그러고 나서 그는 자신의 태도를 부끄러워했다. 그는 호의로 사람들을 대하지 못하는 자신에게 화가 났다. 그러면서도 아이들의 화분을 걷어찼을 때와 똑같은 변명을 속으로 당당히 되풀이했다.

'내가 나쁜 게 아니야. 설령 저 사람이 내가 나쁘지 않다는 것을 모른다 해도 나 자신만은 잘 알아.'

신앙심이 없는 겐조는 '신은 전부 알고 있다'라는 말은 아무래도 하지 못했다. 만약 그렇게 말할 수 있다면 얼마나 행복할까 하는 생각조차 하지 않았다. 그의 도덕은 언제나 자기에서 시작되었다. 그리고 자기로 끝날 뿐이었다.

그는 가끔 돈에 관해 생각했다. 왜 여태껏 물질적인 부를 목표로 일하지 않았을까 하고 자문하는 날도 있었다.

'나도 전문적으로 그쪽으로 파고들면.'

마음속에는 이런 자만심도 있었다.

그는 인색하고 초라한 자신의 살림살이를 한심하다고 생각했다. 가난한 형제들이 자기보다 절약하면서 고생하는 것을 측은하게 여겼다. 저급한 욕망에 사로잡혀 아침부터 밤까지 악착을 부리는 시마다조차 불쌍하게 바라보았다.

'모두 돈이 필요한 거야. 그리고 돈 말고는 아무것도 바라지 않는 거야.'

이런 생각이 들자 겐조는 도대체 자신이 지금까지 무엇을 해왔는지 알 수 없었다.

겐조는 원래 돈벌이에 서툰 남자였다. 돈을 벌어도 거기에 쓰는 시간을 아까워하는 남자였다. 졸업한 직후에 모든 자리를 거절하고 단지 학교 한 곳에서 사십 엔을 받으며 만족하고 살았다. 그는 그 사십 엔의 절반을 아버지에게 빼앗겼다. 남은 이십 엔으로 오래된 절의 방 한 칸을 빌려서 감자와 두부만 먹고 살았다. 그러나 그러는 동안 어떤 불만도 가지지 않았다.

그때의 그와 지금의 그는 여러 가지 면에서 상당히 달랐다. 하지만 경제적으로 여유가 없다는 것과 끝끝내 어떤 일도 저지르지 않는다는 것만큼은 절대 변하지 않을 듯했다.

그는 부자가 되든지 명예로운 사람이 되든지, 둘 중 어느 하나를 정해 엉거주춤한 자신을 매듭짓고 싶었다. 그러나 부자가 되는 일은 세상 물정에 어두운 그에게 무리였다. 지위가 높은 사람이 되는 것 또한 세속적인 일을 신경 쓰기 싫어하는 겐조에게 맞지 않았다. 고민거리들을 잘 살펴보면 역시 돈이 없다는 것이 가장 큰 문제였다. 겐조는 어떻게 해야 좋을지 몰라서 몹시도 초조해졌다. 돈의 힘으로 지배할 수 없는, 참으로 위대한 어떤 것이 있다는 사실을 그가 깨닫게 되기까지는 더 많은 시간이 필요했다.

58

겐조는 외국에서 돌아왔을 때 이미 돈의 필요성을 느꼈었다. 오랫동안 떠나 있던 고향 도쿄에 새살림을 차렸지만 수중에는 동전 한 푼 없었다.

겐조는 일본을 떠날 때 처자식을 장인에게 부탁했다. 장인은 자신의 저택에 딸린 작은 집을 비워서 딸과 손녀들을 살게 했다. 아내의 조부모가 돌아가실 때까지 살았던 그 집은 좁기는 해도 그다지 볼썽사납지는 않았다. 벽에는 난코*의 그림이며 보사이**의 글씨 등 돌아가신 분들의 취미를 짐작하게 하는 유품들이 그대로 남아 있었다.

장인은 관리(官吏)였다. 화려한 생활을 할 수 있는 신분은 아니었지만, 사위가 없는 동안 품에 맡겨진 딸과 외손녀들을 고생시킬 만큼 궁핍하지는 않았다. 게다가 겐조의 아내는 국가에서 매달 얼마간의 수당을 받았다. 겐조는 안심하고 가족을 남겨놓은 채 떠났다.

그가 외국에 나가 있는 동안 내각이 바뀌었다. 그때 장인은 비교적 안전했던 한직에서 불려 나와 활발히 활동해야 하는 모처로 발령받았다. 불행하게도 새로운 내각은 곧 무너졌다. 장인은 붕괴의 소용돌이로 휘말려 들어갔다.

먼 곳에서 이 소식을 들은 겐조는 동정어린 눈으로 고향 하늘을 바라보았다. 하지만 장인의 경제 상태에 관해서는 특별히 걱정할 필요가 없다는 생각에 신경도 쓰지 않았다.

---

* 春木南湖, 에도 시대 화가로 특히 산수화, 화조화에 뛰어났다.
** 龜田鵬齋, 에도 시대 유학자로 서화에 재능이 있었고 특히 초서에 뛰어났다.

세상 물정에 어두운 그는 귀국할 때가 되어서도 물질적인 면에는 주의를 기울이지 않았다. 또한 문제를 알아채지도 못했다. 그는 아내가 매달 받는 이십 엔만으로도 아이 둘을 키우고 하녀를 부리기에 충분하다고 생각했다.

'어쨌든 집세는 안 나가니까.'

이런 무사태평한 생각만을 하다가 일본에 돌아와 실제 가족의 생활을 보자 그는 눈이 휘둥그레졌다. 아내는 남편이 없는 동안 자기 옷을 하나둘씩 전부 팔아버렸다. 그러다가 입을 옷이 없어지자 나중에는 겐조가 두고 간 수수한 옷을 기워서 몸에 걸쳤다. 이불은 솜이 삐져나왔고 침구는 찢어져 있었다. 이를 옆에서 지켜보는 장인도 어떻게 해줄 수가 없었다. 그 역시 자리를 잃은 후 주식에 손을 댔다가 그나마 있던 적은 액수의 저금조차 모두 날려버렸던 것이다.

목이 돌아가지 않을 정도로 높은 깃을 두르고 외국에서 돌아온 겐조는 참담한 지경에 놓인 처자식을 묵묵히 바라봐야만 했다. 하이칼라인 그는 이 아이러니함에 한 방 호되게 얻어맞은 기분이 들었다. 그의 입술은 쓴웃음을 지을 용기마저 갖고 있지 않았다.

그러는 사이에 짐이 도착했다. 겐조는 아내에게 줄 반지 하나 사오지 않았다. 짐이라곤 책뿐이었다. 겐조는 옹색한 집 안에서 짐 상자의 뚜껑조차 열 수 없다는 사실에 어이가 없었다. 그는 새로운 집을 찾기 시작했다. 동시에 돈도 마련하지 않으면 안 되었다.

겐조는 돈을 마련하기 위한 유일한 수단으로 지금까지 다니던 직장을 그만두었다. 그리고 국가에서 일시 하사금(下賜金)을 받았다. 일년을 근무하면 사직할 때 월급의 절반을 준다는 규정에 따라 수중에 들어온 금액은 물론 대단한 것은 아니었다. 그래도 그 돈으로 겨우 일상생활에 필요한 가재도구를 갖추었다.

겐조는 그 얼마 안 되는 돈을 품에 지니고 옛 친구와 함께 고물상을 기웃거렸다. 친구는 어떤 물건이든 상관없이 무턱대고 값을 깎는 버릇이 있어서 겐조는 여기저기 걸어 다니며 적지 않은 시간을 허비해야 했다. 쟁반, 재떨이, 화로, 밥그릇 등 눈에 들어오는 물건은 많았지만 가격에 맞춰 살 수 있는 것은 좀처럼 없었다. 친구는 물건 값을 깎아달라고 명령조로 말하고는 주인이 그렇게 해주지 않으면 겐조를 가게 앞에 남겨둔 채 휙 앞으로 걸어갔다. 겐조는 하는 수 없이 뒤를 쫓아갔다. 가끔 꾸물거리고 있으면 친구는 저 멀리서 큰 소리로 겐조를 불렀다. 친구는 친절한 남자였다. 그러나 자기 물건을 사는 건지 남의 물건을 사는 건지 분간을 못할 정도로 나서기 좋아하는 남자이기도 했다.

59

또한 겐조는 생활에 필요한 물건 외에 책장이며 책상도 새로 맞춰야 했다. 그는 서양식 가구만을 전문적으로 파는 가게 앞에 서서 열심히 손익을 따지는 주인과 흥정을 했다.

그가 맞춘 책장에는 유리문도 뒤판도 붙어 있지 않았다. 주머니에 여유가 없는 그가 쌓일 먼지까지 신경을 쓸 수는 없었다. 그러나 나무가 좋지 않아서인지 무거운 양서를 올려놓자 선반이 기우뚱하게 휘어졌다.

　이런 변변치 않은 물건만을 갖추는 데도 꽤 시간을 허비했다. 일부러 사직까지 해서 받은 돈은 어느새 사라졌다. 세상 물정 모르는 그는 이해할 수 없다는 눈으로 새 살림집을 둘러보았다. 그리고 문득 외국에 있을 때 한집에 살던 하숙집 남자에게 옷을 살 돈을 빌린 것을 생각해내고, 그 돈을 어떻게 갚아야 좋을지 고민에 빠졌다.

　그런 참에 마침 그 남자로부터 형편이 괜찮으면 돈을 갚을 수 있겠느냐는 독촉장이 왔다. 겐조는 새로 장만한 높은 책상 앞에 앉아서 잠시 그의 편지를 바라보았다.

　아주 짧은 동안이었지만 먼 나라에서 함께 생활했던 그에 대한 기억이 겐조에게 아련한 그리움을 가져다주었다. 그 사람은 겐조와 같은 학교 출신이었다. 졸업한 시기도 비슷했다. 그렇지만 그는 어엿한 관리로서 어떤 중요한 사항을 조사한다는 명분에 따라 왔고 그리해 그 사람의 재력과 겐조의 장학금은 비교가 안 될 만큼 큰 차이가 났다.

　그 사람은 침실 외에 응접실도 빌려 사용했다. 밤이 되면 수를 놓은 멋진 공단 나이트가운을 입고 따뜻한 난로 앞에서 책을 읽었다. 북향의 좁은 방에 틀어박혀 웅크리고 있던 겐조는 은근히 그를 부러워했다.

　겐조는 점심을 거른 비참한 경험도 있었다. 한번은 밖에 나갔다가 돌아오는 길에 샌드위치를 사서 넓은 공원 안을 목적도 없이 거닐며 먹고 있는데 비가 내리기 시작했다. 한쪽 손에 든 우산으로 비스듬히 쏟아지는 비를 막으면서, 다른 손으로는 얇게 썬 고기와 빵을 볼이 미어지게 입에 넣자니 아주 고통스러웠다. 그는 몇 번이나 벤치에 앉으려고 하다가 그만두었다. 벤치가 비 때문에 전부 젖어 있었기 때문이다.

어느 때는 점심시간만 되면 거리에서 사온 비스킷 깡통을 열었다. 그리고 따뜻한 물도 찬물도 없이 딱딱하고 잘 부서지는 비스킷을 한 입 가득 물고 마른 침으로 녹여 억지로 삼켰다.

어느 때는 마부나 일꾼 들과 함께 싸구려 간이식당에서 명색뿐인 식사를 했다. 그곳의 의자는 뒷부분이 높은 병풍처럼 되어 있어서 다른 식당처럼 실내를 한눈에 볼 수는 없었지만, 자신과 일렬로 나란히 앉은 사람들의 얼굴만은 자유롭게 바라볼 수 있었다. 그들은 모두 언제 목욕을 했는지 알 수 없을 정도로 땟국물이 흘렀다.

같은 집에 하숙하던 그 남자의 눈에 이런 생활을 하는 겐조가 참으로 불쌍하게 비친 듯 그는 자주 겐조를 점심식사에 초대했다. 목욕탕에도 데리고 갔다. 차 마실 시간에도 부르러 왔다. 겐조가 그에게 돈을 빌린 것은 그와 꽤 친해져서 격의 없는 사이가 되었을 때였다.

그 사람은 마치 휴지조각을 버리듯 대수롭지 않은 태도로 오 파운드짜리 지폐를 두 장 겐조의 손에 건넸다. 물론 언제까지 갚아달라는 말도 없었다. 겐조 역시 일본에 돌아가면 어떻게 되겠지 하는 정도로만 생각했다.

일본으로 돌아온 겐조는 이 일을 전부 기억하고 있었다. 그렇지만 독촉장을 받기 전까지는 그리 급히 갚을 필요가 없다고 생각했다. 궁지에 몰린 겐조는 하는 수 없이 옛 친구의 집을 찾아갔다. 물론 그 친구가 대단한 부자가 아님은 잘 알고 있었다. 그러나 자기보다는 좀더 돈을 융통할 수 있는 지위에 있다는 사실도 잘 알고 있었다. 친구는 겐조의 부탁을 받고 필요한 만큼 돈을 빌려주었다. 겐조는 돈을 들고 곧장 외국에서 여러모로 은혜를 입었던 그 사람 집으로 갔다. 돈을 빌린 친구에게는 매달 십 엔씩 갚기로 약속했다.

60

이런 식으로 겨우 도쿄에 정착한 겐조는 물질적인 면에서 자신이 얼마나 초라한가를 확실하게 알아차렸다. 그나마 돈을 떠난 다른 방면에서는 자신이 뛰어나다는 자각이 마음속에 있을 동안에는 그도 행복했다. 그러나 그 자각이 결국 돈 문제로 흔들리게 되자 비로소 겐조는 반성하기 시작했다. 평소 아무 생각 없이 몸에 걸치고 다니는 가문(家紋)을 넣은 검은 무명옷조차 무능력의 징표처럼 생각되었다.

"나 같은 사람에게 돈을 달라고 조르러 오는 녀석이 있다니 정말 대단해."

그는 그런 질 나쁜 부류의 대표 격으로 시마다를 떠올렸다.

지금의 자신이 어느 면으로 보나 시마다보다 나은 사회적 위치에 있다는 사실은 명백했다. 그러나 그것은 겐조의 허영심에 아무런 만족도 주지 못했다. 옛날 자기 이름을 함부로 부르던 사람에게 지금 정중한 인사를 받는 것도 아무런 만족이 되지 않았다. 스스로를 가난뱅이라고 인식하는 겐조는 그저 자신이 시마다에게 용돈이 솟아나는 샘물처럼 여겨지고 있다는 사실이 화가 날 뿐이었다.

그는 만일을 위해 누이에게 의견을 물어보았다.

"도대체 어느 정도로 곤란한 상황일까요, 시마다는?"

"글쎄, 그렇게 자주 염치없이 돈을 달라고 오는 걸로 봐서는 꽤 어려운지도 모르지. 하지만 겐짱도 언제까지나 그렇게 남에게 돈을 준다면 끝이 없지 않겠어. 아무리 돈을 잘 번다 해도 말이지."

"제가 돈을 그렇게 잘 버는 것처럼 보입니까?"

"그야, 우리 집에 비하면 겐짱은 얼마든지 돈을 벌 수 있는 쪽이지 않니?"

누이는 자기 집 살림을 기준으로 삼고 있었다. 수다스러운 그녀는 히다가 다달이 받는 월급을 전부 가지고 돌아온 적이 없다는 것과 봉급이 적은 데 비해 사람은 많이 만난다는 것, 숙직이 많아서 도시락 값만으로도 상당한 금액이 된다는 것, 매달 부족한 돈은 추석과 연말에 나오는 상여금으로 급한 대로 모면하고 있다는 것 등을 겐조에게 미주알고주알 떠들어댔다.

"그 상여금마저 몽땅 내 손으로 들어오는 게 아니니까 문제야. 그래도 요즘엔 우리 두 사람 다 나이가 들어 힘이 없으니 매달 식대 정도는 히코가 보내주고 있어. 그러니 앞으로 좀 편해져야 할 텐데."

누이는 양자와 한집에서 살면서도 살림살이는 따로 했다. 그래서 떡을 하거나 설탕 같은 먹을거리를 사도 따로 두고, 집에 온 손님에게 내놓는 요리도 반드시 각자의 호주머니에서 나오는 돈으로 하는 듯했다. 겐조는 이해할 수 없다는 눈으로 극단에 가까운 개인주의로 살아가는 이 집의 경제 상태를 바라보았다. 그러나 주의(主義)도 이치(理致)도 없는 누이에게 이것만큼 자연스러운 생활은 없었다.

"겐짱은 우리처럼 살지 않아도 되니까 좋겠다. 게다가 재주가 있으니 돈을 벌려고 하면 원하는 만큼 벌 수 있잖아."

누이가 말하는 것을 잠자코 듣다보니 어느새 주제가 시마다문제에서 벗어나버렸다. 그래도 누이는 마지막에 이런 충고를 덧붙였다.

"뭐, 걱정하지 마. 귀찮으면 형편이 풀리면 나중에 준다고 하면서 적당히 돌려보내. 그것도 귀찮으면 집에 있으면서 없는 척하면 되지. 신경 쓸 필요 없으니까."

과연 누이다운 생각이었다.

누이에게서 명확한 답변을 듣지 못한 겐조는 히다를 붙잡고 똑같은 질문을 해보았다. 그러나 히다는 괜찮을 거라고만 말할 뿐이었다.

"아직 땅과 집이 있으니까 그렇게 곤란하지 않은 건 분명해. 게다가 오후지 쪽은 딸인 오누이가 꼬박꼬박 송금을 해주거든. 여하튼 적당한 구실로 다시 찾아올 게 틀림없어. 그냥 내버려두는 게 속 편해."

자기 좋을 대로 해석하고 내뱉는다는 점에서는 히다가 하는 말 역시 누이의 대답과 비슷했다.

61

마지막으로 겐조는 아내에게 물었다.

"도대체 어떤 상태일까. 시마다의 실제 형편 말이야. 누님에게 물어봐도 매형에게 물어봐도 알 수가 없으니."

아내는 관심 없다는 듯 남편의 얼굴을 올려다보았다. 그녀는 해산이 얼마 안 남은 커다란 배를 고통스러운 듯 안고서 빨간색 굽은 베개 위에 흐트러진 머리를 얹고 있었다.

"그렇게 걱정되면 당신이 직접 알아보세요. 그러면 금세 알 수 있잖아요. 형님도 지금은 그 사람과 왕래하지 않으니 자세한 건 모르시겠죠."

"나한테는 그럴 시간이 없어."

"그럼 내버려두면 그만이지요."

남자답지 못한 겐조를 비난하는 말투였다. 아내는 어떤 생각을 해도 그것을 전부 입 밖으로 표현하지는 않았다. 그래서 자기 친정과 남편의 좋지 않은 관계에 대해서도 이러쿵저러쿵 귀찮게 잔소리를 하지 않았다. 자신과 관계 없는 시마다에 관한 일은 아예 모르는 체하고 시치미를 떼는 날도 많았다. 그녀의 마음속 거울에 비치는 남편의 모습은 언제나 배짱 없는 신경질적인 남자였다.

"내버려두라고?"

겐조는 반문했다. 아내는 대답하지 않았다.

"지금까지도 내버려뒀잖아?"

이번에도 아내는 대답하지 않았다. 겐조는 홱 자리를 박차고 일어나 서재로 들어갔다.

굳이 시마다에 관한 일이 아니더라도 두 사람 사이에 자주 되풀이되는 광경이었다. 반대의 경우도 가끔은 일어났다.

"오누이가 척수병이래."

"척수병이라면 힘들겠네요."

"도저히 가망이 없다지. 그래서 시마다가 걱정하고 있더군. 오누이가 죽으면 시바노와 오후지와의 인연도 끊겨버릴 테니까, 지금까지 송금받던 돈이 들어오지 않을지도 모른다고."

"불쌍하군요. 어린 나이에 척수병 따위에 걸려서는. 아직 젊지요?"

"나보다 한 살 위라고 말하지 않았었나?"

"애는 있어요?"

"잘은 모르지만 여럿 있는 것 같아. 몇 명인지 확실하게 물어보지는 않았지만."

아내는 어린아이들을 여럿 남기고 죽어가는 아직 마흔도 안 된 여자의 심정을 그려보았다. 임박한 해산에 새삼 신경이 쓰였다. 무거운 배를 코앞에서 보면서도 별로 염려하는 기색이 없는 남편이 인정머리 없게 느껴지기도 하고 한편 부럽기도 했다. 아내의 기분을 남편은 전혀 눈치채지 못했다.

"시마다가 그런 걱정을 하는 이유도 결국엔 평소 사이가 나쁘기 때문이겠지. 미움 받고 있는 것 같아. 시마다 말로는 그 시바노라는 남자가 술고래라서 걸핏하면 싸움을 붙인대. 그래서 평생 출세도 못할 거라던걸. 하지만 사이가 나쁜 건 아무래도 그런 이유만은 아닐 테지. 그들도 시마다한테 정나미가 떨어진 게 틀림없어."

"정나미가 안 떨어졌다고 해도 그렇게 애들이 많아서는 자기들 먹고 살기에도 힘들겠지요."

"그렇지. 군인이니까 아마 나처럼 가난할 거야."

"도대체 그 사람은 어떻게 그 오후지라는 사람하고……"

아내는 잠시 주저했다. 겐조는 말을 멈춘 이유를 알 수 없었다. 아내가 고쳐 말했다.

"어떻게 그 오후지라는 사람과 친해졌을까요?"

젊은 미망인이었던 오후지가 볼일이 있어 관청에 갔는데 시마다는 그런 장소에 드나드는 것이 익숙하지 않은 혼자된 여자를 딱하게 여겼다. 그래서 여러 가지로 친절하게 돌봐준 것이 두 사람의 인연이 시작된 계기라고 겐조는 어렸을 때 누군가에게 들어 알고 있었다. 그러나 연애라는 감정을 어떻게 시마다에게 적용해야 좋을지는 알 수 없었다.

"분명 욕심도 부렸을 거야."

아내는 아무 말도 하지 않았다.

62

오누이가 불치병에 걸려 고생하고 있다는 소식이 겐조의 마음을 누그러뜨렸다. 겐조와 오누이는 오랫동안 보지 못했지만 종종 만났던 옛날에도 다정하게 말을 나눈 적은 거의 없었다. 자리에 앉을 때도 자리를 뜰 때도 대개는 눈인사만으로 그칠 뿐이었다. 만약 그런 사이에도 사귐이라는 말을 쓸 수 있다면, 두 사람의 사귐은 지극히 담백하고 가벼운 것이었다. 오누이는 겐조에게 강렬하게 좋은 인상을 남긴 건 아니지만 대신에 아주 작은 불쾌한 기억 하나도 남기지 않은 사람이었다. 시마다나 오쓰네와 비교했을 때 지금의 오누이는 아주 고귀한 존재였다. 딱딱하게 굳은 그의 마음에 인류에 대한 자애로운 마음을 불어넣었고, 막연하고 거창하기만 한 인류라는 덩어리를 확실한 한 사람의 대표자로 축소시켜주었다. 겐조는 죽어가는 오누이의 모습을 동정 어린 눈으로 멀리서 바라보았다.

그와 함께 겐조의 마음속에는 실리를 따지는 이성도 작용했다. 언제 닥칠지 모르는 오누이의 죽음은 분명 교활한 시마다가 겐조를 조르는 구실이 될 터였다. 겐조는 그런 일을 분명히 예상했고 가능한 한 피하고 싶었다. 그러나 겐조는 이런 경우 어떻게 피할 것인지 책략을 적극적으로 찾아보는 남자는 아니었다.

'부딪쳐서 끝까지 가보는 수밖에 도리가 없겠지.'

겐조는 생각했다. 그렇게 수수방관하며 시마다가 오기를 기다렸다. 그러나 그가 오기 전에 갑자기 시마다와 원수지간인 오쓰네가 오리라고는 상상도 하지 못했다.

평소처럼 서재에 앉아 있는 겐조에게 아내가 와서 "하타노라는 할머니가 드디어 찾아왔어요" 하고 말했다. 겐조는 놀랐다기보다는 오히려 성가시다는 얼굴을 했다. 아내에게는 그런 남편이 우물쭈물하는 겁쟁이처럼 느껴졌다.

"만나실 거예요?"

만나든 거절하든 빨리 결정하라는 말투였다.

"만날 테니까 들여보내."

겐조는 시마다 때와 똑같은 대답을 했다. 아내는 무겁고 힘든 몸을 일으켜 서재를 나갔다.

객실로 들어가자 남루한 옷을 걸치고 둥글게 웅크리고 앉은 노파가 보였다. 속으로 상상하던 오쓰네와는 너무나 다른 그 모습에 겐조는 시마다를 처음 만났을 때보다 훨씬 크게 놀랐다.

오쓰네의 태도도 시마다보다 공손했다. 마치 신분이 현격하게 높은 사람을 대하는 듯한 태도로 머리를 숙였다. 말투도 아주 겸손하고 정중했다.

겐조는 어렸을 때 오쓰네가 자주 했던 이야기가 떠올랐다. 오쓰네 말에 따르면 그녀의 친정은 아름다움의 극치였다. 특이하게 저택 마루 밑으로 물이 흐른다는 이야기를 언제나 되풀이해서 강조했다. 남천*으로 기둥을 세웠다는 말도 아직 기억했다. 그러나 어린 겐조는 그 광대한 저택이 어느 시골에 있는지 알 수 없었다. 단 한 번도 그녀가 겐조를 그곳에 데려간 적은 없었다. 그녀 자신도 겐조가 아는 한 단 한 번도 자신이 태어난 그 대저택으로 돌아간 적이 없었다. 커가면서 그녀의 성격을 어렴풋하게나마 간파한 겐조는 그 이야기가 오쓰네의 공상에서 나온 허풍은 아닐까 의심했다.

겐조는 될 수 있는 한 부유하고 기품 있게, 그리고 선량하게 보이고 싶어 했던 옛날 오쓰네와 지금 자신 앞에 다소곳이 앉아 있는 백발의 노인을 비교해보고 세월이 가져온 신기한 대비를 이상하게 바라보았다.

오쓰네는 원래 살집이 좋은 여자였다. 지금도 여전히 통통했다. 어느 쪽인가 하면 옛날보다 지금이 오히려 살쪄 보였다. 그럼에도 불구하고 그녀는 완전히 변해 있었다. 변한 오쓰네는 어떻게 봐도 시골 노인네였다. 다소 과장해서 말하면 보리 미숫가루를 광주리에 담아 짊어지고 장터에 팔러 나온 노인네 같았다.

_____

* 관상용이나 꽃꽂이의 재료로 쓰이는 상록관목. 집의 기둥으로 쓸 만큼 크게 성장하는 것은 매우 드물다.

63

'아아, 변했다.'

얼굴이 마주친 순간 두 사람은 똑같은 것을 동시에 느꼈다. 하지만
일부러 찾아온 오쓰네 쪽에서는 변화에 대해 충분히 예상했고 준비도
되어 있었다. 따라서 허를 찔린 쪽은 손님보다 주인이었다. 겐조는 예
상도 못했을뿐더러 준비도 거의 되어 있지 않았다. 그러나 겐조는 그
다지 놀란 모습을 보이지 않았다. 그의 성질이 그렇게 하라고 명령하
기도 했지만, 오쓰네가 기교를 부리며 연극적인 동작을 할까봐 두려
웠기 때문이다. 이제 와서 그녀가 벌이는 연극을 다시 보는 것은 겐조
에게 참기 힘든 고통이었다. 겐조는 가능하면 상대의 교활한 행동을
미연에 방지하고 싶었다. 그것은 그녀를 위한 일이기도, 또 자신을 위
한 일이기도 했다.

겐조는 그녀에게 지금까지 살아온 과거의 일을 대강 들었다. 세상
을 살다보면 누구에게나 적당히 달라붙어 떨어지지 않는 불행이 그녀
와도 함께한 듯했다.

시마다와 헤어지고 재혼한 하타노와의 사이에서도 자식이 태어나
지 않았기 때문에 두 사람은 어느 집에서 양녀를 데려와 키웠다. 그리
고 하타노가 죽고 나서인지 혹은 살아 있을 때인지 그 양녀에게 데릴
사위를 들였다고 한다.

데릴사위는 술장사를 했다. 가게는 도쿄에서도 상당히 번화한 곳에
있었다. 어느 정도의 생활을 했는지 알 수는 없지만 곤란했다든가 궁
했다는 약한 소리는 오쓰네의 입에서 나오지 않았다.

어쨌든 그 데릴사위가 전쟁에 나가서 죽는 바람에 여자 힘만으로는 가게를 지탱할 수 없게 되었다. 모녀는 하는 수 없이 가게를 팔아치우고 교외 근처에 사는 어느 친척을 의지 삼아 외진 곳으로 이사했다. 그곳에서 딸에게 두번째 남편이 생길 때까지 죽은 사위 앞으로 나오는 유족 연금만으로 살림을 꾸려나갔다······

오쓰네의 이야기는 겐조가 예상했던 것보다 침착하고 평온했다. 과장된 몸짓이나 허풍을 떠는 말투, 뭔가를 기대하는 듯한 말도 없었다. 그럼에도 불구하고 겐조는 자신과 오쓰네 사이에 서로 비슷한 점이 하나도 없다는 사실을 알아차렸다.

"아, 그렇습니까? 그거 안됐군요."

겐조의 대답은 간단했다. 겉치레로 하는 인사로도 너무 짧은 말이었지만 그는 부족하다는 생각이 들지 않았다.

'역시 과거의 기억들이 지금까지 들러붙어 있는 거야.'

이렇게 생각하자 겐조는 기분이 좋지 않았다. 그는 좀처럼 울지 않는 성격이면서도 정말 눈물이 나게 하는 사람, 정말 눈물이 나게 하는 일이 왜 자신에게는 없을까 생각하는 유형의 사람이었다.

'내 눈은 언제라도 울 준비가 되어 있는데.'

겐조는 방석 위에 앉아 공벌레처럼 둥그렇게 웅크린 노파의 모습을 자세히 보았다. 그리고 자신의 눈에 눈물이 고이는 것을 허용하지 않는 그녀의 성품을 애처롭게 생각했다.

겐조는 지갑 안에 있던 오 엔짜리 지폐를 꺼내 그녀 앞에 놓았다.

"실례가 아니라면 이 돈으로 인력거라도 타고 돌아가십시오."

오쓰네는 그런 뜻으로 찾아온 것이 아니라며 일단 사양했지만, 곧 겐조가 건넨 선물을 받아들였다. 안된 일이지만 그 돈에는 서먹한 동정심만 있을 뿐 조금의 진심도 들어 있지 않았다. 그리고 오쓰네도 그것을 잘 아는 듯했다. 그녀는 한번 멀어진 인간의 마음은 새삼스럽게 돌이킬 수 없으니 체념하는 수밖에 없다는 표정을 지었다. 겐조는 현관에 서서 오쓰네가 돌아가는 뒷모습을 지켜보았다.

'만약 저 불쌍한 노인네가 착한 사람이었다면 나는 울 수 있었을 것이다. 눈물까지는 아니라 해도 적어도 상대방의 마음을 어루만져 줄 수는 있었을 것이다. 쇠락한 옛 양어머니를 거두어 임종을 맞을 때까지 돌봐줄 수도 있었을 것이다.'

겐조는 말없이 생각했지만 그 속마음을 아는 사람은 아무도 없었다.

64

"마침내 할머니까지 왔군요. 지금까지는 할아버지뿐이었지만 이제 할아버지와 할머니 두 사람이 되었네요. 앞으로는 두 사람한테 시달리시겠군요, 당신."

아내는 희한하게 들떠서 떠들어댔다. 농담인지 비아냥인지 불분명한 그녀의 태도가 감상에 잠긴 겐조의 기분을 불쾌하게 자극했다. 그는 아무 대꾸도 하지 않았다.

"역시 그 일을 말했겠죠?"

아내는 같은 어투로 겐조에게 물었다.

"그 일이라니, 무슨 말이야?"

"당신이 어렸을 때 잠결에 오줌을 싸서 그 할머니를 곤란하게 만들었다는 일요."

겐조는 쓴웃음도 나오지 않았다.

하지만 겐조 역시 오쓰네가 왜 그 말을 하지 않았을까 하는 의문이 있었다. 이름을 듣는 순간 곧 그녀의 달변을 떠올렸을 정도로 오쓰네는 말을 잘하는 여자였다. 특히 자신을 변호하는 일에는 교묘한 기량을 갖고 있었다. 감언이설에 잘 속아 넘어가고 속이 빤히 들여다보이는 입발림에도 곧잘 기뻐했던 겐조의 친아버지는 언제나 그녀를 칭찬했다.

"기특한 여자야. 뭣보다도 살림을 잘하니까."

시마다의 가정에 풍파가 일었을 때 그녀는 온갖 이야기를 아버지 앞에 늘어놓았다. 서글프고 분하다며 많은 눈물을 흩뿌렸다. 겐조의 친아버지는 완전히 넘어가서 금세 그녀 편이 되어버렸다.

입발림 말을 잘한다는 점에서는 마찬가지인 겐조의 누이 역시 아버지의 귀여움을 받았다. 돈을 달라고 찾아올 때마다 "이렇게 자주 오면 나도 곤란하지"라고 하면서도 아버지는 어느새 필요한 만큼의 돈을 문갑에서 꺼내주었다.

"히다는 못마땅하지만 오나쓰가 불쌍해서."

누이가 돌아가면 아버지는 언제나 주위 사람 모두가 들을 수 있도록 큰 목소리로 변명 비슷한 말을 늘어놓았다.

그러나 아버지를 그 정도로 마음대로 주무르던 누이의 입에 발린 말도 오쓰네에 비하면 서투른 것이었다. 진실처럼 그럴듯하게 꾸며대는 오쓰네의 말솜씨는 누구도 따라가지 못했다. 열예닐곱 살 무렵의 겐조는 오쓰네를 아는 사람 중 과연 그녀의 진짜 성격을 간파한 사람이 몇이나 될까 궁금했다. 그 정도로 그녀는 말주변이 능수능란했다.

그녀를 만날 때마다 겐조가 마음 깊이 곤혹스러움을 느끼는 이유는 대부분 이 말 때문이었다.

"너를 키운 건 바로 나야."

이 한마디를 이야깃거리로 삼아 두 시간이고 세 시간이고 말을 늘어놓으면서 어렸을 적 잘해주었던 일을 새삼스럽게 복습시키려 들면 겐조는 자리에 가만히 앉아 있을 수가 없었다.

"시마다는 네 원수야."

그녀는 자기 머릿속에 새겨진 지난 일들을 활동사진처럼 돌려보며 과장된 목소리로 속속들이 끄집어냈다. 겐조는 그것에도 질려 물러나지 않을 수 없었다.

그녀는 무슨 이야기를 하든 눈물을 보였다. 말을 꾸미는 데 쓰이는 눈물을 보는 일은 여간해선 참기가 어려웠다. 오쓰네는 겐조의 누이처럼 이야기할 때 큰소리를 내는 여자는 아니었다. 하지만 자신이 필요하다고 생각할 경우에는 말에 힘을 주었다. 마치 엔초*의 만담에 나오는 여자가 화로 재 속에 긴 부젓가락을 쿡쿡 쑤셔 박으면서 남자에게 속은 원한을 끝도 없이 늘어놓아 상대방을 꼼짝 못하게 하는 것과 비슷했다.

예상이 빗나가자 겐조는 그것을 다행이라고 생각하기보다 오히려 신기하게 여겼다. 그 정도로 오쓰네의 성격은 겐조의 머릿속에 허물

---

* 三遊亭円朝, 에도 말기, 메이지 시대에 활약한 만담가. 인정(人情)담을 소재로 한 만담에 능했다.

수 없는 감옥처럼 굳건했다.

아내가 그에게 말했다.

"삼십 년 가까이 지났잖아요. 저쪽도 지금은 주변 사람들 눈치를
볼 테지요. 예전에 알고 지내던 이들은 이미 그 사람 성격을 잊어버렸
을 테고요. 성격이라는 건 세월이 지나는 동안 조금씩은 변하니까요."

눈치, 망각, 성격의 변화. 아내의 말을 앞에 두고 생각해봤지만 겐
조는 조금도 납득이 가지 않았다.

'그렇게 간단한 여자가 아니야.'

그는 마음속으로라도 이렇게 말하지 않고서는 도저히 그냥 넘어갈
수가 없었다.

65

오쓰네를 모르는 아내는 오히려 남편의 집요함을 비웃었다.

"그게 당신 특징이시니 어쩔 수 없죠."

평소 그녀의 눈에 비친 겐조의 모습이었다. 특히 친정과의 관계에
서 남편의 이런 나쁜 성질은 두드러지게 나타났다.

"내가 집요한 게 아니야. 그 여자가 집요하지. 그 여자를 상대해본
적 없는 당신은 절대 몰라. 내 판단이 정확하다고. 당신은 모르니까
그렇게 좋은 말만 하는 거야."

"하지만 실제로 당신 기억과는 전혀 다른 사람이 되어 앞에 나타난
이상은 당신 쪽에서 옛날 생각을 지워버리시는 게 당연하지 않아요?"

"정말 다른 사람이 되었다면 언제든지 그렇게 하겠지만, 그렇지 않아. 달라진 건 겉모습뿐이고 속은 옛날 그대로야."

"그걸 어떻게 아세요? 오랜만에 만났는데."

"당신은 몰라도 나는 알 수 있어."

"정말 독단적이시군요, 당신은."

"판단만 정확하다면 독단적이라도 상관없어."

"그러나 만약 그 판단이 틀리다면 피해 입을 사람이 꽤나 나올걸요. 그 할머니는 저와 관계없는 사람이니 어떻게 되든 상관은 없지만요."

겐조는 아내의 말이 무엇을 의미하는지 잘 알고 있었다. 그러나 아내는 그 이상 아무 말도 하지 않았다. 속으로는 자신의 부모형제를 변호했지만 드러내놓고 남편과 언쟁할 생각은 없었다. 아내는 이성적인 판단이 뛰어난 사람은 아니었다.

"귀찮아."

아내는 조금이라도 문제가 복잡해지면 항상 이런 말로 당면한 문제를 던져버렸다. 문제가 해결될 때까지 일어나는 불편함은 언제까지고 참고 견뎌냈다. 그러나 그 인내가 결코 유쾌하지는 않았다. 겐조 쪽에서는 더더욱 기분이 나빠졌다.

'집요해.'

'집요해.'

두 사람은 서로에게 똑같은 비난의 말을 퍼부어댔다. 그러고는 마음속에 맺힌 응어리를 서로의 행동에서 읽었다. 그들은 그 비난에 이유가 있다는 사실 또한 인정하지 않을 수 없었다.

고집 센 겐조는 끝내 아내의 친정에 가지 않게 되었다. 아내는 왜 가지 않느냐고 묻지도 않고, 또 종종 들러달라고 부탁도 하지 않은 채 입만 꾹 다물고 있었다. 그러면서 귀찮다는 생각만 되풀이할 뿐 조금도 태도를 고치려고 하지 않았다.

　'이걸로 충분해.'

　'나도 이걸로 충분해.'

　똑같은 생각이 두 사람 마음속에서 되풀이되었다.

　하지만 두 사람의 관계는 고무줄 같은 탄력성으로 그날그날에 따라 약간씩 달라지기도 했다. 긴장이 극에 달해 언제 끊어질지 모를 정도로 팽팽해졌다가도 어느새 또 자연스럽게 서서히 원래대로 되돌아왔다. 맑고 부드러운 감정 상태가 지속될 때면 아내 입에서 따뜻한 말이 흘러나오기도 했다.

　"이건 누구 아기지요?"

　아내는 겐조의 손을 부여잡아 자신의 배에 얹고는 이런 질문을 던지기도 했다. 그 무렵 아내의 배는 지금처럼 부르지 않았다. 그러나 아내는 그때 이미 배 속에서 꿈틀거리기 시작한 생명의 기운을 느꼈다. 그 미동을 남편의 여린 손가락 끝에 전하려고 한 것이었다.

　"부부싸움을 하는 건 결국 둘 다 나쁜 탓이지요."

　아내는 이런 말도 했다. 자기는 별로 잘못이 없다고 생각하는 완고한 겐조도 미소를 지을 수밖에 없었다.

　'떨어져 있으면 아무리 친한 사이라도 멀어지지만, 함께 있으면 설령 원수지간이라 하더라도 그럭저럭 살아가게 되지. 결국 그것이 인간이니까.'

겐조는 훌륭한 진리라도 알아낸 듯 고개를 끄덕거렸다.

66

오쓰네와 시마다에 관한 일 외에 형과 누이의 소식도 이따금 겐조의 귀에 들어왔다.

형은 매년 날이 추워지면 꼭 몸 어딘가가 아팠다. 올해도 초가을부터 감기에 걸려 일주일 정도 직장을 쉬었는데, 몸이 다 낫지도 않은 채 출근을 해서 며칠이 지나도 열이 내리지 않아 고생하고 있었다.

"나도 모르게 무리를 해서."

무리를 해서라도 월급쟁이 생활을 계속할 것인가, 건강을 위해 퇴직 시기를 앞당길 것인가. 형은 두 가지 중 어느 쪽인가를 선택할 수밖에 없어 보였다.

"아무래도 늑막염 같다고 하는데 말이야."

형은 불안한 얼굴을 했다. 그는 죽음을 두려워했다. 육체의 소멸에 누구보다 강한 두려움을 품고 있었다. 그러나 누구보다 빠른 속도로 쇠약해져갔다.

겐조가 아내를 향해 말했다.

"좀 편하게 쉴 수는 없는 걸까? 최소한 열이 내릴 때까지만이라도 쉬면 좋을 텐데."

"그러고 싶은 생각이야 굴뚝같겠지만 역시 그럴 수 없어서겠죠."

겐조는 종종 형이 죽고 난 후 남겨질 가족들의 생계를 생각해보았다. 잔혹하지만 자연스러운 행동이었다. 그는 그런 생각에서 벗어날 수 없는 자신에게 어떤 불쾌감을 느꼈다. 입맛이 씁쓸했다.

"죽지는 않겠지."

"그런 말을!"

아내는 상대하지 않았다. 그녀는 그저 자신의 불룩한 배를 신경 쓸 뿐이었다. 아내의 친정집과 연고가 있는 산파가 멀리서 인력거를 타고 가끔 찾아왔다. 그는 산파가 무엇을 하러 와서 무엇을 하고 돌아가는 건지 전혀 아는 바가 없었다.

"배라도 주무르는 건가?"

"뭐, 그렇죠."

아내는 시원한 대답을 해주지 않았다.

그러는 사이에 형의 열이 뚝 떨어졌다.

"기도를 하셨대요."

미신을 잘 믿는 아내는 주문, 기도, 점 따위를 좋아했다.

"당신이 권했겠지."

"아니에요. 저도 처음 들어본 묘한 기도였어요. 면도칼을 머리 위에 얹고 한다나 뭐라나."

겐조는 면도칼로 몸의 열을 내릴 수 있다고는 생각하지 않았다.

"기분 탓에 열이 나고 또 기분 탓에 열이 곧 내리는 거야. 면도칼이 아니라 국자나 냄비뚜껑이라도 마찬가지야."

"의사가 처방해준 약을 아무리 먹어도 낫지 않아서, 시험 삼아 해보면 어떻겠느냐는 권유를 받고 할 생각이 드셨대요. 어차피 비싼 푸닥거리도 아니고요."

겐조는 내심 형을 바보 같다고 생각했다. 또한 열이 내릴 때까지 약을 먹을 수 없는 그의 사정을 딱하게 여겼다. 면도칼 덕분이라도 아무튼 열이 내렸으니 다행이라고도 생각했다.

형의 병이 낫자마자 누이가 다시 천식으로 고생하기 시작했다.

"또 시작이야?"

겐조는 무심코 내뱉었다. 문득 마누라를 전혀 걱정하지 않는 히다의 모습이 떠올랐다.

"이번에는 다른 때보다 심하시대요. 어쩌면 회복이 어려울지도 모르니 당신이 꼭 병문안을 가봤으면 한다고 전해달라셨어요."

형의 당부를 겐조에게 전한 아내는 힘겨운 듯 엉덩이를 방바닥에 붙였다.

"조금만 서 있어도 배가 이상해져서 견딜 수가 없어요. 손을 뻗어 선반 위에 있는 물건을 집는 것도 힘들고요."

출산이 임박할수록 임산부는 운동을 해야 한다는 정도의 지식만 있던 겐조는 뜻밖이라는 표정을 지었다. 임산부의 하복부며 허리 주위 느낌이 얼마나 나른하고 무거운지는 완전히 그의 상상 밖이었다. 그는 아내에게 운동을 강요할 용기도 자신도 없었다.

"저는 도저히 병문안을 못 가겠어요."

"그래, 당신은 안 가도 돼. 내가 갈 테니까."

67

그 무렵 겐조는 집에 돌아오면 심한 피로를 느꼈다. 단지 일에 지쳐서만은 아닌 것 같았다. 그는 외출을 한층 더 싫어하게 되었다. 그는 자주 낮잠을 잤다. 책상에 기대어 책을 눈앞에 펼치고 있을 때마저 수마에 사로잡히는 일이 종종 있었다. 깜짝 놀라 선잠에서 깨면 잃어버린 시간을 만회하지 않으면 안 된다는 생각이 강하게 들었다. 그는 결국 책상 앞을 떠날 수가 없었다. 밧줄로 동여맨 것처럼 서재에서 꼼짝도 하지 않았다. 그의 양심은 아무리 공부가 안 되어도, 또 굳이 할 일이 없더라도 그렇게 꼼짝하지 말고 앉아 있으라고 스스로에게 명령을 했다.

이렇게 사오 일이 헛되이 흘러갔다. 그래서 겐조가 쓰노카미자카에 들렀을 때는 어려울지도 모른다던 누이가 이미 회복세를 보이고 있었다.

"다행이네요."

그는 보통처럼 인사말을 했다. 하지만 마음속으로는 여우한테 홀린 것 같은 기분이었다.

"그래, 덕분에 살아났구나. 이 누나는 말이다. 살아도 어차피 남에게 폐만 끼칠 뿐 아무 도움이 되지 못하니 그냥 적당한 시기에 죽으면 좋겠는데. 타고난 수명이라 마음대로 안 되는구나."

누이는 자기 말의 속뜻을 겐조가 어떻게 생각하는지 듣고 싶은 눈치였다. 그러나 그는 묵묵히 담배만 피웠다. 이런 사소한 점에서도 남매의 성격이 확연히 다른 것이 드러났다.

"하지만 네 매형 히다가 살아 있는 동안에는 아무리 병들고 쓸모없는 몸이더라도 내가 곁에 없으면 곤란하니까."

친척들은 누이를 열녀라고 평했다. 그러나 누이가 자기 남편에게 아내로서 정성을 다하는 데 비해 남편은 지나치게 아내에게 무관심했다. 옆에서 보면 측은할 정도였다.

"나는 정말로 복대가리 하나 없이 태어났어. 남편하고는 완전히 거꾸로니까."

누이의 남편 사랑은 타고난 것이 틀림없었다. 하지만 히다가 가끔 말도 안 되는 소리를 제멋대로 해대는 것처럼 그녀도 자기만 아는 친절로 도리어 남편을 못살게 굴 때가 있었다. 게다가 그녀는 바느질에 솜씨가 없었다. 공부를 시켜도 취미가 될 만한 것을 가르쳐도 무엇 하나 제대로 배울 만한 머리가 없어서 시집와서 오늘날까지 남편의 옷 한 벌을 손수 지은 적이 없었다. 그러면서도 남보다 곱절은 억척스러웠다. 겐조는 어린 시절 누이가 고집을 부려 벌로 광 속에 갇혔을 때 '소변보러 가고 싶으니까 빨리 꺼내줘. 안 꺼내주면 이 안에서 싸버릴 거야' 하고 창문 사이로 소리치면서 어머니와 담판을 지었다는 이야기를 아직 기억하고 있었다.

그렇게 생각하자 누이는 자신과 매우 동떨어진 듯 보이지만 실은 어딘가 서로 닮은 점이 있는 것도 같았다. 이 배다른 누이 앞에서 갑자기 겐조는 자신을 되돌아보게 되었다.

'누님은 그저 하고 싶은 말을 다 뱉어내는 사람일 뿐이다. 교육이라는 껍데기를 벗기면 나도 크게 다르지 않을지 모른다.'

겐조는 평소 교육의 힘을 지나치게 신뢰했다. 그러나 지금은 교육의 힘으로 어떻게 할 수 없는 본능적인 자기 존재를 분명히 인식했다. 이런 사실 앞에서 갑자기 인간을 평등하게 보게 된 그는 그동안 경멸하고 있던 누이에게 다소 미안하다는 생각을 하지 않을 수 없었다. 그러나 누이는 전혀 눈치채지 못했다.

"네 안사람은 어떠니? 이제 곧 아기가 태어나겠지."

"네, 금방이라도 터질 것 같은 배를 껴안고 고통스러워하고 있어요."

"해산은 힘든 거야. 나도 아직까지 기억해."

오랫동안 자기가 불임이라고 생각하던 누이는 시집가고 몇 년이 지나서 아들을 낳았다. 꽤 나이가 들어 생긴 아이였기 때문에 당사자도 주변 사람들도 상당히 걱정했지만 걱정한 것치고는 별 사고 없이 아이를 낳았다. 그러나 아이는 곧 죽고 말았다.

"몸을 조심히 다루도록 주의시키렴. 우리 집도 그 아이가 살아 있었다면 조금은 의지가 되었을 텐데."

68

누이의 말에는 옛날 죽은 자식에 대한 추억 외에 지금의 양자가 불만족스럽다는 의미도 포함되어 있었다.

"히코가 좀더 견실하면 좋으련만."

그녀는 종종 주변 사람들에게 이런 말을 했다. 히코는 누이가 기대한 만큼 든든한 집안의 기둥은 못 되었지만 그래도 지극히 온화한 호인이었다. 식전부터 술을 마신다는 소문은 들었으나 별로 교류가 없는 겐조는 그 외에 히코의 어디가 부족한지 알 수 없었다.

"돈을 좀 많이 벌어다주면 얼마나 좋아."

물론 히코의 수입이 양부모를 편하게 부양할 만큼 많지는 않았다. 그러나 히다와 누이가 히코를 키웠을 때를 생각하면 새삼스럽게 뭔가를 바랄 수 있는 위치도 아니었다. 그들은 히코를 학교에 보내지 않았다. 어쩌면 조금이나마 히코가 월급을 받게 된 것도 양부모에게는 요행이라 할 정도였다. 겐조는 누이의 불평에 대꾸할 말이 없었다. 옛날에 죽은 아이에 대해서는 더더욱 동정심이 생기지 않았다. 그는 그 아이가 살아 있을 때 얼굴을 본 적이 없었다. 물론 죽은 얼굴도 몰랐다. 이름마저 잊어버렸다.

"이름이 뭐였죠, 그 애?"

"사쿠타로야. 저기 위패가 있잖아."

누이는 거실 벽을 허물어 만든 작은 불단을 가리켰다. 어두울 뿐 아니라 꾀죄죄하기까지 한 그 불단 안에는 선조의 위패부터 시작해 대여섯 개의 위패가 죽 늘어서 있었다.

"저 작은 거요?"

"응, 아이니까 일부러 작게 만들었지."

일어서서 계명(戒名)을 읽을 기분조차 들지 않은 겐조는 그대로 앉은 채 검게 옻칠한 작은 표찰에 금박으로 쓴 글자를 멀리서 바라보았다.

겐조의 얼굴에는 아무런 표정도 나타나지 않았다. 두번째 딸이 이질에 걸려 자칫하면 목숨을 잃을 뻔했던 때의 걱정과 고통마저 연상되지 않았다.

"이런 꼴로는 나도 언제 저렇게 될지 몰라, 겐짱."

그녀는 불단에서 눈을 떼어 겐조를 보았다. 겐조는 일부러 그 시선을 피했다.

이런 불안한 말을 하면서도 마음속으로 결코 자기는 죽지 않는다고 생각하는 누이의 말투에는 다른 늙은이들과 약간 다른 분위기가 있었다. 그녀는 만성적인 병이 언제까지 계속되듯 목숨도 끈질기게 붙어 있을 것이라고 생각했다.

병적인 결벽증도 여간해서 사라지지 않았다. 누이는 아무리 숨이 넘어갈 듯 괴로워도, 또 아무리 사람들이 무리하지 말라고 해도 도무지 방에서 용변을 보려고 하지 않았다. 기다시피 해서라도 변소까지 가야 했다. 또한 어릴 때부터 했던 습관대로 아침에는 반드시 옷을 벗어 상반신을 드러낸 채 세수를 했는데, 차가운 바람이 불건 비가 내리건 절대 그만두지 않았다.

"그런 마음 약한 소리 마시고 가능한 한 몸에 좋은 것을 드시면서 몸조리를 하세요."

"몸에 좋은 거야 많이 먹고 있지. 겐짱한테 받는 용돈으로 꼭 우유를 사서 먹고 있어."

시골사람이 쌀밥을 먹으며 몸에 좋을 것이라 생각하듯 누이는 우유를 먹는 것이 가장 큰 보신이라고 여기는 듯했다. 날이 갈수록 쇠약해져가는 자신의 건강을 의식하면서 누이에게 건강을 당부하는 겐조의 마음속에도 '남의 일이 아니야'라는 자각이 어렴풋이 생기고 있었다.

"저도 요즘은 몸 상태가 좋지 않아요. 어쩌면 누님보다 일찍 죽을지도 몰라요."

겐조의 말은 누이의 귀에 근거 없는 우스갯소리처럼 들렸다. 그도 그것을 알고서 일부러 헛헛거리며 웃었다. 겐조는 자신의 건강이 나빠지고 있다는 걸 알면서도 어떻게 할 수 없는 처지에 누이보다 오히려 자신을 측은하게 여겼다.

'나는 말없이 조금씩 죽어가고 있어. 내가 죽어도 슬퍼하는 사람은 아무도 없을 거야.'

누이의 움푹 들어간 눈과 홀쭉해진 뺨, 앙상하게 가는 손을 바라보며 겐조는 쓸쓸하게 미소를 지었다.

69

누이는 작은 것에 신경을 쓰는 여자였다. 따라서 사소한 일에까지 자주 호기심이 발동했다. 어떤 면으로는 지나치게 고지식했지만 다른 면에서는 또 이것저것 재는 버릇도 있었다.

겐조가 외국에서 돌아왔을 때 누이는 집안 형편에 대해 동정을 살 만한 처량한 사실들을 그의 앞에 늘어놓았다. 그러더니 끝내는 형의 입을 빌려 얼마라도 좋으니까 매달 용돈을 줄 수 없겠느냐는 요청을 해왔다. 겐조는 적당한 액수를 정한 뒤 다시 형을 거쳐 누이에게 그 생각을 전하게 했다. 그러자 누이에게서 편지가 왔다. 네 형 말로는 네가 매달 얼마씩 나에게 준다는데, 실제 그 금액이 맞는지 형에게 비밀로 하고 알려줄 수 없겠느냐는 편지였다. 누이는 앞으로 매달 중개 역할을 담당할지 모를 형을 의심한 것이었다.

겐조는 어이가 없었다. 괘씸해서 화가 나기도 했다. 그러나 무엇보다도 불쌍했다. 입 닥치고 있으라고 크게 소리치고 싶었다. 그가 누이에게 보낸 답은 한 장의 엽서에 불과했지만 이런 기분을 잘 나타내고 있었다. 누이는 그 후 아무 말도 하지 않았다. 누이는 글자를 몰랐다. 보내왔던 편지도 남에게 부탁해서 쓴 것이었다.

이 사건으로 누이는 겐조를 대할 때 전보다 한층 망설이게 되었다. 그래서 이것저것 묻기를 좋아하는 성격임에도 겐조의 가정 일은 어림짐작만 할 뿐 참견하려 들지는 않았다. 겐조도 자기들 부부 사이 문제를 누이 앞에서 꺼내려는 생각 따위는 전혀 하지 않았다.

"요즘 네 안사람은 어떠니?"

"뭐, 여전하지요."

대화는 이 정도로 끝나는 경우가 많았다.

간접적으로 아내의 병을 알고 있는 누이의 질문에는 호기심뿐 아니라 친절함에서 오는 염려도 상당 부분 섞여 있었다. 그러나 그 염려는 겐조에게 아무 도움이 되지 않았다. 누이의 눈에 비친 겐조는 언제나 친근감을 느끼기 어려운 무뚝뚝한 괴짜였다.

쓸쓸한 기분으로 누이의 집을 나선 겐조는 발길이 가는 대로 자꾸만 북쪽으로 걸어갔다. 그리고 여태까지 한 번도 본 적이 없는 신 개발지로 보이는 더러운 거리 안쪽으로 들어갔다. 도쿄에서 태어난 그가 지금 밟고 있는 이 장소를 분명히 모를 리가 없었다. 하지만 이곳에는 그의 추억을 불러일으킬 만한 어떤 흔적도 남아 있지 않았다. 겐조는 과거의 기념물들이 시야에서 모두 사라져버린 대지 위를 신기한 듯이 걸었다.

그는 옛날 이곳에 존재했던 푸른 논과 그 사이에 직선으로 뻗어 있던 좁은 길을 떠올렸다. 논이 끝나는 곳에는 서너 채의 초가집이 보였다. 삿갓을 벗고 걸상에 걸터앉으면서 우무를 먹는 사내의 모습도 눈에 어른거렸다. 눈앞으로는 종이 만드는 공장이 벌판처럼 널따랗게 펼쳐져 있었다. 그곳을 돌아서 마을로 이어지는 길로 나오면 좁은 강에 다리가 하나 있었다. 강의 좌우는 높은 돌담이 쌓여 있어 위에서 시냇물을 내려다보면 의외로 거리감이 있었다. 다리 옆 공중목욕탕의 고풍스러운 포렴과 그 옆 야채가게 앞에 늘어선 호박 등이 젊은 시절의 겐조에게는 늘 히로시게*의 풍경화를 연상시켰다.

그러나 지금은 모든 것이 꿈처럼 깨끗이 사라져 없어져버렸다. 남은 것은 단지 대지뿐이었다.

'언제 이렇게 변했을까?'

인간이 변해가는 것에만 정신이 팔려 있던 겐조는 그보다 훨씬 더 큰 자연의 변화에 놀랐다.

그는 어렸을 때 히다와 장기를 둔 일을 떠올렸다. 히다는 장기판을 마주하면 "이래 봬도 도코로자와의 도기치** 제자라니까" 하고 말하는 버릇이 있었다. 지금도 장기판을 앞에 두면 반드시 같은 말을 할 사내였다.

'나는 과연 앞으로 어떻게 될까?'

나이가 들면서 쇠약해질 뿐 생각보다 큰 변화가 없는 인간의 모습과, 나날이 번영하고 변화하는 교외의 모습을 비교하며 겐조는 이러

---

* 歌川広重, 에도 시대 풍속화가로 특히 풍경화에 뛰어났다.
** 大矢東吉, 에도 시대 사이타마 현 도코로자와 시에 살았던 장기의 명인.

한 차이에서 어떤 깨달음을 얻었다. 겐조는 깊은 생각에 잠겼다.

70

힘이 쭉 빠진 얼굴로 돌아온 겐조의 모습이 금세 아내의 주의를 끌었다.

"형님은 좀 어떠세요?"

그녀는 모든 인간이 언젠가 도착해야만 하는 최후의 운명을 겐조의 입을 통해서 똑똑히 듣고 싶은 눈치였다. 겐조는 대답을 하기도 전에 반감이 들었다.

"뭐, 이제 괜찮아. 누워는 있지만 위독하지도 않고. 꼭 형한테 속은 것 같아."

그의 말에는 어처구니없다는 생각도 어느 정도 섞여 있었다.

"속았다고 해도 그편이 얼마나 좋아요. 만약에 무슨 일이라도 있었다고 해보세요. 그거야말로……"

"형이 나쁜 게 아니야. 형은 누님한테 속은 거니까. 그리고 누님은 또 병에 속은 셈이고. 결국 모두 속고 있는 셈이야. 가장 영리한 건 매형인지도 모르지. 아무리 마누라가 아파 죽는다고 말해도 절대 안 속으니까."

"역시 집에 안 계세요?"

"있을 리가 있나. 더 심할 때는 어땠는지 모르지만."

겐조는 히다가 허리춤에 매달고 다니는 금시계와 금줄을 떠올렸다.

형은 도금일 거라고 수군거렸지만 히다 본인은 어디까지나 진짜처럼 과시하고 싶어 했다. 도금이든 진짜든 히다가 그것들을 어디서 얼마에 샀는지 아는 사람은 아무도 없었다. 궁금한 건 참지 못하는 누이도 그저 적당히 출처를 추측할 뿐이었다.

"월부로 산 게 틀림없어."

"어쩌면 전당포 물건일지도 모르지."

누이는 들으려고 하지도 않는 형을 향해 이런저런 말을 던졌다. 겐조에게는 관심거리도 되지 않는 일로 그들은 상상의 날개를 한껏 펼쳤다. 그러면 그럴수록 히다는 득의양양해 보였다. 가끔은 겐조가 매달 보내는 용돈마저 빼앗으면서 누이는 끝내 남편의 수중에 들어오는, 혹은 현재 남편 수중에 있는 돈이 얼마인지 알지 못했다.

"확실히는 몰라도 요즘은 채권을 두세 장 갖고 다니는 것 같더라."

누이의 말은 마치 이웃집 재산이라도 알아맞히듯 남편과는 멀리 떨어져 있는 것이었다.

히다는 누이를 이런 처지로 만들어놓고도 아무렇지 않다는 듯 행동했다. 겐조의 눈에는 이해하기 힘든 인간임에 틀림없었다. 그것을 부득이한 부부 관계라 여기며 참고 있는 누이도 겐조는 이해할 수 없었다. 돈에 관해서는 어디까지나 비밀주의를 고수하면서도 종종 누이가 상상도 못하는 물건을 사들이고 사 입기도 하는 히다의 심사에 관해서는 더욱 할 말이 없었다. 아내에게 보이려는 허영심의 발현, 마음 졸이면서도 남편의 능력이 뛰어나다고 여기는 아내의 만족. 이 두 가지로 설명하려 해도 도저히 납득이 되지 않았다.

"돈이 필요할 때도 타인, 병이 들었을 때도 타인, 그렇다면 그냥 같이 사는 것뿐이잖아."

젠조의 수수께끼는 쉽게 풀리지 않았다. 생각하는 걸 싫어하는 아내는 이번에도 아무 말이 없었다.

"그러나 우리 부부도 세상의 눈으로 보면 꽤나 별날 테니까, 그렇게 남의 일에 이러쿵저러쿵 말할 처지가 못 되는지도 몰라."

"역시 똑같겠죠. 모두들 자기만 좋으면 된다고 여기니까요."

젠조는 부아가 치밀었다.

"당신도 당신만 좋으면 된다는 생각으로 사는 거야?"

"그렇고말고요. 당신이 당신만 좋으면 된다고 생각하시는 것처럼요."

그들의 언쟁은 자주 이런 대목에서 일어났다. 그리고 모처럼 온화하게 가라앉은 서로의 마음을 다시 어지럽혔다. 젠조는 그 책임을 조신함이 부족한 아내에게 돌렸다. 아내는 편협하고 고집이 센 남편을 탓했다.

"글을 몰라도, 바느질을 못해도 역시 누이같이 남편을 잘 받드는 여자가 좋아."

"요즘 세상에 그런 여자가 어디 있나요?"

아내의 말에는 남자만큼 제멋대로인 인종도 없다는 강한 반감이 담겨 있었다.

71

논리적인 생각을 못하는 아내에게도 의외로 신선한 면이 있었다.

그녀는 형식적인 구식 윤리관에 얽매인 가정에서 자란 사람이 아니었다. 정치가를 자처하던 장인은 교육에 관해서는 별다른 견해를 갖고 있지 않았다. 장모 또한 보통여자들처럼 엄하게 아이들을 키우는 성격이 아니었다. 아내는 친정에서 비교적 자유로운 공기를 호흡했다. 학교는 소학교만 졸업했다. 그녀는 조리 있게 생각하지는 못했지만 생각한 결과는 본능적으로 이해했다.

"단지 남편이라는 이름 때문에 그 사람을 존경하라고 강요받는다면 저는 그렇게 못해요. 만약 존경을 받으려면 그만큼의 자격을 갖춰서 제 앞에 나오시는 게 좋을 거예요. 남편이라는 호칭 따윈 없어도 상관없으니까요."

많이 배운 겐조이지만 이상하게도 이 점에서만은 구식이었다. 인간은 자기 자신만을 위해 살아간다고 생각하면서도 아내는 남편을 위해 존재해야 한다는 생각을 버리지 못했다.

'모든 의미에서 아내는 남편에게 종속되어야 하는 거야.'

남편과 독립된 주체로 자신을 주장하는 아내를 보면 겐조는 바로 불쾌감을 느꼈다. 툭하면 '여자인 주제에'라는 생각이 들었다. 그 생각이 더욱 심해지면 "뭐야, 건방지게"라는 말로 변해 나왔다. 아내는 아내대로 마음속으로 '아무리 여자라고 해도'라는 대답을 언제나 대비해놓고 있었다.

'아무리 여자라지만 그렇게 무시당하면 참을 것 같아요?'

겐조는 가끔 아내의 얼굴에 나타나는 이런 표정을 똑똑히 읽었다.

"여자라서 깔보는 게 아니야. 바보니까 깔보는 거라고. 존경받고 싶으면 존경받을 만한 인격을 갖추는 게 좋을 거야."

겐조의 논리는 어느새 아내가 그를 향해 던지는 논리와 똑같아져버렸다.

부부는 이렇게 둥근 바퀴 위를 빙빙 돌았다. 그러면서 아무리 지쳐도 알아차리지 못했다.

겐조가 그 바퀴 위에 우뚝 멈춰설 때가 있었다. 그의 격앙된 마음이 잠잠해질 때였다. 아내도 그 바퀴 위에서 갑자기 움직이지 않을 때가 있었다. 그녀의 기분이 누그러들 때였다. 그럴 때 겐조는 성이 나서 고함치는 것을 겨우 멈췄다. 아내는 비로소 말을 하기 시작했다. 그러나 두 사람은 손을 잡고 즐겁게 이야기를 나누면서도 역시 둥근 바퀴 위를 벗어나지 못했다.

아내가 몸을 풀기 열흘 정도 전에 장인이 갑자기 겐조를 방문했다. 공교롭게도 집을 비웠던 겐조는 해질녘에 돌아와 아내에게서 장인이 왔었다는 말을 듣고 고개를 갸우뚱했다.

"뭔가 볼일이라도 있으신가?"

"네, 좀 의논하고 싶은 일이 있으시다고."

"뭔데?"

아내는 대답하지 않았다.

"당신도 몰라?"

"네. 이삼 일 내로 다시 온다고 하셨으니까 이번에 오시면 직접 물어보세요."

겐조는 더 이상 묻지 않았다.

오랫동안 장인을 만나러 가지 않았던 겐조는 볼일이 있고 없음에 상관없이 일부러 저쪽에서 자기를 찾아오리라고는 꿈에도 상상하지 못했다. 미심쩍은 기분에 겐조는 평소보다 많이 이것저것 물어보았지만 아내는 오히려 평소보다 말이 적었다. 하지만 여느 때 그가 느끼던 불만이나 무뚝뚝함에서 비롯된 과묵함과는 다른 것이었다.

밤은 어느새 완연한 겨울 날씨였다. 희미한 등불 그림자를 물끄러미 응시하고 있자니 불빛은 고요한데 바람 소리만이 세차게 덧문을 두드렸다. 위잉위잉 하고 나무들이 울어대는 소리를 들으면서 부부는 조용한 불빛을 사이에 두고 한참 동안 가만히 앉아 있었다.

72

"오늘 아버지께서 오셨을 때 외투가 없어 추워 보이시기에 전에 당신이 입던 헌 외투를 꺼내 드렸어요."

시골 양복점에서 맞춘 그 외투는 겐조의 기억에서 까맣게 사라졌을 만큼 낡은 것이었다. 아내가 왜 그것을 장인에게 주었는지 겐조는 이해할 수 없었다.

"그런 낡아빠진 걸."

이상하다기보다 창피한 느낌이 들었다.

"아니요. 좋다고 하시면서 입고 가셨어요."

"장인어른에게 외투가 없었나?"

"외투만이 아니에요. 이제 아무것도 없어요."

겐조는 놀랐다. 희미한 불빛에 비친 아내의 얼굴이 갑자기 안쓰러워 보였다.

"그렇게 어려우신 거야?"

"네, 더 어떻게 할 수도 없으신가봐요."

말수가 적은 아내는 지금까지 친정에 관한 자세한 이야기를 남편에게 한 적이 없었다. 겐조는 장인이 관직을 떠난 이래 처갓집이 궁색해졌다는 걸 어렴풋이 짐작하긴 했지만 설마 이 정도라고는 생각하지 않았다. 겐조는 장인의 옛날을 생각해보았다.

실크해트에 프록코트를 입고 기세등등하게 관저의 육중한 돌문을 나서던 장인의 모습이 선명하게 떠올랐다. 겐조는 단단한 나무를 구(久)자 형으로 잘라 맞춰 만든 현관 마루가 너무 반들반들해 한번은 발을 헛디딘 적도 있었다. 넓은 잔디밭을 끼고 있는 객실을 왼쪽으로 꺾어 들어가면 직사각형의 식당이 이어져 있었다. 겐조는 결혼하기 전 그곳에서 아내의 가족들과 만찬을 같이했던 일을 아직도 기억했다. 이층에는 다다미가 깔려 있었다. 추운 설날 밤, 카드놀이에 초대받아 가서 방 하나를 차지하고는 따뜻한 초저녁을 웃음소리 속에 보낸 기억도 있었다.

저택에는 서양식 건물 외에 일본식 건물도 한 채 딸려 있었다. 가족과 함께 다섯 명의 하녀와 두 사람의 비서도 있었다. 직무상 손님의 출입이 많은 집이었으니 그만큼의 하인이 필요했는지 모르지만 만약 형편이 허락하지 않았다면 그렇게 사람을 두지도 못했을 것이다.

겐조가 외국에서 돌아왔을 때만 해도 장인은 그다지 형편이 어려워 보이지 않았다. 겐조가 고마고메 한구석에 자리를 잡았을 때 장인은 새집을 방문해 그에게 이렇게 말했다.

"뭐, 사람은 누구나 자기 소유의 집을 가져야 하지. 그러나 갑자기

되는 일은 아니니까 그것은 뒤로 미루고, 가능한 한 저축을 해야 한다는 걸 명심하면 좋을 걸세. 이삼천 엔의 목돈을 갖고 있지 않으면 무슨 일이 생겼을 때 아주 곤란해지거든. 뭐, 천 엔 정도만 마련해도 괜찮네. 그걸 나에게 맡겨두면 일 년 사이에 배로 만들어줄 테니까."

재산을 늘리는 지식이라곤 없던 겐조는 이상한 생각이 들었다.

'어떻게 일 년 만에 천 엔이 이천 엔이 될 수 있을까.'

그의 머리로는 이 의문에 대한 대답이 도저히 떠오르지 않았다. 물질에 대한 욕심을 버릴 수 없었던 그는 놀라운 눈으로 장인에게는 있고 자신에게는 완전히 결핍된 어떤 괴력을 바라보았다. 그러나 천 엔을 만들어 장인에게 맡길 능력이 없던 겐조는 그 방법을 물어볼 생각도 하지 못한 채 끝내 지금까지 지내왔다.

"그렇게 가난할 리가 없잖아. 아무리 그만두셨다고 해도."

"그렇지만 사실인걸요. 다 운명이죠."

출산이라는 육체의 고통을 코앞에 둔 아내의 숨소리는 듣고만 있어도 힘겨웠다. 겐조는 안쓰러운 듯 아내의 부른 배와 부석부석한 뺨을 바라보았다.

그 옛날 시골에서 결혼식을 치를 때 장인은 어디선가 풍속화 풍의 미인이 그려진 조잡한 부채 네다섯 개를 사왔다. 겐조는 그중 하나를 빙빙 돌리면서 꽤나 속되다고 평했고 장인은 "이 지방에 걸맞은 거겠지"라고 답했다. 겐조는 지금 그 지방에서 맞춘 외투를 가져간 장인에게 "장인어른한테 걸맞지 않습니까"라고 말할 기분은 절대 아니었다. 도리어 아무리 어렵다고 그런 것을 입을까 하는 생각을 하니 비참한 생각이 들었다.

"하지만 어떻게 입으신다고."

"어울리지 않아도 추운 것보다야 낫겠지요."

아내는 쓸쓸히 웃었다.

73

사흘 뒤 장인이 겐조를 찾아왔다. 겐조는 실로 오랜만에 그를 만났다.

나이로 보나 경력으로 보나 겐조보다 훨씬 세상살이에 밝은 장인은 언제나 사위를 정중하게 대했다. 어느 때는 부자연스러울 만큼 지나치게 정중했다. 그러나 그것이 장인을 나타내는 전부는 아니었다. 이면에는 반대되는 것들이 여기저기 도사리고 있었다.

관료식으로 길들여진 장인에게는 처음부터 겐조의 태도가 몹시 거슬렸다. 장인의 눈에는 넘어서는 안 될 선을 겐조가 무례하게 뛰어넘으려는 것처럼 보였다. 은연중 으스대는 듯한 겐조의 오만함도 달갑지 않았다. 머릿속에 생각나는 것을 무엇이든 입 밖에 내는 무례함도 마음에 들지 않았다. 난폭하게 느껴지기까지 하는 외곬수인 점도 비난의 표적이 되었다.

겐조의 치기(稚氣)를 경멸하던 장인은 예의범절이라는 형식을 지키지 않고 무턱대고 친해지려 하는 겐조를 표면상 정중한 태도로 가로막았다. 그런 이유로 두 사람은 그 자리에 머문 채 움직일 수 없게 되었다. 결국 두 사람은 거리를 두고 상대의 단점을 바라보아야 했다.

그러다 보니 상대의 장점도 분명하게 이해하기 어려워졌다. 그러면서도 둘은 각자가 가지고 있는 결점은 대부분 알아채지 못했다.

지금의 장인은 의심할 여지도 없이 약자의 위치에 놓여 있었다. 남에게 머리 숙이기를 싫어하는 겐조는 형편상 어쩔 수 없이 자신 앞에 선 장인을 보자 같은 처지에 놓인 자신을 상상하지 않을 수 없었다.

'얼마나 고통스러울까?'

겐조는 이런 생각에 사로잡혔다. 그는 장인이 들고 온 돈 문제에 귀를 기울였다. 하지만 좋은 얼굴은 할 수 없었다. 마음속으로 겐조는 좋은 얼굴을 지을 수 없는 스스로를 저주했다.

'돈에 관한 문제라서 좋은 얼굴을 지을 수 없는 게 아닙니다. 돈과는 상관없이 불쾌하기 때문입니다. 오해하지 마십시오. 저는 이런 상황에서 복수를 하려는 그런 비겁한 인간은 아닙니다.'

겐조는 장인에게 변명을 하고 싶어 견딜 수 없었지만 묵묵히 앉아 오해의 위험을 무릅쓰는 수밖에 없었다.

무뚝뚝한 겐조에 비해 장인은 상당히 정중했다. 또 침착했다. 옆에서 누가 보았다면 아주 신사답다고 말했을 것이다.

장인은 어떤 사람의 이름을 입에 올렸다.

"그쪽에서는 자네를 알고 있다던데 자네도 알겠지?"

"알고 있습니다."

오래전 겐조가 학교에 다닐 때 알게 된 사람이었다. 하지만 친한 사이는 아니었다. 졸업하고 독일에 다녀오더니 갑자기 직업을 바꿔서 어느 큰 은행에 들어갔다는 소문을 들었을 뿐 그밖에는 달리 소식을 듣지 못했다.

"아직 은행에 다니고 있습니까?"

장인은 고개를 끄덕였다. 두 사람이 어디서 어떻게 알게 되었는지 상상이 가지 않았다. 그러나 상세히 물어본다고 해서 신통한 일이 생길 것 같지는 않았다. 요점은 단지 그 사람이 돈을 빌려줄지 어떨지의 문제였다.

"그래서 그 사람의 말은 돈을 빌려줄 수는 있지만 확실한 보증인을 세워달라는 얘기네."

"그렇군요."

"그럼 누구를 보증인으로 세우면 좋겠느냐고 물었더니 자네라면 빌려줘도 좋겠다는군. 그쪽에서 일부러 지명까지 한 거라서."

겐조는 스스로를 확실한 사람으로 인정하는 데는 주저하지 않았다. 그러나 빈약한 자기 재력을 다른 사람들이 모를 리가 없다고 생각했다. 게다가 장인은 교제 범위가 대단히 넓은 사람이었다. 평소 장인이 입에 올리는 친구 중에는 겐조보다 몇 배나 신용할 만한 유명 인사가 얼마든지 있었다.

"왜 저를 지명했을까요?"

"자네라면 반드시 갚을 거라고 말하더군."

겐조는 생각에 잠겼다.

74

겐조는 오늘날까지 보증서를 쓰고 남에게 돈을 빌린 경험이 없는 남자였다. 의리상 도장을 찍어준 것이 화근이 되어 훌륭한 능력이 있으면서도 사회 밑바닥으로 떨어져 평생 발버둥치는 사람의 이야기는 세상사를 잘 모르는 겐조의 귀에도 자주 전해졌다. 그는 가능한 한 자신의 미래에 영향을 미치는 행위는 피하고 싶었다. 그러나 완고한 마음 한구석에는 약하고 미적지근한 어떤 것이 늘 붙어 다녔다. 단호히 보증을 거절한다는 것은 그에게는 너무나도 무정하고 냉혹한 일처럼 느껴져서 마음이 괴로웠다.

"제가 아니면 안 되겠습니까?"

"자네라면 좋다고 말을 하니까."

겐조는 같은 말을 두 번 묻고 같은 대답을 두 번 들었다.

"아무래도 이상하군요."

세상 물정에 어두운 겐조는 이미 장인이 어디에 부탁해도 보증을 서줄 사람이 없었기 때문에 마지막으로 할 수 없이 그를 찾아왔다는 사정마저 헤아리지 못했다. 겐조는 별로 친하게 지낸 일도 없는 은행원에게 그 정도로 신용을 받고 있다는 게 두려웠다.

'어떤 일을 당할지 알 수가 있어야지.'

겐조는 마음속으로 미래의 자신이 안전할지 어떨지 끊임없이 걱정하고 있었다. 하지만 단지 그런 이해타산으로 이 문제를 처리해버릴 만큼 성격은 단순하지 않았다. 머리가 적당한 해결책을 줄 때까지 그는 망설였다. 해결방법이 떠올랐을 때조차 그것을 장인 앞에 내놓기까지 큰 노력을 기울여야 했다.

"보증을 서는 것은 아무래도 위험하니까 피하고 싶습니다. 그러나 그 대신 제 능력으로 해드릴 수 있는 만큼의 돈을 마련해드리지요. 물론 저는 모아놓은 돈이 없으니까 마련한다고 한들 어차피 어디에선가 빌리는 수밖에 없습니다. 그래도 가능하면 증서를 쓴다든지 인감을 찍는다든지 하는 돈은 빌리고 싶지 않습니다. 저의 교제 범위 내에서 안전한 돈을 마련하는 편이 저에게는 마음이 편하니까 우선 그쪽으로 한번 알아보지요. 필요하신 만큼의 금액은 안 됩니다. 제 손으로 마련하는 이상 제 손으로 갚는 것이 당연하니까, 분수에 맞지 않는 돈은 빌릴 수 없습니다."

액수야 어떻든 융통만 되면 그만큼 도움이 된다고 생각한 장인은 더 이상 겐조에게 강요하지 않았다.

"아무쪼록 잘 부탁하네. 그럼 또 보세."

장인은 겐조가 오래 입어 낡은 외투를 몸에 두르고 추운 겨울 하늘 아래를 걸어서 돌아갔다. 이야기를 끝낸 겐조는 현관에서 장인을 배웅한 뒤 다시 서재에 틀어박힌 채 아내의 얼굴을 보지 않았다. 아내도 친정아버지를 현관에서 배웅할 때 남편과 나란히 섬돌 위에 섰을 뿐 끝내 서재에는 들어오지 않았다. 돈을 마련하는 이야기는 부부의 공통 화제로는 오르지 않은 채 이렇게 끝나버렸다.

하지만 겐조의 마음속에는 무거운 책임감이 자리 잡고 있었다. 그는 책임을 다하기 위해 움직이지 않으면 안 되었다. 겐조는 도쿄에 돌아와서 살림을 장만할 때 가재도구를 같이 사러 다녔던 친구의 집으로 찾아갔다.

"돈 좀 빌려줄 수 없을까?"

겐조는 아닌 밤중에 홍두깨 격으로 불쑥 친구에게 말했다. 돈이라고는 한 푼도 없던 친구는 놀란 표정으로 겐조를 쳐다보았다. 겐조는 화로에 손을 쬐면서 사정을 하나하나 자세히 설명했다.

"이걸 어쩌지?"

삼 년간 중국의 어느 학교에서 교편을 잡으며 돈을 모았던 친구는 그때 모은 돈 전부를 전기철도회사인가 뭔가의 주식으로 바꾸었던 것이다.

"그럼 시미즈에게 한번 부탁해주지 않겠어?"

친구의 매제뻘 되는 시미즈는 시타마치의 상당한 번화가에 병원을 개업하고 있었다. "글쎄, 어떨지 모르겠어. 그놈이라면 그 정도 돈은 있겠지만 묶어놓았을지도 몰라. 어쨌든 물어보긴 할게."

친구의 호의는 다행히 헛되지 않았다. 겐조가 빌린 사백 엔이 장인 손에 건네진 건 그로부터 사오 일이 지나서였다.

75

'나는 최대한 노력했어.'

겐조는 마음을 놓았다. 그는 자기가 조달한 돈의 가치에 대해서는 별로 생각하지 않았다. 크게 기뻐할 것이라고도 생각하지 않았고 이정도 돈이 어떤 도움이 될 것인가도 생각하지 않았다. 어느 방면으로 어떻게 쓰일지에 대해서도 전혀 알려고 들지 않았다. 장인도 자기 사정을 털어놓을 만큼은 다가오지 않았다.

두 사람 사이의 장벽을 허물어뜨리기에는 너무 빈약한 기회였다. 아니라면 두 사람의 관계가 너무나 굳어 있었다.

장인은 세속적인 허영심이 강한 남자였다. 그는 차분히 자신을 남에게 이해시키려 하기보다는 될 수 있는 한 자신의 가치를 많은 사람들에게 드러내고 싶어 했다. 따라서 그를 둘러싼 식구들이나 가까운 친족들에게 보이는 그의 태도는 어느 정도 과장되기 마련이었다.

처지가 갑자기 바뀌자 장인은 그동안의 생애를 뒤돌아보지 않을 수 없었다. 그러나 겐조에게는 지금의 상황을 아무렇지 않은 듯 보이기 위해 가능한 한 태연한 태도를 가장했다. 그러다가 결국 버틸 수 없게 되는 바람에 마침내 겐조에게 보증을 부탁했다. 하지만 장인이 어느 정도의 부채로 고통을 받고 있는지 상세한 이야기는 끝까지 겐조의 귀에 들어오지 않았다. 겐조도 묻지 않았다.

두 사람은 거리를 유지한 채 서로 손을 내밀었다. 한 사람이 건네는 돈을 한 사람이 받고 나자 두 사람은 내민 손을 다시 거둬들였다. 옆에서 보는 아내는 입을 다문 채 아무 말도 하지 않았다.

겐조가 외국에서 막 돌아왔을 때만 해도 이 정도로 사이가 소원하지는 않았다. 겐조가 새집을 마련하고 얼마 지나지 않았을 무렵 겐조는 장인이 광산 사업에 손을 댔다는 이야기를 듣고 깜짝 놀랐다.

"광산 사업을 하신다고?"

"네, 새로운 회사를 차리신다고 해요."

겐조는 눈살을 찌푸렸다. 그러면서도 그는 장인의 괴력을 조금은 믿고 있었다.

"잘될까?"

"당신은 어떻게 생각하세요?"

겐조와 아내 사이에 이런 간단한 대화가 오간 후, 그는 아내에게 장인이 그 일로 북쪽 지방의 어느 도시로 떠났다는 소식을 전해들었다. 일주일 정도 지나서 장모가 갑자기 겐조의 집을 찾아왔다. 장인이 여행지에서 갑자기 병이 나는 바람에 장모가 그쪽으로 가야 하는데 여비를 마련해줄 수 없는가 하는 용건이었다.

"네, 여비 정도야 어떻게든 마련해드릴 테니 걱정 마세요."

겐조는 타지에서 홀로 여관에 누워 고통스러운 시간을 보내고 있을 사람과 그를 만나기 위해 기차를 타고 떠나는 사람의 애달픈 마음을 진심으로 측은하게 여겨 자신이 아직껏 본 적도 없는 먼 하늘의 쓸쓸함까지 상상해보았다.

"아무튼 전보가 왔을 뿐 상세한 사정은 아직 모르겠네."

"그럼 더 걱정이 되시겠지요. 가능한 한 빨리 출발하시는 게 좋겠습니다."

다행히 장인의 병은 가벼웠다. 그러나 그가 손을 대기 시작했다는 광산 사업은 그렇게 흐지부지 중단되어버렸다.

"일자리는 아직 못 구하셨대?"

"있기는 한데 선뜻 내키지 않으신대요."

아내는 장인이 어느 큰 도시의 시장 후보가 되었다는 말을 했었다. 선거 운동비는 재력 있는 장인의 옛 친구 한 사람이 부담해주기로 했던 모양이다. 그러나 시의 유지 몇 명이 도쿄로 올라와 유명한 정치가인 어느 백작을 만나 장인이 과연 시장으로 적합한지 물어보았는데 그 백작이 아무래도 적합하지 않을 것이라고 대답해서 이야기는 그것으로 끝났다고 했다.

"정말 안타깝게 됐군."

"곧 어떻게든 되시겠죠."

아내는 겐조보다도 자신의 친정아버지 쪽을 훨씬 더 신뢰하고 있었다. 겐조도 예전 장인의 능력을 모르지는 않았다.

"그냥 딱해서 해본 소리야."

그의 말에 거짓은 없었다.

76

하지만 그 후에 장인이 겐조를 방문했을 때 두 사람의 관계는 다시 바뀌어 있었다. 자발적으로 장모에게 여비를 마련해주었던 사위는 한 발 뒤로 물러서야 했다. 겐조는 비교적 먼 거리에서 장인을 바라보았다. 겐조의 눈에 감도는 빛은 냉담도 무관심도 아니었다. 오히려 검은 눈동자에 번뜩이는 것은 반감이었다. 그는 그것을 감추기 위해 부득이하게 냉담과 무관심을 가장했다.

장인은 불행한 처지에 놓여 있었다. 그런데도 눈앞에 앉아 있는 장인은 너무나 정중했다. 이 두 가지가 겐조의 본성을 압박해왔다. 겐조는 적극적으로 장인에게 관여하지 못하기에 가만히 있을 수밖에 없었다. 무뚝뚝함을 가장하며 참고 있는 겐조에게 상대방의 고통스러운 상황과 정중하고 겸손한 태도는 선한 마음을 드러내지 못하게 가로막는 방해물이 되었다. 겐조의 입장에서 보면 장인은 그를 괴롭히러 온 것이나 다름없었다. 장인의 입장에서 보면 남이라도 적당치 않을 무뚝뚝한 냉대를 사위에게 받다니 견디기가 힘들었다. 전후 관계를 알지 못하고 이 장면만을 바라보는 제삼자의 눈에 겐조는 바보처럼 보였다. 전후 관계를 아는 아내조차 남편은 결코 현명해 보이지 않았다.

"나도 이번만큼은 아주 힘들었다네."

장인이 마침내 말문을 열었지만 겐조는 이렇다 할 대답을 하지 않았다.

장인은 이윽고 재계에서 유명한 어떤 사람의 이름을 들먹였다. 은행가이면서 실업가인 남자였다.

"실은 요전에 어떤 사람의 주선으로 만나보았는데, 이럭저럭 잘 될 것 같네. 미쓰이(三井)와 미쓰비시(三菱)를 제외하면 일본에서는 아마 그곳 정도니까, 거기서 일한다고 특별히 내 체면이 깎일 리도 없고. 게다가 일하는 구역도 넓으니까 재미있게 일할 수 있을 것 같네."

재력가가 장인에게 마련해준 지위는 관서 지방에 있는 어떤 철도회사의 사장 자리였다. 그 회사의 주식 대부분을 소유한 재력가는 자기 뜻대로 사장을 선택할 수 있는 특권을 갖고 있었다. 그러나 사장이 되기 위한 자격으로는 몇십 주나 몇백 주를 소유해야 했다. 장인이 어떻게 그 돈을 마련할지 그쪽 사정에 밝지 않은 겐조는 의문이었다.

"우선 필요한 주식만큼만 내 명의로 바꿔 적는 거지."

겐조는 장인이 하는 말을 의심할 정도로 그의 능력을 깔보지는 않았다. 장인과 처가를 현재의 어려운 처지에서 벗어나게 하기 위해서라도 성공을 희망해야 했다. 그러나 여전히 전과 같은 입장에 서 있는 자신을 수정할 마음은 없었다. 겐조의 인사는 형식적이었다. 그는 부드러운 마음 한쪽을 일부러 굳히기까지 했다. 노련한 장인은 거기까지는 주의를 기울이지 않는 듯 보였다.

"그러나 난처하게도 당장은 안 된다고 하네. 뭐든 시기가 있으니 말이야."

장인은 품속에서 사령장 같은 것을 꺼내 겐조에게 보여주었다. 어떤 보험회사가 장인을 고문으로 위촉한다는 문구와 그 보수로 매달 백 엔을 증여한다는 조건이 쓰여 있었다.

"방금 얘기한 곳이 되면 이건 그만둘지 아니면 병행해서 계속할지 아직 모르겠네. 아무튼 백 엔도 임시방편은 되니까."

옛날 장인이 정부 관직에서 물러났을 때였다. 요직에 있던 어떤 사람이 산인도 어느 지방의 지사라면 전임시켜줄 수 있다는 말을 했다. 그러나 장인은 단호히 거절했다. 지금 그리 대단하지 않은 보험회사에서 백 엔을 받으면서 별로 싫은 얼굴을 하지 않는 것도 역시 처지의 변화가 성격에 미친 영향임에 틀림없었다.

이렇게 변한 장인의 태도가 겐조를 한 발짝 앞으로 다가가게 만들었다. 하지만 그것을 의식하자마자 겐조는 바로 뒷걸음질 치지 않을 수 없었다. 그의 본성은 부자연스럽게 보이는 장인의 태도를 윤리적으로 인정했던 것이다.

77

장인은 행정가였다. 언제나 일을 기준으로 사람을 평가했다. 노기 장군*이 한때 대만 총독이 됐다가 물러났을 때 장인은 겐조에게 이런 말을 했었다.

"개인으로서 노기 씨는 의리가 있고 정이 두터운 정말 훌륭한 사람이네. 그러나 총독으로서 과연 적임자였는가 묻는다면 논쟁의 여지가 상당히 있어. 개인의 덕망은 친하게 지내는 주위 사람들까지는 힘을 미칠지 모르지만, 멀리 떨어진 국민에게 이익을 주기에는 불충분하다네. 그 문제로 따지자면 역시 능력이야. 능력이 없어서는 아무리 좋은 사람이라도 그냥 자리만 지키는 수밖에 별 도리가 없어."

장인은 재직 중에 직무와 관련된 어느 모임의 사무 일체를 관리하고 있었다. 후작을 회장으로 하는 그 모임은 장인의 힘으로 설립 취지가 멋지게 완성되었고, 수중에는 이만 엔 정도의 잉여자금이 맡겨졌다. 벼슬길이 끊긴 후 궁색함이 계속된 장인은 결국 그 위탁금에 손을 대고 말았다. 그리고 어느새 전부 써버렸다. 그러나 장인은 신용을 유지하기 위해 누구에게도 사실을 털어놓지 않았다. 그는 이 예금에서 발생하는 백 엔 가까운 이자를 매달 조달해서 체면을 세우지 않으면 안 되었다. 자기 집 경제 상황보다 오히려 이쪽을 걱정하던 장인이 공인으로서의 삶을 유지하는 데 절대적으로 필요한 그 백 엔을 매달 보험회사로부터 받게 된 것은 당시 장인의 처지를 살펴보면 참으로 기쁜 일이었다.

상당한 시간이 지난 후 이 이야기를 아내에게 들은 겐조는 장인에게 새로운 동정심을 느꼈을 뿐 그를 부도덕한 사람으로 미워할 마음은 조금도 들지 않았다. 그런 남자의 딸과 부부가 되었다는 사실이 부

---

* 乃木希典. 메이지 시대 일본의 군인. 청일전쟁에 출전해 1896년 대만 총독에 올랐으나 통치에 실패하고 2년 뒤 사임했다.

끄럽다는 생각도 전혀 들지 않았다. 그러나 겐조는 아내에게 자기가 생각하는 것을 말하지 않았다. 아내는 종종 그에게 이렇게 말했다.

"저는 당신이 어떤 사람이라도 상관없어요. 저에게 잘해주시기만 한다면요."

"도둑놈이라도 상관없단 말이야?"

"네, 그렇다니까요. 도둑놈이든 사기꾼이든 뭐든 좋아요. 그저 저를 소중히 대해주시면 충분해요. 아무리 지체 높은 남자거나 훌륭한 인간이라도 집안에서 엉망이라면 제게는 아무런 소용이 없어요."

실제로 아내는 그런 여자였다. 겐조도 아내의 말에는 동감했다. 하지만 그의 생각은 달무리처럼 아내의 말 바깥까지 번져가기 시작했다. 오로지 학문에만 열중하는 자신을 그녀가 이런 말로 은연중 비난하는 게 아닌가 하는 생각이 들었다. 그러나 그보다 훨씬 강하게 겐조의 가슴을 울린 것은 남편의 마음을 모르는 그녀가 이런 태도로 암암리에 자신의 아버지를 변호하는 것이 아닐까 하는 생각이었다.

'나는 그만한 일로 사람을 멀리하는 인간이 아니야.'

겐조는 아내에게 설명하려고 애쓰지는 않았지만 혼자서는 자기 변호를 되풀이했다.

그러나 장인과의 관계에 자연스럽게 틈새가 생긴 것은 역시 장인이 스스로의 능력을 지나치게 믿고 벌인 일의 결과라고 생각했다.

겐조는 설날에 처가에 세배를 가지 않았다. 근하신년이라고 쓴 엽서만을 보냈다. 장인은 이 일을 용서하지 않았다. 겉으로 타박하지는 않았지만 열두어 살 난 막내아들에게 똑같이 근하신년이라고 삐뚤삐뚤한 글씨를 쓰게 해서 아이의 이름으로 겐조가 보낸 연하장에 답장을 보냈다. 이런 방법으로 사위에게 앙갚음을 하면서도 장인은 왜 겐조가 자신에게 새해 인사를 직접 하러 오지 않았는지에 대해서는 전혀 반성해보지 않았다.

한 가지 일은 만 가지에 통하는 법이다. 이자가 이자를 낳고 새끼가 새끼를 치듯이 두 사람은 날이 갈수록 멀어졌다. 어쩔 수 없이 저지르는 죄와 일부러 저지르는 죄에 큰 차이가 있다고 생각하는 겐조는 질이 좋지 않은 방법에 능통한 장인을 굉장히 미워했다.

78

'다루기 쉬운 사람이다.'

실제로 본인이 다루기 쉬운 점이 많다고 자각하면서도 겐조는 남에게 이렇게 여겨지는 것에는 화가 났다.

겐조는 이런 문제를 초월하는 사람에게 큰 호감을 느꼈다. 많은 사람들 속에서 그런 유의 사람을 찾는 눈도 가지고 있었다. 하지만 아무리 해도 그 영역에 도달할 수는 없었다. 그렇기 때문에 더욱 그런 사람이 눈에 띄었다. 또한 그런 사람을 존경하고 싶어졌다.

겐조는 자신을 저주했다. 그러나 자신을 저주하도록 만든 상대를 훨씬 격렬하게 저주했다.

이렇게 장인과 겐조 사이에 만들어진 틈새는 점점 벌어졌다. 아내가 겐조를 대하는 태도가 모르는 사이에 틈새를 더욱 벌어지게 만들기도 했다.

부부 사이가 나빠지자 아내의 마음은 점점 친정 쪽으로 기울어갔다. 아내의 친정에서도 당연히 같은 핏줄인 아내의 편을 들었다. 그러나 아내의 편을 든다는 것은 어떤 경우에서 겐조를 적으로 삼는다는 의미와 같았다. 장인과 사위는 사이가 점점 더 멀어졌다.

다행히 아내의 히스테리가 자연스럽게 완화제 역할을 해주었다. 언제나 두 사람의 긴장이 최고조에 도달하기 전에 아내가 발작을 일으켰다. 겐조는 몇 번이나 화장실로 가는 복도에 쓰러진 아내를 안아 올려 이부자리에 눕혔다. 한밤중 덧문이 살짝 열린 툇마루 한구석에 웅크리고 앉은 그녀를 뒤에서 일으켜 안방으로 데리고 돌아온 일도 있었다.

그럴 때마다 아내는 의식이 몽롱해서 꿈인지 현실인지 구분을 못했다. 동공은 크게 열려 있고 바깥 세계는 단지 환영처럼 비치는 것 같았다.

베갯머리에 앉아서 그녀의 얼굴을 응시하는 겐조의 눈에 불안이 스쳤다. 어느 때는 가엾다는 생각이 모든 상황을 이겨냈다. 그는 엉망으로 흐트러진 아내의 머리를 빗질해주었다. 땀이 밴 이마를 젖은 수건으로 닦아주었다. 때로는 정신을 차리게 하려고 얼굴에 물을 뿜거나 입에 물을 넣어주기도 했다.

발작이 지금보다 더 심했던 옛날 일들이 겐조의 기억을 자극했다.

한때 겐조는 매일 밤 가느다란 끈으로 자신의 허리와 아내의 허리를 연결하고 잠을 잤다. 끈의 길이를 약간 느슨하게 해서 충분히 몸을 뒤척일 수 있게 했다. 아내가 별달리 저항하지 않았기 때문에 이 방법은 며칠이고 계속되었다.

어느 때는 아내의 명치께에 밥공기를 뒤집어 엎어놓고 힘껏 누른 적도 있었다. 몸부림치는 그녀의 마력을 그렇게라도 저지하지 않으면 안 되었기 때문이다. 그때 겐조는 땀으로 온몸이 젖을 정도로 고생을 했다.

때로는 아내의 입에서 이상한 말이 흘러나왔다.

"해님이 왔어요. 오색구름을 타고 왔어요. 큰일 났어요, 여보."

"아기가 죽어버렸어요. 죽은 우리 아기가 왔으니까 빨리 가봐야 해요. 봐요, 저기 있잖아요, 두레박틀 속에. 잠깐만 가서 보고 올 테니까 저 좀 놓아주세요."

유산하고 얼마 후의 일이었다. 아내는 꽉 끌어안은 겐조의 손을 뿌리치고 몸을 일으키려 했다……

아내의 히스테리는 겐조에게 큰 불안이었다. 그러나 대개의 경우 그 불안 위에 그보다 더 큰 자애로움이 자리했다. 그는 아내가 애처로웠다. 약하고 가엾은 아내 앞에 머리를 숙이고 가능한 한 비위를 맞추려고 했다. 그러면 아내도 기쁜 얼굴을 했다.

그러니까 발작이 고의라고 의심하지 않는 이상, 또 지나치게 신경이 날카로워져서 어떻게 되든 내버려두고 싶다는 기분이 들지 않는 이상, 그 횟수가 너무나 잦아 동정심은 어느새 사라지고 왜 나를 이렇게 괴롭히는가 하는 불평이 생기지 않는 이상, 아내의 병은 두 사람 사이를 완화시키는 방편으로 꼭 필요한 것이었다.

불행하게도 장인과 겐조 사이에는 이런 귀중한 완화제가 존재하지 않았다. 따라서 아내로 인해 맺어진 장인과 사위라는 두 사람의 관계는 멀어질 대로 멀어져, 겐조와 아내의 관계가 평소대로 회복된 다음

에도 좋아지지 않았다. 이상한 현상이었다. 하지만 변하지 않는 사실
이었다.

79

불합리한 것을 싫어하는 겐조는 이 사실을 받아들이기 힘들어했다.
그러나 달리 방법이 떠오르지 않았다. 그의 성격은 융통성이 없고 외
곬인 동시에 몹시 소극적인 면도 있었다.

'내게 어떤 의무는 없어.'

자문자답으로 상황을 해결지은 겐조는 자신이 내린 답이 가장 올바
른 것이라고 믿었다. 그는 그대로 불쾌감 속에서 지낼 결심을 했다.
시간이 흐르면 자연히 해결되리라는 기대조차 하지 않았다.

불행하게도 아내 또한 이런 점에서는 소극적인 태도를 버리지 않는
여자였다. 그녀는 뭔가 사건이 있어야 움직이는 여자였다. 남에게 부
탁을 받고 어떤 일에 매진하는 경우도 있었다. 그러나 눈앞에서 손으
로 만질 수 있을 정도의 명료한 어떤 것을 붙잡았을 때에 한해서였다.
그런데 그녀가 본 부부관계에는 그런 것이 어디에도 존재하지 않았
다. 자기 아버지와 겐조 사이에도 이렇다 할 정도의 파국은 없는 듯했
다. 크고 구체적인 변화가 없으면 사건으로 인정하지 않는 그녀는 그
외의 것들은 모두 모른 척했다. 자기와 자기 아버지와 남편 사이에 일
어나는 정신 상태의 동요는 손쓸 방도도 없는 것이라고 방관했다.

"어차피 아무 일도 없잖아요."

마음으로는 동요를 느끼면서도 그녀는 이렇게 대답할 수밖에 없었다. 아내에게 가장 정당하다고 생각되는 이 대답이 어느 때 겐조에게는 허위의 울림같이 들렸다. 그러나 아내는 절대 태도를 바꾸지 않았다. 결국 어떻게 되어도 상관없다는 마음이 소극적인 그녀를 한층 더 소극적으로 몰고 갔다.

부부의 태도는 좋지 않은 면에서 일치했다. 서로의 부조화를 지속하기 위해서라는 소리를 듣는대도 어쩔 수 없는 이 일치는 뿌리 깊은 그들의 성격에서 비롯된 것이었다. 우연이라기보다는 필연의 결과였다. 서로 얼굴을 마주한 그들은 상대방의 관상으로 자신의 운명을 판단했다.

장인이 겐조의 손으로 마련한 돈을 받고 돌아간 후 부부는 그것을 특별한 문제로 여기지도 않았다. 오히려 그들은 다른 일을 화제로 삼았다.

"산파는 언제쯤 태어날 거래?"

"언제라고 확실히 말은 안 했지만 금방일 거예요."

"준비는 다 됐어?"

"네, 안방 장롱 안에 들어 있어요."

겐조는 거기에 무엇이 들어 있는지 알지 못했다. 아내는 힘에 부치는지 크게 한숨을 내쉬었다.

"정말이지 이렇게 힘들어서는 견디기 힘들어요. 빨리 태어나지 않으면."

"이번에 죽을지도 모른다고 말하지 않았어?"

"네, 죽든 말든 상관없으니까 빨리 낳아버리고 싶어요."

"불쌍한 소리를 하는군."

"괜찮아요. 죽으면 당신 탓이니까."

겐조는 먼 시골에서 아내가 큰딸을 낳았을 때의 광경을 떠올렸다. 밖에서 불안해하며 괴로운 얼굴로 기다리던 그가 산파로부터 좀 도와달라는 말을 듣고 산실에 들어가자 아내는 뼈를 부러뜨릴 듯한 괴력으로 겐조의 팔을 붙들고 늘어졌다. 그리고 고문이라도 당하는 사람처럼 신음했다. 그는 아내가 육체로 받는 고통을 정신으로 느꼈다. 자신이 죄인은 아닐까 하는 마음마저 들었다.

"해산을 하는 쪽도 고통스럽겠지만 그것을 보고 있는 쪽도 괴로운 법이라고."

"그럼 어딘가에 놀러라도 다녀오시든가요."

"혼자서 낳을 수 있어?"

아내는 아무 말도 하지 않았다. 남편이 외국에 가 있는 동안 둘째 딸을 낳았던 일도 입에 올리지 않았다. 겐조도 물어보려고 하지 않았다. 그는 천성적으로 사소한 일에 걱정이 많았다. 아내가 아파하는 소리를 뒷전에 두고 바깥을 어슬렁어슬렁 쏘다닐 수 있는 남자는 아니었다······

산파가 다음번에 얼굴을 내밀었을 때 그는 거듭 확인을 했다.

"일주일 이내인가요?"

"아니요. 좀더 나중일 거예요."

겐조도 아내도 그런 생각으로 있었다.

80

날짜가 어긋났는지 아내는 예정보다 빨리 산기를 느끼고 고통스러
운 소리로 옆에서 자는 남편의 단잠을 깨웠다.

"아까부터 갑자기 배가 아파요……"

'벌써 나오려는 건가?'

겐조는 아내가 어느 정도 아픈지 알 수 없었다. 그는 차가운 밤 이
불 속에서 얼굴만 슬쩍 내밀고 아내의 모습을 가만히 바라보았다.

"좀 문질러줄까?"

겐조는 일어나기 귀찮아서 가능한 한 입으로 때우려고 했다. 그는
출산에 대한 경험이 한 번밖에 없었다. 그마저도 지금은 거의 잊어버
렸다. 큰딸이 태어날 때는 이런 진통이 조수의 간만처럼 몇 번이고 왔
다가 사라지곤 했던 것 같았다.

"아기라는 게 그렇게 갑자기 태어날 리야 없겠지. 한바탕 진통이
있다가 또 금세 가라앉는 거 아니야?"

"왠지 모르지만 진통이 점점 심해져요."

아내의 태도가 분명히 그 말을 입증했다. 가만히 이불 위에 누워 있
을 수가 없는지 베개를 빼서 오른쪽으로 향하게도 하고 왼쪽으로 움
직이기도 했다. 남자인 겐조는 손쓸 방도가 없었다.

"산파를 부를까?"

"네, 빨리."

직업상 산파 집에는 전화가 있었지만 겐조의 집에 그런 빈틈없는
설비가 있을 리 없었다. 급한 일이 있을 때마다 겐조는 근처 단골의사

에게 급히 뛰어가곤 했다.

　초겨울의 어두운 밤이었기에 날이 밝기까지는 상당한 시간이 지나야 했다. 겐조는 자기가 문을 두드려 새벽에 일어나야 할 의사와 하녀의 번거로움을 헤아렸다. 그러나 날이 샐 때까지 팔짱을 끼고 한가로이 기다릴 용기도 없었다. 침실 문을 열고 건넛방에서 안쪽을 지나 하녀 방 입구까지 간 그는 일하는 아이 하나를 캄캄한 밤 속으로 서둘러 내보냈다.

　겐조가 아내의 머리맡으로 돌아왔을 때 진통은 더 격렬해져 있었다. 그의 신경은 일 분마다 문전에 멈추는 인력거 소리를 고대하지 않으면 안 될 만큼 날카로워졌다.

　산파는 좀처럼 오지 않았다. 아내의 신음이 고즈넉한 밤의 공기를 불안하게 어지럽혔다. 오 분쯤 지났을까, 아내가 "이제 나와요" 하고 남편에게 선고했다. 그리고 아내가 여태껏 참고 참아온 듯한 절규를 한번에 지르면서 아기가 나왔다.

　"정신 차려!"

　겐조는 곧바로 자리에서 일어나 이부자리 아래쪽으로 갔지만 어떻게 해야 좋을지 몰랐다. 램프는 가늘고 긴 등피 속에서 죽음처럼 고요한 빛을 어슴푸레 실내에 내던졌다. 겐조가 눈길을 떨어뜨린 근방에 이불의 줄무늬마저 분명하게 보이지 않는 어렴풋한 그림자가 드리워 있었다.

　그는 당황했다. 하지만 램프를 옮겨 그곳에 빛을 비추는 것은 남자가 봐서는 안 될 것을 구태여 보려는 행동 같아 마음이 내키지 않았다. 그는 할 수 없이 어둠 속에서 손을 내밀어 더듬어보았다. 오른손에 지금까지 만져본 적 없는 이상한 물체의 감촉이 느껴졌다. 그것은 우무처럼 물컹물컹했다. 윤곽이라고는 없는, 모양이 확실하지 않은 덩어리였다. 겐조는 기분 나쁜 느낌을 온몸에 전하는 이 덩어리를 손 끝으로 가볍게 건드려보았다. 덩어리는 움직이지도 않고 울지도 않았 다. 단지 만질 때마다 물컹물컹한 우무처럼 뭉그러질 것 같았다. 강하 게 누른다거나 집으면 틀림없이 부서져버릴 거라고 생각했다. 그는 두려워서 황급히 내밀었던 손을 거두었다.

'그렇지만 이대로 두면 감기에 걸릴 거야. 추위에 얼어 죽을지도 몰라.'

살았는지 죽었는지 분간할 수 없는 중에도 이런 걱정이 들었다. 겐 조는 출산 준비물이 장롱 속에 있다던 아내의 말이 갑자기 생각났다. 그는 얼른 등 뒤에 있는 장지문을 열었다. 그리고 솜뭉치를 꺼냈다. 그 솜이 탈지면이라는 것조차 몰랐지만 그것을 마구 뜯어서 부드러운 덩어리 위에 올려놓았다.

81

그러는 가운데 기다리고 기다리던 산파가 도착했다. 겐조는 겨우 안심하고 자기 방으로 물러갔다.

곧 날이 밝았다. 갓난아기의 울음소리가 집 안의 차가운 공기를 진 동시켰다.

"순산 축하합니다."

"아들인가요, 딸인가요?"

"따님입……"

산파는 조금 안됐다는 듯 중간에 말을 끊었다.

'또 계집애야?'

겐조는 다소 실망했다. 첫번째가 딸, 두번째도 딸, 이번에 태어난 아이도 또 딸, 도합 세 딸의 아버지가 된 그는 그렇게 똑같은 것만 낳아서 도대체 어쩔 셈이냐고 은근히 아내를 비난했다. 그러나 그렇게 세 딸을 낳게 만든 책임이 자기에게도 있다는 생각은 못했다.

시골에서 태어난 큰딸은 살결이 고운 예쁜 아이였다. 겐조는 큰딸을 유모차에 태워 자주 동네 여기저기를 돌아다녔다. 천사처럼 편안한 잠에 빠진 아기 얼굴을 바라보며 집으로 돌아오기도 했다. 그러나 미래는 언제나 불확실했다. 겐조가 외국에서 돌아왔을 때 다른 사람 손에 이끌려 신바시까지 아버지를 맞으러 나온 이 딸이 오랜만에 만난 아버지를 보면서 좀더 멋진 사람일 줄 알았다고 옆 사람에게 속삭인 것처럼, 큰딸의 용모도 못 본 사이에 밉게 변해 있었다. 아이의 얼굴은 점점 길어졌다. 얼굴 윤곽도 모가 났다. 겐조는 큰딸의 용모에 나타나는 자기 얼굴의 못생긴 점을 인정할 수밖에 없었다.

둘째 딸은 일 년 내내 부스럼투성이 머리를 하고 있었다. 바람이 잘 안 통해서 그런가 싶어 결국 머리카락을 싹둑싹둑 잘라버렸다. 턱이 짧고 눈이 큰 둘째 딸은 도깨비 같은 모습으로 집 안 여기저기를 어정어정 걸어다녔다.

셋째 딸만이라도 예쁘게 커주었으면 좋겠다는 바람은 아무리 욕심 많은 부모라도 기대하기 어려운 일이었다.

'저런 것들이 속속 태어나서 도대체 어떻게 될까?'

그는 부모답지 않은 생각을 했다. 그 생각에는 아이들뿐 아니라 자신과 아내 역시 앞으로 어떻게 될까 하는 의미까지 어슴푸레하게 섞여 있었다.

그는 외출하기 전 잠깐 안방에 얼굴을 내밀었다. 아내는 깨끗이 빤시트 위에서 평온하게 잠들어 있었다. 아기도 작은 부속물처럼 두꺼운 솜이 들어간 새 이불에 싸여 옆에 있었다. 아기 얼굴이 빨갰다. 어젯밤 암흑 속에서 그의 손에 닿았던 우무 같은 고깃덩어리와는 전혀 느낌이 달랐다.

모든 것이 깨끗이 정리되어 있었다. 방 안에 더러운 것이라고는 자취도 보이지 않았다. 어젯밤의 기억은 마치 흔적도 없는 꿈처럼 느껴졌다. 그는 산파에게 물었다.

"이불은 바꿔줬어요?"

"네, 이불도 시트도 바꿔드렸어요."

"빨리도 정리가 되는군요."

산파는 웃을 뿐이었다. 쭉 독신으로 지내온 이 산파는 목소리와 태도가 왠지 남자 같았다.

"선생님이 무턱대고 탈지면을 써버리는 바람에 나중에는 모자라서 아주 혼났어요."

"그랬을 거예요. 퍽이나 놀랐거든요."

겐조는 이렇게 대답하면서도 별로 미안하다는 생각은 들지 않았다. 그보다 피를 많이 쏟아 창백한 얼굴을 한 아내 쪽이 걱정되었다.

"좀 어때?"

아내는 희미하게 눈을 뜨고 베개 위에서 가볍게 고개를 끄덕였다. 겐조는 그 모습을 보고 그대로 외출했다.

여느 때와 같은 시각에 돌아온 겐조는 외출복을 입은 채로 다시 아내의 머리맡에 앉았다.

"좀 괜찮아?"

그러나 아내는 고개를 끄덕이지 않았다.

"왠지 이상해요."

아내의 얼굴은 오늘 아침 봤을 때와는 달리 열로 달아올라 있었다.

"기분이 나빠?"

"네."

"산파를 불러줄까?"

"곧 오겠지요."

이미 산파가 오기로 되어 있었다.

82

이윽고 아내의 겨드랑이 아래에 체온계가 들어갔다.

"열이 좀 있군요."

산파는 온도계를 흔들어 수은 눈금을 떨어뜨렸다. 산파는 말수가 적은 사람이었다. 만약을 위해 산부인과 의사를 불러 진찰을 받아보는 게 어떻겠느냐는 상의조차 하지 않고 돌아가버렸다.

"괜찮을까?"

"어땠대요?"

겐조는 아는 게 하나도 없었다. 열이 나면 산욕열이 아닐까 하는 걱정만 했다. 친정어머니가 보낸 산파를 신뢰하고 있는 아내 쪽이 오히려 태연했다.

"어땠대요라니? 당신 몸이잖아?"

아내는 아무 대답도 하지 않았다. 겐조는 죽어도 상관없다는 표정이 아내 얼굴에 나타나 있는 것 같다고 생각했다.

'남은 이렇게 걱정하는데.'

겐조는 계속 이런 생각을 하다가 다음 날 평소처럼 아침 일찍 출근했다. 그리고 오후에 돌아와서 아내의 열이 이미 내린 것을 알았다.

"역시 별거 아니었나?"

"네, 그렇지만 언제 또 열이 날지 모르지요."

"아기를 낳으면 그렇게 열이 나기도 하고 내리기도 하는 건가?"

겐조는 진지했다. 아내는 쓸쓸한 뺨에 미소를 흘렸다.

다행히 더는 열이 오르지 않았다. 산후 경과도 순조로웠다. 아내가 삼 주간을 자리에서 꼼짝 않고 보내는 동안 겐조는 아내의 머리맡에 앉아 가끔 이야기를 나누었다.

"이번에는 죽는다 죽는다 했지만 멀쩡하게 살아 있잖아."

"죽는 편이 좋다면 언제든지 죽어드릴게요."

"당신 마음 내키는 대로 해."

남편의 말을 반 농담으로 들을 수 있게 된 아내는 비록 막연하긴 했지만 생명의 위협을 느꼈던 그때를 돌이켜보지 않을 수 없었다.

"이번엔 정말 죽을 거라고 생각했어요."

"무슨 이유로?"

"이유는 없어요. 다만 느낌이······"

아내는 죽을 거라고 생각했지만 오히려 보통사람들보다 수월하게 출산하고 예상과 사실이 정반대가 되었다는 사실에는 전혀 신경 쓰지 않았다.

"당신은 만사태평이야."

"당신이야말로 만사태평이시죠."

아내는 옆에서 잠든 갓난아기의 얼굴을 기쁜 듯 들여다보았다. 손끝으로 작은 볼을 쿡쿡 찌르고 어르기 시작했다. 갓난아기는 아직 또렷한 인간의 이목구비를 갖췄다고는 못할 이상한 얼굴을 하고 있었다.

"금방 나온 만큼 너무 작은 것 같아."

"이제 점점 클 거예요."

겐조는 이 작은 고깃덩어리가 아내처럼 커질 미래를 상상했다. 먼 훗날이긴 하지만 도중에 생명줄이 끊어지지만 않으면 언젠가는 틀림없이 다가올 일이었다.

"인간의 운명은 쉽게 끝나지 않지."

아내는 남편의 말이 갑작스러웠다. 의미도 자세히 알 수 없었다.

"뭐라고요?"

겐조는 그녀 앞에서 똑같은 말을 되풀이했다.

"그게 뭐 어떻다는 거예요?"

"뭐 어떻다는 건 아니고, 그냥 그렇다는 거야."

"시시해요. 사람들이 이해 못하면 좋은 말이라고 여기시나."

아내는 남편을 내버려둔 채 갓난아기를 가까이 끌어당겼다. 겐조는 싫은 표정도 짓지 않고 서재로 들어갔다.

그의 마음속에는 죽지 않은 아내와 건강한 갓난아기 외에 일을 그만둘 듯하면서 못 그만두는 형이 있었다. 천식으로 죽을 듯하면서 아직 살아 있는 누이도 있었다. 새로운 지위를 얻을 듯하면서 얻지 못하는 장인도 있었다. 시마다의 일도 오쓰네의 일도 있었다. 겐조와 이 사람들과의 관계는 모두 끝나지 않은 상태였다.

83

아이들이 가장 마음이 편했다. 살아 있는 인형이라도 사준 것처럼 기뻐하며 틈만 나면 갓 태어난 여동생 곁으로 다가가고 싶어 했다. 아기가 눈 한 번 깜박이는 것조차 경탄의 대상이었다. 아이들에게는 재채기든 하품이든 막내 동생의 행동은 이것저것 모두 신기하기만 했다.

'앞으로 어떻게 될까?'

동생에게 정신이 팔린 아이들의 마음에 이런 문제가 떠오를 리 없었다. 자기 자신들조차 앞으로 어떻게 될지 예측하지 못하는 아이들이 앞으로 무슨 일이 어떻게 벌어질까 하는 생각 따위를 할 리가 없었다.

이런 의미에서 보면 아이들은 아내보다 훨씬 멀리 겐조와 떨어져 있었다. 밖에서 돌아온 겐조는 가끔 외출복도 벗지 않고 안방 문지방 위에 선 채로 멍하니 아이들을 내려다보았다.

"또 한데 모여 있군."

그러고는 곧바로 발길을 돌려 방 밖으로 나갔다.

때로는 그냥 그 자리에 책상다리를 하고 앉았다.

"이렇게 탕파*를 많이 넣어두면 애들 건강에 안 좋아. 꺼내버려. 도대체 얼마나 넣은 거야?"

그는 아무것도 모르면서 되는 대로 잔소리를 늘어놓아 도리어 아내에게 핀잔을 듣기도 했다.

며칠이 지나도 겐조는 갓난아기를 안아볼 마음이 들지 않았다. 그러면서도 한방에 모여 있는 아이들과 아내를 보면 이상한 생각이 들었다.

"여자는 자식을 독차지해버리는 존재야."

아내는 놀란 얼굴로 남편을 돌아보았다. 자신이 지금까지 자각 없이 해온 행동을 남편의 말로 갑자기 깨닫게 된 것 같았다.

"왜 갑자기, 아닌 밤중에 홍두깨처럼 그런 말씀을 하세요?"

"그렇잖아. 그런 식으로 마음에 안 드는 남편에게 복수할 속셈인 거지."

"바보 같은 말씀 마세요. 아이들이 제 옆에만 있는 건 당신이 돌봐주지 않아서예요."

"내가 아이들을 돌봐주지 않게 만든 게 바로 당신인걸."

"마음대로 생각하세요. 말만 꺼냈다 하면 빈정대시니. 저는 어차피 말주변이 좋은 당신 상대가 안 되지요."

겐조는 진지했다. 자기가 비뚤어졌다거나 말주변이 좋다는 생각은

---

* 금속이나 도기 등에 더운물을 넣어 잠자리를 따뜻하게 하는 난방기구.

해본 적도 없었다.

"여자는 계략을 좋아하니 못써."

아내는 이부자리 안에서 반대쪽으로 돌아누웠다. 그리고 베개에 눈물을 뚝뚝 떨어뜨렸다.

"그렇게 저를 구박하지 않으셔도……"

아내의 모습을 보고 있던 아이들이 울음을 터뜨리려 했다. 겐조는 가슴이 답답해졌다. 그는 아직 산욕이 가시지 않은 아내에게 위로의 말을 늘어놓지 않으면 안 되었다. 그러나 그의 이해력은 동정과는 별개였다. 아내의 눈물을 닦아주긴 했지만 자신의 생각을 바꾸지는 않았다.

그다음 얼굴을 마주했을 때 아내가 갑자기 남편의 약점을 찔렀다.

"당신은 왜 저 애를 안아주지 않으세요?"

"왠지 위태위태해서 그래. 고개라도 삐끗하면 큰일이잖아."

"거짓말하지 마세요. 당신한테는 저와 아이들에 대한 애정이 부족해요."

"하지만 생각해봐. 이렇게 말랑말랑해서야 어떻게 내가 안을 수 있겠어?"

실제로 아기는 말랑말랑해서 뼈가 어디 있는지조차 모를 정도였다. 아내는 쉽게 물러나지 않았다. 그녀는 옛날 큰딸이 수두에 걸렸을 때 겐조의 태도가 돌변한 일을 증거로 들었다.

"그전까지는 매일 안아주셨는데 그 후로 갑자기 안아주지 않으셨잖아요?"

겐조는 사실을 부정할 생각이 없었다. 그러나 자신의 생각을 고치려고도 하지 않았다.

'하여튼 여자들은 교묘해서 어쩔 수가 없어.'

그는 이렇게 깊이 믿고 있었다. 마치 자기 자신은 모든 교묘함으로부터 해방된 자유인인 것처럼.

84

아내는 무료할 때면 동네 대본소에서 소설을 빌려와 이부자리에서 자주 읽곤 했다. 머리맡에 놓인 두툼하고 지저분한 표지가 겐조의 눈길을 끌었다. 그가 아내에게 물었다.

"이런 게 재미있어?"

아내는 자신의 문학 취미가 저급하다고 남편이 비웃는 듯한 느낌이 들었다.

"상관없잖아요. 당신이 재미없어도 저만 재미있으면."

여러 방면에서 자신과 남편의 차이를 알고 있는 그녀는 바로 이런 말을 내뱉었다.

겐조에게 시집오기 전 아내는 남자라곤 아버지와 남동생 그리고 관저에 출입하는 두세 명을 알 뿐이었다. 그리고 그 사람들은 모두 겐조와는 다른 목표를 가지고 살아가는 사람들이었다. 그 몇 사람을 보며 남자라는 존재를 막연히 추상하고서 겐조에게 시집온 그녀는 예상과는 전혀 다른 한 남자를 만나게 되었다. 그녀는 둘 중 어느 한 가지로 올바른 남성상을 정해야 한다고 생각했다. 물론 그녀의 눈에는 자신의 아버지 쪽이 올바른 남자의 대표처럼 보였다. 아내의 생각은 단순했다. 남편이 세상을 살다보면 머지않아 자기 아버지처럼 바뀌어갈 것이라고 확신했다.

그러나 예상과는 달리 겐조는 변하지 않았다. 아내의 생각도 변하지 않았다. 두 사람은 서로를 경멸했다. 자신의 아버지를 표준으로 삼으려는 아내는 걸핏하면 마음속으로 남편에게 반항했다. 겐조는 남편인 자신을 인정하지 않는 아내를 지긋지긋하게 여겼다. 고집 센 겐조는 공공연히 그녀를 무시하는 태도를 보였다.

"그러면 가르쳐주시면 되잖아요. 그렇게 사람을 바보 취급하지 마시고요."

"당신 쪽에서 배우려는 생각이 없잖아. '나는 이미 이것으로 충분하다'라고 생각하는 사람에게 뭘 제대로 가르칠 수 있겠어?"

'당신 말에 따를까 보냐'라는 생각이 아내의 마음속에 있었고 '도저히 깨우쳐줄 수가 없다'라는 변명이 남편의 마음속에 있었다. 이런 언쟁은 오래전부터 되풀이되었다. 그러나 조금도 나아지는 일은 없었다.

겐조는 질렸다는 투로 아내가 빌려온 지저분한 책을 내던졌다.

"읽지 말라는 게 아니야. 그건 당신 마음이지. 하지만 너무 눈을 피곤하게 하지 말라는 거야."

아내는 바느질을 좋아했다. 밤에 눈이 말똥말똥해져서 잠이 오지 않을 때면 한시고 두시고 상관없이 가느다란 바늘귀를 남폿불 밑으로 가져갔다. 큰딸인가 둘째 딸이 태어났을 때는 충분히 몸조리도 하지 않고 젊은 기운만 믿고 바느질을 한 탓에 눈을 버린 경험도 있었다.

"바느질은 해롭지만 책 정도는 상관없어요. 계속 읽는 것도 아니고."

"그래도 조심하는 편이 좋아. 나중에 곤란해질 수도 있으니까."

"뭐, 괜찮아요."

아직 서른이 안 된 아내는 과로의 의미를 잘 알지 못했다. 그녀는 웃더니 더는 상대하지 않았다.

"당신이 곤란하지 않아도 내가 곤란하다고."

겐조는 일부러 심술궂게 말했다. 충고를 흘려듣는 아내를 보면 겐조는 이런 식으로 말하고 싶어졌다. 그것이 아내에게는 남편의 나쁜 버릇 중 하나로 보였다.

겐조의 공책은 촘촘하게 채워져갔다. 맨 처음에는 파리 머리 정도였던 글씨가 점차 개미 머리 정도로 작아졌다. 그는 왜 그렇게 글씨를 작게 쓰는지조차 생각하지 못하고 무의식적으로 펜을 놀렸다. 햇빛이 약한 해질녘 창문 아래에서 어두운 램프의 희미한 불빛만을 의지해 글을 쓰면서도 겐조는 자신이 시력을 해치고 있다는 사실을 눈치채지 못했다. 아내에게 하지 말라고 했던 일을 자신이 똑같이 하고 있으면서도 그것을 모순이라고 여기지 않았다. 아내도 별로 신경 쓰지 않는 듯했다.

85

아내가 자리를 털고 일어났을 때는 벌써 겨울이 찾아와 황폐해진 뜰에 서릿발을 세우려 하고 있었다.

"너무 을씨년스러워요. 올해는 다른 해보다 추운 것 같아요."

"피가 줄어들어서 그렇게 생각하는 거야."

"그럴까요?"

아내는 그제야 깨달았다는 듯 화로에 손을 쬐며 손톱 색깔을 살펴
보았다.

"거울을 보면 얼굴색으로도 알 수 있을 텐데."

"네, 그건 알아요."

그녀는 화로에 내민 손을 거두어 창백한 뺨을 두세 번 어루만졌다.

"그렇지만 춥긴 춥지요. 올해는?"

겐조는 자신의 설명을 제대로 듣지 않는 아내가 이상했다.

"그야 겨울이니 당연히 춥지."

겐조는 퉁명스레 아내를 비웃었지만 그 역시 남들보다 두 배는 추
위를 탔다. 특히 금년 겨울은 몸이 꽁꽁 얼어붙는 느낌이었다. 그는
서재에 고타쓰*를 넣어 무릎과 허리까지 깊이 파고드는 한기를 막았
다. 신경쇠약 때문에 이렇게 느낄지 모른다고는 미처 생각하지 못했
다. 그는 자신에 대한 주의가 부족하다는 점에서 아내와 다를 바가 없
었다.

매일 아침 남편을 배웅하고 나서 머리를 빗질하는 아내 손에는 긴
머리카락이 한 움큼씩 빠져 있었다. 그녀는 머리를 빗을 때마다 빗살
에 감기는 머리카락을 안타깝게 바라보았다. 그것이 그녀에게는 잃어

---

* 탁자 아래에 방열기구를 넣고 그 위에 이불을 덮은 일본의 전통 난방기구.

버린 피보다 소중하게 느껴졌다.

'새로운 생명을 만든 사람은 그 대가로 쇠약해지지 않으면 안 되는 거야.'

아내는 어렴풋이 이런 생각을 했다. 그러나 그녀는 그 어렴풋한 느낌을 말로 정리해낼 정도의 머리가 없었다. 그 느낌에는 장한 일을 해냈다는 자부심과 벌을 받았다는 원망이 뒤섞여 있었다. 어쨌든 그녀에게는 새로 태어난 아기가 귀엽기만 했다.

아내는 말랑말랑한 감촉의 갓난아기를 솜씨 좋게 안아 올려 동그란 볼에 입술을 갖다 댔다. 그러자 자기에게서 나온 것은 누가 뭐래도 자기 것이라는 생각이 까닭 없이 들었다.

그녀는 옆에 아이를 눕혀놓고 다시 바느질감 앞에 앉았다. 그리고 가끔 바느질하는 손을 멈추고 포근히 자고 있는 그 얼굴을 걱정스러운 듯 내려다보았다.

"그건 누구 옷이야?"

"이 아이 거죠."

"그렇게 여러 벌이나 필요한가?"

"네."

아내는 말없이 손을 움직였다.

겐조는 그제야 알아차린 듯 아내 무릎 위에 놓인 커다란 무늬가 그려진 옷감을 보았다.

"그건 누님이 축하한다고 보내준 거지?"

"맞아요."

"쓸데없는 짓이야. 돈도 없는데 그만두지 않고서."

겐조는 동생이 준 용돈을 쪼개서라도 이런 선물을 해야 하는 누이의 마음을 이해할 수 없었다.

"결국 내 돈으로 내가 산 거나 마찬가지잖아."

"하지만 당신에 대한 의리라고 생각하시니 어쩔 수 없잖아요."

누이는 세상에서 말하는 의리를 아주 중요하게 생각했다. 남에게 선물을 받으면 꼭 그 이상의 선물을 되돌려주려고 애썼다.

"정말 곤란해. 그렇게 의리, 의리하고 있으니. 도대체 뭐가 진짜 의리인지 모르겠어. 이런 형식적인 것에 신경 쓰느니 자기 용돈을 히다에게 빼앗기지 않도록 주의하는 편이 나을 텐데."

이런 일에 의외로 무신경한 아내는 굳이 누이를 변호하려 들지 않았다.

"조만간 뭔가 답례를 할 생각이니 그걸로 됐어요."

남을 방문할 때 거의 선물을 가지고 간 적이 없는 겐조는 여전히 이해가 안 된다는 표정으로 아내의 무릎 위에 놓인 얇은 옷감을 내려다보았다.

86

"그래서 모두들 형님에게 온갖 선물을 가져온대요."

아내는 겐조의 얼굴을 보고 갑자기 이런 말을 했다.

"열을 받으면 열다섯을 돌려주시는 형님 성격을 알고 있으니까 모두 답례를 노리고 뭔가 주는 거예요."

"열에 열다섯을 돌려준다고 해도 기껏해야 오십 전이 칠십오 전이 되는 것뿐이잖아."

"그걸로도 충분한 거겠죠. 그런 사람들한테는."

남이 보면 별난 취미로밖에 여겨지지 않을 자잘한 글씨의 공책이나 만들고 있는 겐조에게는 세상에 그런 인간이 있다는 게 도저히 믿기지 않았다.

"꽤나 성가신 교제로군. 정말 어리석지 않아?"

"옆에서 보면 어리석지만 그 안에 들어가보면 뭔가 다를지 모르죠."

겐조는 요전에 어느 곳에서 받은 삼십 엔을 자신이 어떻게 써버렸는지 생각해보았다.

한 달 전쯤 겐조는 어떤 친구의 부탁을 받고 친구가 간행하는 잡지에 긴 원고를 썼다. 그때까지 자잘한 글씨의 공책 외에 아무것도 만들 필요가 없었던 겐조에게 이 원고는 다른 방면으로 활동할 수 있는 최초의 시도였다. 겐조는 붓이 달리는 재미에 정신없이 사로잡혔다. 보수는 전혀 기대하지 않았다. 그래서 원고를 의뢰했던 친구가 원고료를 내놓았을 때 뜻밖의 횡재라도 한 것처럼 기뻤다.

진작부터 객실이 너무나도 단조롭다고 생각했던 겐조는 곧바로 단고자카에 있는 자단(紫檀) 전문 목공소에 가서 액자를 하나 만들었다. 그러고는 액자 속에 중국에 다녀온 친구에게 받은 북위 이십품*이라는 탁본 중 하나를 골라 끼워 넣었다. 그리고 가늘고 긴 대나무 아

---

* 북위 시대부터 수세기에 걸쳐 건축된 중국의 석굴 사원인 룽먼 석굴에 있는 불상 탁본 20종을 말한다.

래쪽에 고리를 끼워 액자를 매달고 도코노마의 기둥에 대못을 박아 걸었다. 대나무가 둥글어 벽에 착 달라붙지 않아서인지 액자는 바람이 없을 때도 비스듬하게 기울어 있었다.

그다음에는 야나카 쪽으로 올라갔다. 그곳에서 도자기 집에 들어가 화병 하나를 샀다. 화병은 붉은색이었다. 화병에는 연노란색의 큰 화초가 그려져 있었다. 화병 높이는 삼십 센티미터 정도였다. 겐조는 그것을 도코노마 위에 올려놓았다. 큰 화병과 흔들거리는 액자는 아무래도 균형이 맞지 않았다. 겐조는 약간 실망한 눈으로 조화롭지 못한 풍경을 바라보았다. 하지만 아무것도 없는 편보다는 낫다고 생각했다. 취미 같은 데 사치할 여유가 없는 그는 아쉬운 대로 만족해야 했다.

겐조는 혼고도오리에 있는 한 포목점에 가서 옷감도 샀다. 직물에 대해 아무런 지식도 없었기 때문에 점원이 보여주는 것 중에서 적당히 선택했다. 지나치게 반짝이는 옷감이었다. 겐조의 유치한 눈에는 광택이 없는 것보다 반짝이는 편이 훨씬 좋아 보였다. 점원에게 하오리와 기모노까지 맞추도록 권유받은 그는 결국 이세자키 비단 한 필까지 안고 가게를 나왔다. 그 유명하다는 이세자키 비단이라는 이름을 겐조는 그때 처음 들었다.

겐조는 물건들을 사들이면서 다른 사람 생각은 전혀 하지 않았다. 어린 아기마저 안중에 없었다. 자기보다 곤란한 사람의 생활 따위는 처음부터 잊고 있었다. 사회적 의리를 지나치게 중요시하는 누이에 비해 겐조는 불쌍한 사람들을 향한 호의조차 가지고 있지 않았다.

"손해를 보면서까지 의리를 지킨다는 건 훌륭해. 그러나 누님은 천성적으로 허영꾼이라서 그런 거야. 훌륭하지 않은 편이 차라리 나을 수도 있어."

"상대에 대한 인정은 전혀 없다고 생각하세요?"

"글쎄."

겐조는 잠시 생각에 잠겼다. 누이에게 친절한 마음이 있다는 것은 틀림없었다.

'어쩌면 내 쪽이 인정머리가 없는지도 모르겠군.'

87

이런 대화가 겐조의 기억에 선명하게 남아 있던 무렵 그는 오쓰네의 두번째 방문을 받았다.

일전에 보았을 때와 다름없이 초라한 옷차림을 한 그녀는 추위 때문에 속옷을 겹겹이 껴입었는지 전보다 더욱 뚱뚱해 보였다. 겐조는 손님을 위해 내놓은 화로를 오쓰네 쪽으로 밀어주었다.

"아니, 괜찮습니다. 오늘은 꽤 따뜻하니까요."

따뜻한 햇살이 미닫이에 끼워 넣은 유리창 너머로 엷게 빛나고 있었다.

"연세가 들면서 점점 살이 붙으시나 봅니다."

"네, 덕택에 몸 하나는 정말 건강하지요."

"그거 참 다행이군요."

"대신에 살림살이는 점점 줄기만 할 뿐이라서……"

겐조는 나이가 들면서 이렇게 살이 찌는 사람의 건강이 의심스러웠다. 또한 왠지 부자연스럽다고 느껴졌다. 섬뜩한 기분이 들기도 했다.

'술이라도 마시는 게 아닐까?'

이런 추측이 머리를 스쳤다.

오쓰네가 몸에 걸친 옷은 모두 낡은 것이었다. 얼마나 자주 빨았는지 알 수 없는 기모노와 하오리는 아직 비단의 광택이 남아 있긴 했으나 쭈글쭈글했다. 다만 아무리 낡았어도 깨끗하게 손질된 것이 그녀의 성격을 드러냈다. 둥그렇게 웅크린 오쓰네는 너무나도 옹색해 보였다. 겐조는 그녀의 형편이 말과 일치함을 깨달았다.

"어디를 봐도 곤란한 사람뿐이니 난처하군요."

"이 댁이 곤란하시다면 세상에 곤란하지 않은 사람은 한 사람도 없겠지요."

겐조는 변명할 기분마저 들지 않았다. 그는 생각했다.

'이 사람은 나를 자기보다 부자라고 여기듯 또한 내가 자기보다 건강하다고 생각하겠지.'

요즈음 겐조는 몸이 좋지 않았다. 그것을 자각하면서도 의사에게 진찰을 받지 않았다. 친구에게도 이야기하지 않았다. 그저 혼자 불쾌한 느낌을 참고 있었다. 그러나 앞날을 상상할 때마다 기분이 좋지 않았다. 어느 때는 남들이 자기를 이렇게 병들게 만들었다는 생각에 딱히 상대가 없는데도 허공에다 화풀이를 했다.

'젊고 거동이 부자유스럽지 않으면 건강하다고 여기겠지. 큰 대문이 있는 집에서 하녀를 부리면 전부 부자라고 생각하듯이.'

겐조는 말없이 오쓰네의 얼굴을 바라보았다. 동시에 새로 도코노마에 장식한 꽃병과 그 뒤에 걸린 액자를 바라보았다. 조만간 걸칠 번쩍거리는 새 옷도 생각했다. 그는 왜 이 노인네에게 동정심이 안 드는지 이상한 마음이 들었다.

'어쩌면 내 쪽이 인정머리가 없는지도 모르지.'

그는 누이를 생각하며 내렸던 결론을 다시 한번 되풀이했다. '뭐, 인정머리가 없어도 어쩔 수 없어' 하는 대답도 스스로 얻었다.

오쓰네는 자기가 신세를 지고 있다는 사위에 대해 이런저런 이야기를 늘어놓았다. 세상 사람들의 일반적인 생각처럼 그녀도 어떤 사람의 수완이 곧 그 사람의 능력이라고 믿었다. 그리고 그녀가 생각하는 수완이란 결국 그 사람이 매달 벌어오는 돈이었다. 그녀에게는 돈 말고는 인간의 가치를 결정하는 것이 넓은 세상 어디를 뒤져봐도 눈에 띄지 않는 듯했다.

"아무튼 수입이 적어서 힘들어요. 좀더 벌어다주면 좋으련만."

그녀는 자기 사위를 놓고 굼뜨다느니 무능하다느니 말하는 대신 매월 그가 벌어들이는 수입을 겐조 앞에 늘어놓았다. 마치 자로 옷감의 치수만 잴 수 있으면 무늬나 질은 전혀 문제가 안 된다는 투였다.

공교롭게도 겐조는 그런 척도로 저울질당하고 싶지 않은 남자였다. 그는 냉담하게 오쓰네의 불평을 한 귀로 듣고 한 귀로 흘려버렸다.

88

겐조는 적당한 때를 살펴 일어나 서재로 들어갔다. 책상에 놓인 지갑을 들고 슬쩍 안을 확인해보자 오 엔짜리 지폐가 한 장 들어 있었다. 그는 지폐를 손에 쥔 채 객실로 돌아와 오쓰네 앞에 내놓았다.

"죄송합니다만 이것으로 인력거라도 타고 가세요."

"심려를 끼쳐드려 죄송합니다. 그럴 셈으로 찾아뵌 건 아닌데요."

그녀는 사양하면서도 지폐를 받아 품속에 넣었다.

겐조가 돈을 내밀며 요전과 똑같은 인사말을 했듯이 그것을 받은 오쓰네의 겉치레 말도 처음과 전혀 다르지 않았다. 게다가 우연히 오 엔이라는 금액마저 일치했다.

'다음에 이 사람이 다시 왔을 때 오 엔짜리 지폐가 없으면 어떡하지?'

겐조의 지갑이 늘 그만큼 채워져 있지 않다는 사실은 주인인 겐조만 알 뿐 오쓰네가 알 리 없었다. 세번째로 찾아올 오쓰네를 예상하고, 또 세번째로 줄 오 엔을 예상하는 자신에게 생각이 미치자 겐조는 갑자기 어이가 없어졌다.

"앞으로 그 사람이 오면 또 오 엔을 줘야 할 것 같은 기분이 들었어. 결국 누님이 쓸데없는 의리를 내세우는 것과 똑같은 일인지도 몰라."

자신과는 관계없다는 듯 인두질을 하던 아내가 손을 쉬지 않은 채 이렇게 말했다.

"돈이 없으면 안 주시면 되잖아요. 뭐, 그렇게 허세를 부릴 필요가 있나요."

"없으면 주고 싶어도 못 준다는 것쯤이야 나도 알아."

두 사람의 문답은 금세 끊어져버렸다. 아내가 꺼져가는 숯불을 다리미에서 화로로 옮겼다.

"어째서 오늘은 오 엔이 들어 있었어요? 당신 지갑에?"

겐조는 도코노마에 어울리지도 않는 커다란 빨간색 화병을 사는 데 사 엔 정도를 치렀다. 액자를 맞출 때는 오 엔 정도가 들었다. 소목장이 백 엔으로 깎아줄 테니 안 사겠느냐고 한 훌륭한 자단 책장을 빤히 바라보면서 그 이십분의 일에도 못 미치는 돈을 품속에서 꺼내 목수에게 건네주었다. 또 번쩍번쩍하는 이세자키 비단을 한 필 사는 데 십엔 정도를 치렀다. 친구에게 받은 원고료가 이런 형태로 바뀐 뒤에 손때 묻은 오 엔짜리 지폐가 달랑 한 장 남아 있었다.

"실은 아직 사고 싶은 게 남았는데."

"뭘 사고 싶으신데요?"

겐조는 아내 앞에서 특별한 물건의 이름을 대지 못했다.

"많이 있어."

욕심에 한이 없는 그의 말은 간단했다. 남편과 취미가 완전히 다른 아내는 번거롭게 더 이상 추궁하지 않고 다른 질문을 던졌다.

"그 할머니는 형님보다 훨씬 차분하던걸요. 그 정도라면 시마다라는 사람과 우리 집에서 맞닥뜨려도 별문제 없겠지요?"

"아직 만나지 않았으니 다행이지. 두 사람이 한방에서 얼굴을 마주치기라도 해봐. 정말 견디기 어려울 거야. 한 사람씩 상대하는 것도 힘들어 죽겠는데."

"지금도 싸우려고 들까요?"

"둘이야 싸움을 하든 말든 어쨌든 나는 지긋지긋해."

"둘 다 아직 모르는 것 같죠? 제각각 우리 집에 오고 있다는 사실 말이에요."

"글쎄, 어떨지."

시마다는 오쓰네의 일을 전혀 입에 담지 않았다. 오쓰네도 겐조의 예상과 달리 시마다에 대해 아무 말도 하지 않았다.

"할머니 쪽이 그 사람보다는 낫지요?"

"어째서?"

"오 엔을 받으면 말없이 돌아가니까요."

시마다가 요구하는 액수가 방문할 때마다 늘어나는 데 비하면 오쓰네의 태도는 분명 순박했다.

89

며칠 뒤 인중이 긴 시마다의 얼굴이 다시 겐조 집 거실에 나타나자 겐조는 바로 오쓰네를 연상했다.

그들이 태어날 때부터 원수가 아니었던 이상 틀림없이 사이가 좋았던 시절도 있었을 것이다. 양초에 불을 켜는 것이 아까워 손톱에 불을 켤 정도라는 남들의 수군거림을 들으면서도 함께 돈을 모으던 때는 얼마나 즐거웠을까? 얼마나 미래에 대한 희망에 부풀어 있었을까? 그들에게 유일한 화목함의 징표였던 그 돈이 어딘가로 날아가버린 후 그들은 꿈같았던 과거를 과연 어떻게 바라보고 있을까?

겐조는 하마터면 시마다에게 오쓰네의 이야기를 할 뻔했다. 그러나 무심한 시마다의 얼굴은 과거의 어떤 일도 기억하지 못한다는 듯 무디기만 했다. 옛날의 증오, 오래된 애정과 집착, 그런 것은 당시의 돈과 함께 시마다의 마음속에서 사라져 없어져버린 것 같았다.

시마다는 허리춤에서 쌈지를 꺼내 담뱃대에 담배를 채워 넣었다. 담뱃재를 버려야 하는데 왼손바닥으로 담뱃대를 쥔 채 화로 가장자리에 두드려 털지를 않았다. 댓진이 쌓였는지 담배를 피울 때 슈우슈우하는 소리가 났다. 시마다는 말없이 품속을 더듬었다. 그러더니 겐조 쪽을 향했다.

"종이 좀 주시겠소? 담뱃대가 막혀서."

시마다는 겐조에게 종이를 받아 얇게 찢어 꼬아서는 두세 번 담뱃대 속을 청소했다. 그는 이런 일에 아주 능숙한 사람이었다. 겐조는 말없이 그 솜씨를 보고 있었다.

"연말이 가까워지니 무척 바쁘시겠습니다."

시마다는 잘 뚫린 담뱃대를 기분 좋게 뻑뻑 빨아대며 말했다.

"제 일은 연말도 정초도 없습니다. 언제나 같은 일이지요."

"그거 참 좋군요. 보통사람들은 그렇지 않은데."

시마다가 뭔가 계속 말하려는데 안방에서 아기가 울기 시작했다.

"갓난아기 소리 같군요."

"네, 얼마 전에 태어났습니다."

"이거 참, 전혀 몰랐습니다. 아들입니까, 딸입니까?"

"딸입니다."

"아, 실례지만 몇번째지요?"

시마다는 이것저것을 물었다. 거기에 대답하는 겐조가 마음속으로 어떤 생각을 하는지는 전혀 눈치채지 못했다.

겐조는 출생률이 늘어나면 사망률도 증가한다는 통계를 며칠 전 어느 외국잡지에서 읽었다. 그는 갓난아기 하나가 어딘가에서 태어나면 어딘가에서 노인 한 사람이 죽을 거라는, 논리도 공상도 아닌 이상한 생각을 하고 있었다.

'즉, 새로 태어난 아기 대신 누군가 죽지 않으면 안 된다.'

겐조의 관념은 꿈처럼 몽롱했다. 그 관념이 시(詩)처럼 그의 머릿속을 뿌옇게 침범했다. 뿌연 생각이 명료해질 때까지 머리를 이성적으로 쥐어짠다면 아기를 대신할 사람은 아기의 엄마임에 틀림없었다. 다음으로는 아기의 아버지였다. 하지만 지금 겐조는 그렇게 생각하지 않았다. 겐조는 자기 앞에 있는 노인에게 눈길을 주었다. 무엇 때문에 살아 있는지 의미를 찾을 수 없는 이 노인이 희생자로 가장 적당한 인간이었다.

'도대체 왜 이렇게 건강한 걸까?'

겐조는 자신이 상상하는 일이 얼마나 잔혹한 것인지도 잊어버렸다. 그리고 남들 같지 않은 자신의 건강 상태에 자기 자신은 추호도 책임이 없는 것처럼 괜스레 분하다는 생각을 했다. 그때 시마다가 겐조를 향해 갑자기 말했다.

"오누이가 끝내 죽었습니다. 장례도 마쳤지요."

척수병이라는 말을 듣고 도저히 살지 못하리라는 짐작은 했으나 정작 이런 말을 듣자 측은한 생각이 들었다.

"그래요? 불쌍하게도."

"뭐, 병이 병이라서 나을 수가 없었지요."

시마다는 태연했다. 마치 죽는 것이 당연하다는 듯 담배를 피워 댔다.

90

이 불행한 여자의 죽음에 따라 발생하는 경제상의 영향이 시마다에게는 그녀의 죽음보다 훨씬 중대해보였다. 겐조의 예상은 금세 사실로 나타났다.

"그래서, 제가 꼭 한 말씀 드리지 않으면 곤란한 일이 있습니다만."

겐조를 쳐다보는 시마다의 얼굴이 긴장되어 있었다. 겐조는 말을 듣지 않고도 그 뒤를 추측할 수 있었다.

"또 돈이겠지요."

"말하자면 그렇긴 한데. 오누이가 죽어서 시바노와 오후지와의 인연이 끊겨버려 말입니다. 매달 받던 돈을 받지 못하게 되었습니다."

시마다의 말은 이상하게 반말이 되었다가 존댓말이 되었다가 했다.

"그동안 금치훈장 연금만은 꼬박꼬박 저에게 주었는데, 그걸 갑자기 받지 못하게 되니까 기댈 곳이 없어져서 저도 어렵습니다."

그는 다시 말투를 바꿨다.

"어쨌든 이래서는 너밖에 달리 보살핌을 받을 만한 사람이 없구나. 그러니까 어떻게든 해주지 않으면 곤란해."

"억지 부려도 별수 없어요. 지금의 저는 당신에게 그렇게 할 의무도 무엇도 없으니까요."

시마다는 겐조의 얼굴을 뚫어져라 쳐다보았다. 반쯤은 슬쩍 속을 떠보는 듯한, 반쯤은 약한 사람을 협박하는 듯한 그 눈초리가 상대방의 마음을 끓어오르게 했다. 겐조의 태도에서 위험을 감지한 시마다는 곧바로 말을 끊어 문제를 축소시키려 했다.

"긴 얘기는 앞으로 천천히 하고. 그러면 당장 급한 불이라도 끌 수 있게 좀."

시마다가 어떤 절박한 상황에 놓여 있는지 겐조가 알 리 없었다.

"올 연말을 어떻게든 잘 넘겨야 해. 어느 집이든 세밑이 되면 일이 백 정도는 목돈이 필요하잖아."

겐조는 마음대로 하라는 기분이 들었다.

"저는 그런 돈이 없어요."

"농담하지 마. 이 정도 살림에 그런 융통성이 없을 리 없지."

"믿거나 말거나 없으니까 없다고 말하는 겁니다."

"그럼 한 가지만 물어보지. 네 수입은 매월 팔백 엔 정도가 아니냐?"

겐조는 터무니없는 그의 말에 화가 나기보다는 오히려 놀라운 마음이 들었다.

"팔백 엔이든 천 엔이든 제 수입입니다. 당신이 상관할 일이 아닙니다."

시마다는 입을 다물었다. 겐조의 대답이 예상 밖이라는 표정이었다. 뻔뻔스러움에 비해 이성적인 머리가 발달하지 않은 시마다는 더는 겐조를 어떻게 상대해야 할지 몰랐다.

"그럼 내가 아무리 곤란해도 도와주지 않겠다는 거냐."

"네. 이제 한 푼도 못 드립니다."

시마다는 일어섰다. 신발이 놓인 섬돌로 내려가 열린 격자문을 닫으면서 그는 다시 뒤돌아보았다.

"이제 다시는 오지 않을 테니까."

마지막처럼 이 한마디를 남긴 시마다의 눈이 어둠 속에서 빛났다.

겐조는 문지방 위에서 그 눈을 똑똑히 내려다보았다. 그러나 겐조는 그 반짝임 속에서 어떤 무서움이나 두려움, 혹은 섬뜩함을 느끼지 못했다. 겐조의 눈동자에서 나오는 분노와 불쾌감이 시마다의 공격을 되받아치기에 충분했다.

아내는 멀리서 몰래 겐조의 기색을 살폈다.

"도대체 어떻게 된 일이에요?"

"어디 마음대로 해보라지."

"또 돈이라도 달라고 온 건가요?"

"누가 준대?"

아내는 슬쩍 남편을 바라보며 미소 지었다.

"할머니 쪽이 가늘고 길게 계속되니까 안전하네요."

"시마다라고 이걸로 끝날 것 같아?"

겐조는 내뱉듯이 말하고 닥쳐올 다음 장을 머릿속에 그려보았다.

91

동시에 여태 잠들어 있던 기억도 떠올랐다. 겐조는 새로운 세계를 처음 마주하는 사람처럼 생가로 다시 떠맡겨졌던 먼 옛날을 선명하게 기억했다.

친아버지에게 겐조는 작은 장애물에 불과했다. 아버지는 이 팔불출이 왜 난데없이 날아들어 왔는가 하는 표정을 지으면서 겐조를 거의 자식으로 대우하지 않았다. 그때까지 자기를 대하던 모습과는 정반대인 태도가 친아버지에 대한 겐조의 애정을 완전히 말라버리게 했다. 겐조는 양부모 아래에서 자랄 때 가끔씩 찾아와 자신을 보며 싱글싱글 웃던 아버지와 애물단지를 떠맡게 된 후부터 무뚝뚝하게 돌변한 아버지를 비교하고 큰 충격을 받았다. 그러고는 정나미가 떨어졌다. 그러나 그는 비관하지 않았다. 한참 자라나던 생기는 아무리 억압당해도 쑥쑥 고개를 들었다. 그는 우울에 빠지지 않고 무사히 그 시기를 넘겼다.

자식이 많았던 겐조의 친아버지는 겐조에게 의지할 생각은 티끌만큼도 하지 않았다. 의지할 생각이 없으니 겐조에게 돈을 들이는 것을 한 푼이라도 아까워했다. 부모자식간의 인연으로 어쩔 수 없이 거두긴 했지만 밥을 먹여주는 일 말고는 모두 손해라고 생각했다.

게다가 본인은 돌아왔지만 호적은 되돌아오지 않았다. 아무리 생가에서 정성을 다해 길러도 무슨 일이 생겨 다시 저쪽에서 데리고 가버리면 그것으로 끝이었다.

"밥은 어쩔 수 없으니 먹여주겠다. 하지만 다른 일은 이쪽에서는 상관하지 않는다. 저쪽에서 하는 게 당연해."

아버지의 논리였다.

시마다는 시마다대로 자기 편리한 쪽으로만 형편을 관망했다.

"뭐, 생가에 맡겨두면 어떻게든 되겠지. 그사이에 겐조가 제몫을 할 나이가 되어 일을 시작하면, 그때 소송을 해서라도 이쪽으로 빼앗아 와버리면 돼."

겐조는 바다에서도 산에서도 살 수 없는 처지였다. 양쪽에서 내쳐진 채 이쪽저쪽을 왔다 갔다 했다. 바다의 것도 먹고 때로는 산에 있는 것에도 손을 댔다.

친아버지도 양아버지도 겐조를 인간으로 대하지 않았다. 오히려 물건으로 보았다. 단지 친아버지가 그를 허드레 취급하는 것에 비해 양아버지는 언젠가 도움이 될 물건이라고 여겼다.

"이제 이쪽으로 불러와서 사환이든 뭐든 시킬 테니까 그렇게 알고 있어라."

겐조가 어느 날 양가를 방문했는데 시마다가 이런 말을 했다. 겐조는 깜짝 놀라서 도망치듯 돌아왔다. 어린 마음에도 혹독하고 비정하다는 생각에 어슴푸레한 두려움이 일었다. 그때가 몇 살이었는지는 잘 기억나지 않지만, 어떻게든 공부를 열심히 해서 훌륭한 사람이 되어야 한다는 생각이 충분히 싹틀 무렵이었다.

'사환 따위가 되어서는 큰일이지.'

겐조는 마음속으로 몇 번이고 똑같은 말을 되풀이했다. 다행히 그 말은 허사로 돌아가지 않았다. 그는 이럭저럭 사환이 되지 않고 그 시절을 넘겼다.

'그러나 지금의 나는 도대체 어떻게 만들어진 것일까?'

겐조는 불가사의함을 느꼈다. 그 불가사의함에는 주변 상황과 끝까지 잘 싸워냈다는 자부심도 꽤 섞여 있었다. 그리고 아직 만들어지지 않은 것을 이미 만들어진 것처럼 여기는 의기양양함도 포함되어 있었다.

그는 과거와 현재를 비교해보았다. 과거가 어떻게 현재로 발전해왔는지 의심해보았다. 그러나 현재 때문에 괴로워하는 자신까지는 생각이 미치지 않았다.

그와 시마다의 관계가 끊어진 이유는 현재 때문이었다. 그가 오쓰네를 싫어하는 것도, 누이나 형과 동화할 수 없는 것도 이 현재 때문이었다. 장인과 점점 멀어지고 있는 것도 현재 때문임이 틀림없었다. 어떤 관점에서 보면 다른 사람들과 어울리지 못하도록 현재를 만들어낸 겐조는 참 딱한 존재였다.

92

아내가 겐조를 향해 말했다.

"어차피 당신 마음에 드는 사람은 어디에도 없어요. 이 세상에는 모두 바보들뿐이니까요."

겐조의 마음은 아내의 농담을 웃어넘길 여유가 없었다. 주위 사정은 아량이 모자란 그를 점점 더 답답하게 만들었다.

"당신은 인간이란 쓸모만 있다면 그걸로 그만이라고 생각하겠지."

"네, 당연하죠. 쓸모가 없다면 아무것도 안 될 테니까요."

공교롭게도 장인은 쓸모가 있는 남자였다. 아내의 동생도 그런 방면으로만 발달한 사람이었다. 이에 반해 겐조는 태어날 때부터 실용적인 것과는 대단히 거리가 멀었다.

겐조는 이사할 때 거들지조차 못했다. 대청소를 할 때도 팔짱을 긴채 나 몰라라 했다. 고리짝을 하나 묶으려 해도 노끈을 어떻게 매야 하는지 몰랐다.

'남자면서 이런 것도 못하다니!'

주위 사람들은 손끝 하나 꼼짝 않는 그를 눈치 없는 둔한 사람으로 보았다. 그럴수록 그는 더욱 움직이지 않았다. 그리고 자신의 기질을 점점 그들과는 반대 방향으로 옮겨갔다.

한때 겐조는 자신이 살던 먼 시골로 처남을 데리고 가서 교육시키려고 한 적이 있었다. 겐조가 보기에 처남은 너무나 건방졌다. 집안을 멋대로 휘젓고 다니며 아무도 어려워하지 않았다. 가정 교사에게 공부를 배울 때는 언제나 거리낌 없이 책상다리를 하고 앉았다. 또 가정 교사의 이름을 '아무개 군, 아무개 군' 하고 함부로 불렀다.

"저래서는 안 되지. 저한테 맡겨주세요. 제가 시골에 데리고 가서 잘 교육시킬 테니까요."

장인은 겐조의 요구를 말없이 받아들였다가 다시 말없이 거절했다. 장인은 자식이 눈앞에서 제멋대로 구는데도 전혀 장래를 걱정하지 않는 듯했다. 장인뿐 아니라 장모도 태연했다. 아내도 마찬가지였다.

"만약 시골에 보냈다가 당신과 싸운다든가 하면 사이가 더 나빠지잖아요. 그러면 곤란하니까 그만두셨대요."

아내의 변명을 듣고 겐조는 그 말이 꼭 거짓이라고는 생각하지 않았다. 하지만 그 외에 다른 속뜻이 있는 것 같기도 했다.

"바보도 아니잖아요. 그런 신세까지 질 필요는 없어요."

주변의 정황에서 겐조는 거절의 본의가 오히려 여기에 있으리라고 생각했다.

과연 처남은 바보가 아니었다. 오히려 지나치게 영리했다. 겐조도 그 점은 잘 알고 있었다. 그러나 겐조가 자신과 아내의 미래를 위해 처남을 교육시키려고 한 의도는 전혀 달랐다. 그리고 유감스럽게도 그의도는 아직까지 장인장모도 아내도 이해하지 못하고 있었다.

"쓸모 있는 것만이 능사가 아니야. 그 정도도 모르면 어쩌려고 그래?"

겐조의 말은 당연히 우격다짐이었다. 자존심이 상한 아내의 얼굴에는 불만스러운 빛이 역력했다.

기분이 풀어지자 아내가 겐조에게 말했다.

"그러니까 좀 알기 쉽게 말씀해주세요. 제가 모르는 까다로운 이론은 치워버리시고요."

"그러면 도저히 설명할 수가 없어. 숫자를 쓰지 않고 계산을 해달라는 것이나 마찬가지라고."

"하지만 당신의 이론은 남을 굴복시키기 위해 사용된다고밖에 생각할 수 없어요."

"머리가 나쁘니까 그렇게 생각하는 거야."

"제 머리가 나쁠지는 몰라도 실속 없는 텅 빈 이론으로 억지로 굴복당하는 건 싫어요."

두 사람은 또다시 같은 바퀴 위를 빙빙 돌기 시작했다.

93

얼굴을 마주하고 남편과 화합하지 못하게 되자 아내는 어쩔 수 없이 그에게 등을 돌렸다. 그리고 얼굴을 돌린 곳에서 자고 있는 아이를 보았다. 그녀는 생각났다는 듯 아이를 안아 올렸다.

문어처럼 말랑말랑한 살덩어리와 그녀 사이에는 이론의 벽도 분별의 울타리도 없었다. 아내는 자신이 만지는 것이 곧 자기 자신인 듯한 기분이 들었다. 그녀는 갓난아기에게 여기저기 입을 맞추며 포근한 정을 내보였다.

'당신은 제 것이 아니어도 이 아이는 제 것이지요.'

아내의 태도에서 이런 생각이 분명하게 읽혔다.

갓난아기는 아직 얼굴 생김이 또렷하지 않았다. 머리에도 아직 머리카락다운 무엇이 거의 없었다. 솔직하게 말하면 아무리 봐도 괴물 같았다.

"이상한 애가 생겼어."

겐조는 정직하게 말했다.

"어떤 아기도 막 태어났을 때는 이래요."

"아무려면 그럴까. 좀더 반듯한 애도 태어날 거라고."

"두고 보세요."

아내는 자못 자신에 찬 말투였다. 겐조는 아이의 미래가 짐작이 가지 않았다. 그는 아내가 갓난아이 때문에 한밤중에도 몇 번이고 잠을 깨는 것을 알고 있었다. 소중한 잠을 희생해도 조금도 불쾌한 얼굴을 보이지 않는 것도 알고 있었다. 그는 아이에 대한 어머니의 애정이 아버지의 애정에 비해 어느 정도나 강할지 궁금했다.

며칠 전 약한 지진이 있었을 때 겁쟁이인 겐조는 바로 툇마루로 나가 뜰로 뛰어내렸다. 그가 방으로 다시 들어오자 아내는 생각지도 못한 비난을 겐조에게 쏘아붙였다.

"당신은 참 인정머리도 없으세요. 어떻게 혼자만 살 궁리를 하세요?"

왜 아이들의 안전을 우선으로 생각하지 않는가가 아내의 불평이었다. 겐조는 순간적인 본능으로 행동한 일에 이런 비판을 받으리라고는 꿈에도 생각하지 못하고 깜짝 놀라 물었다.

"여자는 그런 때도 아이들 일을 생각해?"

"당연하지요."

겐조는 정말 자기에겐 인정이라곤 없는 것처럼 생각되었다.

그러나 지금 겐조는 제 것인 양 아이를 안고 있는 아내를 싸늘한 시선으로 바라보았다.

'사리분별도 못하는 것들이 아무리 똘똘 뭉쳐도 별수 없어.'

그의 생각은 점점 넓게 퍼져서 현재에서 먼 미래를 향해 뻗어나갔다.

'머지않아 그 아이가 크면 당신에게서 떠날 시기가 반드시 올 거야. 당신은 나와 멀어져도 아이들하고만 똘똘 뭉치면 충분하다는 생각인 것 같은데 그건 틀렸어. 어디 두고 보자고.'

서재에서 마음이 차분하게 가라앉자 겐조의 감상이 갑자기 과학적인 색채를 띠기 시작했다.

'파초에 열매가 맺히면 그다음 해부터 줄기는 시들어버린다. 대나무도 마찬가지다. 동물 중에는 새끼를 낳기 위해 사는지, 죽기 위해 새끼를 낳는지 알 수 없는 것들이 얼마든지 있다. 인간도 느리기는 하지만 역시 그에 준한 법칙에 지배받고 있다. 어머니는 일단 자신이 가진 것을 희생해서 아이에게 생명을 부여한 이상 남은 모든 것을 희생해서 그 생명을 지키지 않으면 안 된다. 아내가 하늘에서 그런 명령을 받고 세상에 나왔다면 그 대가로 아이를 독점하는 것은 당연하다. 고

의라기보다는 자연스러운 현상이다.'

그는 어머니라는 입장을 이렇게 결론지은 후 아버지로서 자기의 입장도 생각했다. 그리고 그것이 어머니의 입장과 어떻게 다른지에 생각이 미쳤을 때 마음속으로 다시 아내를 향해 말했다.

'당신은 아이를 가져서 행복할 거야. 그러나 행복을 다 누리기도 전에 당신은 이미 많은 희생을 치렀어. 앞으로도 당신이 알아차리지 못할 희생을 얼마나 치러야 할지 몰라. 당신은 행복하다고 생각할지 모르지만 사실은 참 딱한 사람이야.'

94

한 해가 서서히 저물어갔다. 매서운 바람 속에 작은 눈송이가 흩날리기 시작했다. 아이들은 하루에도 몇 번씩 '이제 몇 밤 자면 설날'이라는 노래를 불러댔다. 아이들의 마음은 그들이 부르는 노래처럼 곧 다가올 새해에 대한 희망으로 가득 차 있었다.

겐조는 서재에서 손에 펜을 쥔 채 아이들의 노랫소리에 귀를 기울였다. 자신에게도 저런 시절이 있었던가 하고 생각했다.

아이들은 '아버지가 싫어하는 섣달그믐'이라는 동요도 불렀다. 겐조는 쓴웃음을 지었다. 그 노래가 지금 겐조의 상황에 정확히 들어맞지는 않았다. 그는 두껍게 접힌 종이 뭉치를 열이고 스물이고 책상 위에 쌓아 올려놓고 그것을 한 장씩 읽으며 시달리고 있었다. 그는 그 종이에 빨간 잉크로 줄을 긋기도 하고 동그라미를 치기도 하고 삼각

형 표시를 하기도 했다. 그리고 자잘한 숫자를 늘어놓고 번거로운 계산도 했다.

글자는 모두 연필로 휘갈겨 쓰여 있어서 불빛이 어두운 곳에서는 획이 분명하게 보이지 않았다. 마구 휘갈겨 읽을 수 없는 것도 가끔 나왔다. 피로해진 눈을 들어 겹겹이 쌓인 종이 다발을 보던 겐조는 맥이 풀렸다. '페넬로페의 직물'*이라는 영어 속담을 몇 번이나 되뇌었다.

"아무리 해도 끝나지 않는군."

그는 가끔 펜을 놓고 한숨을 내쉬었다.

그러나 끝이 나지 않는 일이란 그것 말고도 한두 가지가 아니었다. 그는 미심쩍은 표정으로 아내가 가져온 한 장의 명함에 눈길을 주었다.

"뭐야?"

"시마다에 관한 일로 좀 뵙고 싶다는데요."

"지금은 바쁘니까 돌아가라고 해."

일어서서 밖으로 나간 아내가 곧 되돌아왔다.

"언제 찾아뵈면 좋을지 편리한 날짜를 알려달래요."

겐조는 그럴 형편이 아니라는 얼굴로 옆에 쌓인 종이 뭉치를 바라보았다. 아내가 어쩔 수 없이 재촉했다.

"뭐라고 할까요?"

---

* 그리스 신화의 이야기. 오디세우스가 트로이 전쟁에 출정한 동안 아내 페넬로페는 수많은 구혼자들을 물리치기 위해 시아버지의 수의를 짤 때까지 기다려달라고 한다. 그리고 낮에는 수의를 짓고 밤에는 다 짜놓은 수의를 도로 푼다. 아무리 노력해도 끝이 나지 않는 일을 의미한다.

"모레 오후에 오라고 해줘."

겐조도 어쩔 수 없이 날짜를 정해 말했다.

일이 중단된 그는 멍하니 담배를 피우기 시작했다. 그런 참에 아내가 다시 들어왔다.

"갔어?"

"네."

아내는 남편 앞에 펼쳐진 빨간 잉크투성이의 지저분한 종이들을 바라다보았다. 겐조가 한밤중에 몇 번씩이나 갓난아기 때문에 잠을 깨는 아내의 번거로움을 이해하지 못하듯 산더미처럼 쌓인 종이를 면밀히 읽고 있는 남편의 어려움을 그녀는 상상할 수 없었다.

아내는 종이 뭉치를 옆으로 치우고 앉아 남편에게 말했다.

"또 뭔가 요구해올 생각이겠죠? 끈질겨요."

"연말 안에 어떻게든 돈을 받아내려는 거겠지. 어이없어."

아내는 시마다를 상대할 필요가 없다고 생각했다. 그러나 겐조의 마음은 오히려 인정상 적은 액수나마 주는 쪽으로 기울어 있었다. 그러나 이야기는 거기까지 발전하지 못하고 옆길로 새고 말았다.

"당신 집은 좀 어때?"

"여전히 곤란하죠."

"철도회사 사장 자리는 아직이야?"

"그건 된대요. 하지만 우리 형편에 맞게 간단히 될 리는 없겠죠."

"연말 안에는 어려울까?"

"아무래도 어렵겠죠."

"힘들겠군."

"힘들어도 할 수 없죠. 다 운명이니까요."

아내는 의외로 차분했다. 모든 일을 체념한 눈치였다.

95

낯선 명함을 들고 겐조를 찾아왔던 사람은 말했던 대로 하루건너 다시 겐조 집 현관에 나타났다. 겐조는 그때까지도 끝이 갈라진 펜으로 지저분한 종이 위에 동그라미며 삼각형 따위의 여러 가지 표시를 하느라 바빴다. 겐조의 손끝은 빨간 잉크로 더러워져 있었다. 겐조는 손도 씻지 않은 채 객실로 나갔다.

시마다 때문에 왔다는 그 남자는 요전에 온 요시다와 유형은 약간 달랐지만 어차피 겐조 입장에서는 두 사람 모두 겐조와 동떨어진 인간들이었다.

그는 줄무늬 하오리에 허리띠를 매고 흰 버선을 신고 있었다. 상인이라고도 신사라고도 확신할 수 없는 모습이며 말투가 대리인이라는 직업을 떠올리게 했다. 그는 자신의 신분과 직업을 털어놓기 전에 갑자기 겐조에게 물었다.

"혹시 제 얼굴을 기억하시는지요?"

겐조는 깜짝 놀라 그 사람의 얼굴을 다시 보았다. 그 얼굴에는 아무런 특징도 없었다. 굳이 말하자면 그저 생활에 찌들려 살아가는 사람 같았다.

"아무리 생각해도 모르겠는데요."

그는 싸움에 이겨 우쭐거리는 사람처럼 웃었다.

"그러실 테죠. 벌써 잊어버려도 좋을 만큼 시간이 흘렀으니까요."

그는 잠시 말을 끊은 뒤 덧붙여 말했다.

"저는 이래 봬도 선생님이 '도련님, 도련님' 하고 불렸던 옛날을 아직 기억하고 있지요."

"그렇습니까?"

겐조는 쌀쌀맞은 인사를 하고는 그 사람의 얼굴을 꼼짝 않고 지켜보았다.

"아무래도 생각나지 않으세요? 그럼 말씀드리지요. 저는 옛날 시마다 씨가 관청에 근무하실 무렵 함께 일했어요. 선생님이 장난을 치다가 주머니칼에 손가락을 베어서 큰 소동을 일으킨 적이 있었죠. 제 벼룻집 속에 있던 주머니칼 말입니다. 그때 놋대야에 물을 받아 선생님 손가락을 식혀드린 게 접니다."

겐조는 그 일을 분명히 기억하고 있었다. 그러나 지금 자기 앞에 앉아 있는 사람의 그때 모습 따위는 눈곱만큼도 생각나지 않았다.

"그런 연고로 제가 이번에도 부탁을 받고 시마다 씨를 위해 찾아온 셈이지요."

그는 곧장 본론으로 들어갔다. 그리고 겐조가 예상한 대로 돈을 요구했다.

"이제 두 번 다시 이 댁을 찾지 않겠다고 하시니까요."

"요전에 돌아갈 때 그렇게 말하고 갔어요."

"그래서 말인데, 이쯤에서 깨끗이 매듭을 지으시면 어떻습니까? 그렇지 않으면 언제까지고 선생님이 성가실 뿐이니까요."

겐조는 성가시게 하지 않을 테니 돈을 내놓으라는 식의 말투에 기분이 나빴다.

"아무리 달라붙어도 성가시지 않습니다. 어차피 세상일이라는 게 여기저기서 달라붙는 것투성이니까요. 설령 성가시다 해도 없는 돈을 내놓으라고 하니 그냥 가만히 성가심을 참는 편이 훨씬 낫습니다."

그 사람은 잠시 뭔가를 생각했다. 곤란한 듯한 표정이었다. 그러나 이윽고 입을 열었을 때는 겐조가 예상하지 못한 말을 했다.

"게다가 선생님도 잘 알고 계시겠지만, 인연을 끊을 때 선생님께서 시마다 씨에게 써준 문서가 아직 저쪽 수중에 있습니다. 이번 기회에 목돈을 건네고 그 문서를 받아두는 편이 좋지 않겠습니까?"

겐조는 그 문서를 확실히 기억했다. 그가 생가로 복적하게 되었을 때 시마다는 겐조에게 각서 한 통을 써달라고 했다. 겐조의 친아버지는 어쩔 수 없으니 뭐든 아무렇게나 써주라고 했다. 별로 쓸 말도 없었지만 겐조는 펜을 잡았다. 그러고는 이번에 인연을 끊게 되었지만 앞으로 상호간 의리와 인정에 어긋나는 일은 하지 않겠다는 의미를 두 줄 정도 적어 시마다에게 건넸다.

"그런 건 쓰레기나 다름없어요. 저쪽에서 갖고 있어도 도움이 안 되고 내가 받아도 필요가 없지요. 만약 이용할 생각이라면 얼마든지 이용하라고 하세요."

겐조는 그런 문서를 팔려고 드는 그 사람의 태도가 더더욱 마음에 안 들었다.

96

이야기에 진전이 없자 그 사람은 머뭇거렸다. 그러더니 적당한 때를 노려 다시 같은 이야기를 꺼냈다. 말에는 두서가 없었다. 이치로 안 되면 인정에 호소하겠다는 식도 아니었다. 그저 목적만 달성하면 된다는 속셈이 노골적으로 들여다보였다. 결말을 짓지 못하고 함께 우물쭈물하던 겐조는 나중에는 그만 진저리가 났다.

"문서를 사라는 둥 성가신 게 싫으면 돈을 내놓으라는 둥, 그런 억지를 쓰면 이쪽에서도 거절할 수밖에 없습니다. 다만 형편이 어려우니까 좀 도와주었으면 한다, 그 대신에 앞으로 일절 염치없이 돈을 요구하러 오지 않겠다고 보증한다면 옛정과 의리를 생각해서 조금은 마련해줄 수도 있습니다."

"네, 그게 결국 제가 찾아온 목적입니다. 제발 부탁드리고 싶습니다."

겐조는 그렇다면 왜 빨리 그렇게 말하지 않았느냐고 묻고 싶었다. 상대방 역시 왜 좀더 빨리 그렇게 말해주지 않았느냐는 표정을 지었다.

"그럼 어느 정도 해주시겠습니까?"

겐조는 묵묵히 생각했다. 그러나 어느 정도가 적당한지 확실한 기준이 떠오르지 않았다. 가능한 한 적은 편이 그의 형편에는 맞았다.

"뭐, 백 엔 정도겠지요."

"백 엔?"

그 사람이 되물었다.

"그러지 마시고, 하다못해 삼백 엔 정도로 해주실 수는 없는지요?"

"내놓아야 할 이유가 있다면야 몇백 엔이라도 내놓겠습니다."

"지당하신 말씀입니다만, 시마다 씨도 어려운 처지니까요."

"그렇게 말하신다면, 저도 어렵습니다."

"그렇습니까?"

말투에 빈정거림이 섞여 있었다.

"한 푼도 못 내놓는다고 해도 당신들 쪽에서는 어떻게 할 수도 없잖습니까? 백 엔이 싫다면 그냥 돌아가십시오."

상대방은 겨우 흥정을 그만두었다.

"그럼 아무튼 본인에게 그렇게 전해두겠습니다. 다시 찾아뵐 테니까 아무쪼록 잘 부탁드립니다."

그 사람이 돌아간 후 겐조는 아내를 불러 말했다.

"마침내 왔어."

"무슨 말이에요?"

"또 돈을 빼앗기는 거지. 사람만 왔다 하면 반드시 돈을 빼앗기니까 지긋지긋해."

"어처구니없네요."

아내는 별로 동정 어린 말도 하지 않았다.

"하지만 어쩔 수가 없어."

겐조의 대답도 간단했다. 거기에 이르기까지 어떤 일이 있었는지 아내에게 상세히 이야기하는 것조차 귀찮았다.

"당신 돈을 당신이 주시는 것이니 제가 뭐라고 하겠어요."

"돈 따위가 어디 있어."

겐조는 내뱉듯 말하고 다시 서재로 들어갔다. 여기저기 빨갛게 물든 종이가 책상 위에서 그를 기다리고 있었다. 그는 곧바로 펜을 집어

들었다. 그리고 이미 더럽혀진 종이를 더욱 빨갛게 더럽혀야 했다.

손님을 만나기 전과 만난 후의 기분 변화가 불공정한 판단을 내리게 하지는 않을까 하는 두려움이 생기자 그는 읽었던 답안지를 다시 한번 읽어보았다. 그렇게까지 했지만 세 시간 전의 기준이 지금의 기준인지 아닌지 도무지 알 수가 없었다.

"신이 아닌 이상 늘 공정할 수는 없지."

겐조는 정신이 맑지 않은 자신을 변호하면서 다시 종이를 훑어보기 시작했다. 그러나 겹쳐 쌓인 종이 뭉치는 아무리 속력을 내도 줄어들지 않았다. 겨우 한 뭉치를 원래대로 접으면 또 새 뭉치를 펼쳐야 했다.

"신이 아닌 이상 참는 데도 한계가 있어."

겐조는 펜을 내팽개쳤다. 빨간 잉크가 피처럼 종이 위에 번졌다. 그는 모자를 쓰고 추운 거리로 뛰쳐나갔다.

97

인적이 드문 거리를 걸으면서 겐조는 자신의 일만 생각했다.

'너는 결국 무엇을 하러 이 세상에 태어났는가?'

그의 머릿속 어딘가에서 누군가 이런 질문을 던졌다. 겐조는 질문에 대답하고 싶지 않았다. 가능한 한 대답을 회피하려고 했다. 그러자 목소리는 더욱 겐조를 추궁했다. 몇 번이고 똑같은 질문을 되풀이했다. 겐조는 끝내 울부짖었다.

"모르겠어."

목소리가 갑자기 코웃음을 쳤다.

'모르는 게 아니지. 알아도 그곳에 도달할 수 없는 거겠지. 도중에 멈춰 있는 거겠지.'

'내 탓이 아니야. 내 탓이 아니라고.'

겐조는 무언가로부터 도망치듯 빨리 걸었다.

번화한 거리로 나오자 새해맞이 준비로 분주한 바깥세상이 경이로움에 가까운 신선함으로 겐조의 눈을 자극했다. 겨우 기분이 나아졌다.

겐조는 손님의 주의를 끌기 위해 최선을 다해 화려하게 꾸민 가게 안을 하나씩 하나씩 들여다보면서 걸었다. 가끔은 자신과 전혀 상관없는 나무 모양의 산호 머리장식이며 마키에* 장식 빗이나 비녀를 유리창 너머로 아무 생각 없이 오랫동안 바라보기도 했다.

'연말이 되면 세상 사람들은 꼭 뭔가를 사야 하는 걸까?'

적어도 겐조 자신은 아무것도 사지 않았다. 아내도 거의 사지 않는다고 말할 수 있었다. 그의 형, 그의 누이, 장인, 뭔가를 살 여유가 있는 사람은 아무도 없었다. 모두 해를 넘기는 게 힘겨운 사람들이었다. 그중에서도 장인이 가장 힘들어 보였다.

"귀족원 의원이라도 된다면 어디든 기다려준다고는 하는데."

아내가 일전에 빚쟁이에게 시달리고 있는 친정아버지의 사정을 남편에게 털어놓으며 덧붙인 말이었다.

내각이 와해되었을 때였다. 장인을 데리고 와서 자리에 앉혔다가

---

* 옻칠을 한 표면에 금, 은가루 등을 뿌려 무늬를 내는 일본의 전통 공예.

어쩔 수 없이 다시 사직하게 만든 사람들은 자신들이 물러나기 직전 장인을 귀족원 의원으로 추천해 다소나마 의리를 지키려고 했다. 그러나 여러 후보자 가운데 한정된 인원을 뽑아야 했던 총리대신은 장인의 이름 위에 거리낌 없이 선을 그어버렸다. 장인은 끝내 귀족원 의원에 포함되지 못했다. 미래가 보장되지 않은 사람에게 무자비한 채권자들은 곧장 장인의 집으로 몰려왔다. 관저를 나오면서 하인의 수를 줄인 장인은 얼마 지나지 않아 전용 인력거까지 없앴다. 살던 집마저 모두 빚쟁이에게 넘어갔을 무렵에는 이미 꼼짝할 수 없는 처지였다. 장인은 날이 갈수록 점점 더 비참한 생활에 빠졌다.

"투기에 손을 댄 것이 나빴죠."

아내가 말했다.

"공무원으로 높은 자리에 있던 동안에는 투기꾼들이 쉽게 돈을 벌게 해주었대요. 그렇지만 일단 자리에서 물러나면 투기꾼들이 손을 놓아버리니까 계속 실패만 하게 된대요."

"무슨 소린지 모르겠군. 그런 일이 어딨어."

"당신이 모른다고 해도 사실이 그렇다니 말하는 거예요."

"무슨 말이야. 그럼 투기꾼은 절대로 손해를 보지 않는다는 말이잖아. 멍청하기는."

겐조는 그때 아내와 주고받았던 대화가 생생하게 기억났다.

문득 정신을 차리고 보니 겐조의 옆을 스쳐지나가는 사람들은 모두 바쁜 걸음이었다. 모두 일정한 목적지를 향해 걷는 것 같았다. 한시라도 빨리 그곳으로 가기 위해 부지런히 걸음을 옮긴다고밖에 생각할 수 없었다.

어떤 사람은 전혀 그의 존재를 알아차리지 못했다. 어떤 사람은 언뜻 그를 쳐다보았다.

'당신은 바보야.'

가끔 이런 표정으로 겐조를 쳐다보는 사람도 있었다.

겐조는 집으로 돌아와 지저분한 종이 위에 빨간 잉크를 칠하기 시작했다.

98

이삼 일이 지나자 시마다의 대리인이 명함을 들고 와서 다시 만남을 청했다. 일전의 일이 있는 이상 거절할 수가 없어서 겐조는 객실로 나와 그 사람과 마주 앉을 수밖에 없었다.

"바쁘신데 이렇게 자꾸 찾아와서……"

그는 처세에 능한 남자였다. 입으로는 미안하다고 하지만 미안한 모습은 태도 어디에도 드러나지 않았다.

"실은 요전 일을 시마다 씨에게 잘 애기했더니 그런 사정이라면 하는 수 없으니 금액은 그것으로 좋다고 하셨습니다. 대신에 어떻게든 연내에 받고 싶다고 하십니다만."

겐조가 그 돈을 올해 안에 마련할 가능성은 없었다.

연내라고 하면 "이제 겨우 며칠밖에 안 남았는데요."

"그러니 저쪽에서도 서두르는 것이지요."

"돈이 있다면 당장이라도 드리고 싶지요. 그러나 없으니 도리가 없지 않습니까?"

"그렇습니까?"

두 사람은 잠시 말없이 앉아 있었다.

"어쩌죠? 어떻게 좀 해주실 수 없겠습니까? 저도 바쁜데 시마다 씨를 위해 이렇게 일부러 찾아왔으니까요."

그것은 그의 사정이었다. 겐조의 마음을 움직일 만한 수고도 무엇도 아니었다.

"미안합니다만 어쩔 수 없습니다."

두 사람은 또다시 침묵을 사이에 두고 마주보았다.

"그럼 언제쯤 받을 수 있을까요?"

겐조는 언제라고 말할 만한 대책이 없었다.

"아무래도 내년은 되어야 어떻게든 해보겠습니다."

"저도 이렇게 부탁받고 찾아온 이상, 뭔가 저쪽에 대답을 하지 않으면 안 됩니다. 하다못해 기한만이라도 좀 정해주십시오."

"그럼 정월 말까지로 해두지요."

겐조는 달리 할 말이 없었다. 상대방도 하는 수 없이 돌아갔다.

그날 밤 겐조는 추위와 권태를 견디기 위해 메밀국수를 만들어달라고 했다. 그리고 걸쭉한 회색 메밀국수를 훌훌 마시면서 쟁반을 무릎에 올리고 곁에 앉아 있는 아내와 이야기를 나눴다.

"또 백 엔을 어떻게든 마련하지 않으면 안 돼."

"안 줘도 될 것을 당신이 주신다고 약속해서 곤란해지신 거잖아요."

"안 줘도 되지만 나는 줄 거라고."

모순된 말이 금세 아내를 불쾌하게 했다.

"그렇게 억지를 부리시니 말을 못 하겠네요."

"논리만 앞세운다고 나를 공격하지만 정작 당신은 지나치게 형식만 차리고 있어."

"당신이야말로 형식을 좋아하시죠. 뭐든 논리를 앞세우니까요."

"논리와 형식은 달라."

"당신 것은 똑같아요."

"모르면 가만히 있어. 나는 입으로만 논리를 들먹이는 남자가 아니야. 입에 있는 논리는 내 손에도, 발에도, 아니 몸 전체에 있어."

"그렇다면 당신의 논리가 그렇게 텅 비어 보일 리 없을 텐데요."

"텅 빈 게 아니야. 곶감가루 같아서 속에서 하얗게 뿜어 나오는 거라고. 밖에서 찍어 붙인 설탕가루하고는 달라."

이런 설명부터가 아내에게는 텅 빈 논리였다. 뭐든지 눈에 보이는 것을 손에 단단히 쥐지 않으면 믿지 않는 그녀는 남편과 논쟁하는 자체를 좋아하지 않았다. 또한 논쟁하려 한들 할 수도 없었다.

"당신을 형식만 중시한다고 말하는 이유는 말이야. 인간의 내면이 어떻든 밖으로 드러난 것만 보고 그걸로 인간을 파악할 수 있다고 생각하기 때문이야. 정치를 하는 당신 아버지가 증거만 없으면 트집 잡힐 이유가 없다고 생각하는 것처럼……"

"아버지는 그런 말씀 하신 적 없어요. 저 역시 그렇게 겉만 꾸미며 사는 인간은 아니고요. 당신이 평소부터 그런 비뚤어진 눈으로 사람을 보시니까……"

아내의 눈에서 눈물이 뚝뚝 떨어졌다. 그러는 사이에 대화가 끊어졌다. 시마다에게 줄 백 엔의 이야기는 엉뚱한 방향으로 빗나갔다. 그리고 점점 복잡하게 뒤얽혀갔다.

99

다시 이삼 일이 지나고 아내가 오랜만에 외출을 했다.

"오랫동안 인사를 드리지 못해서 문안 인사 겸 돌고 왔어요."

아내는 젖먹이를 안은 채 겐조 앞에 앉아 추워서 빨갛게 된 볼을 훈훈한 공기에 녹였다.

"당신 집은 어때?"

"별로 달라진 것도 없어요. 그 지경이 되면 걱정거리가 너무 많아서 오히려 태연해지는지도 모르겠어요."

겐조는 대답할 말이 없었다.

"자단 책상을 사지 않겠느냐고 하셨지만 불길해서 됐다고 했어요."

포도나무라던가 무슨 나무의 판자로 속을 붙인 그 커다란 책상은 백 엔이 넘는 것이었다. 파산한 친척에게서 빚의 담보로 책상을 받아 온 장인은 똑같은 운명 아래 조만간 그것을 누군가에게 넘기지 않으면 안 되었다.

"그런 건 아무래도 상관없는데 그렇게 비싼 걸 살 용기는 당분간 이쪽에도 없을 것 같군."

겐조는 쓴웃음을 지으며 담배를 피웠다.

"그건 그렇고, 여보. 그 사람한테 줄 돈을 히다 씨에게 빌리지 않을래요?"

아내가 아닌 밤중에 홍두깨처럼 불쑥 이런 말을 했다.

"히다에게 그만한 여유가 있을까?"

"있을 거예요. 올해 회사를 그만두셨다고 하니까요."

겐조는 이 새로운 소식을 듣고도 놀라지 않았다. 그러나 한편으로는 이상하다고 생각했다.

"나이가 들긴 했지. 그러나 그만두면 더욱 생활이 어려울 텐데?"

"앞으로는 어떻게 될지 모르겠지만 당장 곤란한 일은 없나봐요."

히다의 사직은 그를 발탁한 중역 한 사람이 회사와 관계를 끊은 것이 원인 같았다. 어쨌든 오랫동안 일한 결과로 히다의 수중에 들어온 돈은 일시적으로나마 경제 상태를 윤택하게 해주었다.

"무위도식한다고 남는 것도 없으니 확실한 사람이 있으면 빌려주고 싶다고 좀 알아봐달래요. 오늘 부탁을 받은걸요."

"그래, 결국 돈놀이를 하게 된 건가?"

겐조는 예전부터 시마다의 완고함과 매정함을 비웃었던 히다와 누이를 떠올렸다. 누이 부부는 처지가 바뀌자 어제까지 경멸하던 사람을 그대로 흉내 내면서도 부끄러운지도 몰랐다. 반성할 줄 모른다는 점에서 그들은 어린아이와 비슷했다.

"어차피 이자가 높겠지."

아내는 이자가 높은지 낮은지에 대해서는 아는 바가 없었다.

"아무튼 잘 운용하면 한 달에 삼사십 엔은 이자로 받을 테니, 형님이 그걸 용돈 삼아 앞으로 가늘고 길게 살 작정이라고 말씀하셨어요."

겐조는 누이가 말하는 이자 액수에서 속셈으로 원금을 계산해보았다.

"자칫하면 전부 날려버린다고. 욕심부리지 말고 은행에라도 맡겨
둬서 적당히 이자를 받는 편이 안전한데 말이지."

"그러니까 확실한 사람에게 빌려주고 싶으시다는 거겠죠."

"확실한 사람은 그런 돈은 빌리지 않아. 무서우니까."

"어쨌든 보통의 이자로야 어디 빌려주려고 하겠어요?"

"그렇다면 나도 빌리기 싫어."

"아주버님도 형편이 어려우신가봐요."

히다는 자기 계획을 형에게 털어놓으면서 우선 첫번째로 형에게 돈
을 빌려가라고 부탁했다는 것이다.

"어처구니없군. 돈을 빌려가라고, 빌려가라고 자기 쪽에서 부탁하
는 경우가 어디 있어? 형님도 돈은 욕심이 나겠지만 그런 위험을 무
릅쓰면서까지 빌릴 필요는 없겠지."

겐조는 씁쓸하면서도 우스웠다. 히다의 제멋대로인 성격이 이 일
하나에서도 잘 나타났다. 그것을 곁에서 보고도 모른 척하는 누이의
속셈도 이상했다. 피가 통하고 있어도 남매라는 생각이 전혀 들지 않
았다.

"당신 설마 내가 빌릴 거라고 얘기했어?"

"그런 쓸데없는 말은 안 해요."

100

이자가 싸고 비싸고를 떠나서 겐조는 히다에게 돈을 빌린다는 것을

도저히 진지하게 생각할 수 없었다. 그는 매달 얼마씩 누이에게 용돈을 보내고 있었다. 그 누이의 남편에게 돈을 빌린다면 누구의 눈에도 뻔히 보이는 모순이었다.

"이치에 맞지 않는 일이 세상에는 얼마든지 있지만."

이렇게 말을 꺼낸 겐조는 갑자기 웃고 싶어졌다.

"왠지 이상해. 생각하면 생각할수록 이상하군. 어쨌든 괜찮아. 내가 안 빌려도 어떻게든 될 테니까."

"네. 빌릴 사람이야 얼마든지 있겠지요. 실제로 이미 한 뭉치를 빌려갔대요. 근처의 기생집인가 어디에서요."

기생집이라는 말이 겐조의 귀에 우스꽝스럽게 울렸다. 그는 넋을 잃은 것처럼 웃어댔다. 아내도 시누이의 남편이 기생집에 목돈을 빌려줬다는 사실이 왠지 어울리지 않아 보였다. 하지만 그녀는 그것이 남편의 체면과 관계된다고까지는 생각하지 않았다. 그저 남편과 하나가 되어 재미있다는 듯 웃을 뿐이었다.

우습다는 생각이 사라진 다음에는 반발심이 왔다. 겐조는 히다에 관한 불쾌한 옛일까지 떠올랐다.

겐조의 둘째 형이 병으로 죽기 전후의 일이었다. 둘째 형은 자신이 지니고 다니던 뚜껑 달린 회중 은시계를 동생인 겐조에게 보이며 '나중에 너에게 주마' 하고 입버릇처럼 말했었다. 시계라곤 가져본 적이 없던 젊은 겐조는 그 장식품을 언제쯤이면 자신의 허리띠에 두를 수 있을까를 상상했다. 그러고는 멋진 미래를 기정사실이라고 여기면서 한두 달을 보냈다.

둘째 형이 죽자 형의 아내는 남편의 말을 존중해서 시계를 겐조에게 준다고 식구들 앞에서 선언했다. 하지만 죽은 사람의 유품이라고 생각해야 할 이 물건은 불행하게도 그때 전당포에 잡혀 있었다. 물론 겐조는 돈을 치르고 그것을 되찾을 능력이 없었다. 겐조는 형수에게서 소유권만을 양도받은 것과 같았다. 그렇게 중요한 시계에는 손도 대지 못하고 며칠을 보냈다.

며칠 뒤 식구들이 한자리에 모였다. 그런데 그 자리에서 히다가 품속에서 문제의 시계를 꺼냈다. 시계는 박박 문질러 닦았는지 몰라볼 만큼 번쩍번쩍 빛났다. 게다가 산호 구슬로 만든 장식줄이 새로 달려 있었다. 히다는 거드름을 피우며 겐조의 형 앞에 시계를 내려놓았다.

"이건 자네에게 주도록 하지."

옆에 있던 누이도 같은 말로 히다를 거들었다.

"정말 여러 가지로 수고를 끼쳐드려 죄송합니다. 그럼 감사히 받겠습니다."

형은 감사의 뜻을 표하고 시계를 받았다.

겐조는 묵묵히 세 사람을 보고 있었다. 세 사람은 거기에 겐조가 있다는 사실은 안중에도 없었다. 겐조는 끝까지 한마디도 하지 않았고 몹시 모욕을 당한 기분이 들었다. 그러나 그들은 태연했다. 겐조는 세 사람이 원수처럼 미웠다. 왜 그렇게 보란 듯이 짓궂게 행동하는지 이유를 알 수 없었다.

겐조는 자신의 권리를 주장하지 않았다. 또한 설명도 요구하지 않았다. 그저 말없이 있었지만 정나미가 떨어졌다. 그리고 육친인 형과 누이에게 정나미가 떨어지는 일이야말로 그들에게 가장 혹독한 형벌이 틀림없다고 생각했다.

"그런 일을 아직도 기억하세요? 당신도 너무 집요하시네요. 아주버님이 들으시면 틀림없이 깜짝 놀라시겠어요."

아내는 겐조의 얼굴을 보면서 기색을 살폈다. 겐조는 움직이지 않았다.

"집요하든 남자답지 못하든 사실은 사실이야. 설령 사실을 지워버린다 해도 감정마저 없애버릴 수는 없으니까. 그때의 내 감정은 아직 살아 있어. 지금도 살아서 어딘가에서 꿈틀거리고 있다고. 내가 없애더라도 하늘이 부활시키니까 어쩔 수 없어."

"돈만 안 빌리면 그걸로 그만이잖아요?"

이렇게 말한 아내는 마음속으로 히다뿐 아니라 자기를 포함한 친정 일까지 염두에 두고 있었다.

101

해가 바뀌자 겐조는 하룻밤 사이에 변한 바깥세상을 무심한 표정으로 바라보았다.

"다 쓸데없는 일이야. 인간이 잔재주를 부리는 거지."

실제로 겐조의 주변에는 섣달그믐도 정월 초하루도 없었다. 모두 지난해의 연속일 뿐이었다. 그는 사람들의 얼굴을 보며 신년을 축하한다고 말하는 것조차 싫었다. 그런 새삼스러운 말을 입에 담기보다 누구도 만나지 않고 조용히 있는 편이 마음이 편했다.

겐조는 평상복 차림으로 밖으로 나갔다. 되도록 설날 기분이 나지 않는 곳으로 발걸음을 옮겼다. 겨울의 앙상한 나무들과 황폐해진 논밭, 초가지붕과 좁다란 시냇가, 그런 것들이 멍한 눈에 들어왔다. 그러나 겐조는 이 가련한 자연에도 이미 감흥을 잃고 있었다.

다행히 날씨는 따스했다. 바람 한 점 없는 들판에는 봄날같이 아지랑이가 아련히 피어올랐다. 그 사이로 비치는 엷은 햇살이 포근히 그의 몸을 감쌌다. 그는 일부러 사람도 길도 없는 곳으로 들어갔다. 녹기 시작한 서리 때문에 진흙투성이가 된 구두가 무거워지자 잠시 발걸음을 옮기지 않고 있었다. 그는 한곳에 멈춰 서서 기분을 달래기 위해 머릿속으로 그림을 그렸다. 그러나 그림이 너무 서툴러서 도리어 자포자기하는 심정이 되었다. 그는 무거운 발을 질질 끌며 다시 집으로 돌아왔다. 그러던 중 시마다에게 줘야 할 돈을 생각하자 문득 뭔가 써봐야겠다는 생각이 들었다.

빨간 잉크로 지저분한 종이를 덧칠하는 작업이 드디어 끝났다. 새로운 일을 시작하기까지는 아직 열흘 정도 시간이 있었다. 겐조는 그 열흘을 이용하려고 했다. 그래서 펜을 들고 원고지를 마주했다.

점점 건강이 나빠지고 있다는 불쾌함을 자각하면서도 그는 자기 몸에 전혀 주의를 기울이지 않고 맹렬히 일했다. 마치 자기 육체에 반항이라도 하듯, 그리고 몸을 학대하기라도 하듯, 또한 자기 병에 복수라도 하듯. 그는 피에 굶주렸다. 그러나 남을 살육할 수가 없었기에 하는 수 없이 자신의 피를 빨면서 만족했다.

예정된 분량을 다 쓰고 나자 겐조는 펜을 집어던지고 다다미 위에 쓰러졌다.

"아아, 아아!"

그는 마치 짐승같이 소리를 질렀다.

원고가 돈으로 바뀌는 데는 특별한 어려움이 없었다. 다만 그 돈을 어떻게 시마다에게 전해야 할지 망설여졌다. 시마다를 직접 만나자니 탐탁지 않았다. 저쪽도 이제 더는 찾아오지 않겠다고 마지막 말을 내뱉었으니 겐조 앞에 나타날 마음이 없다는 건 뻔했다. 아무래도 중개할 사람이 필요했다.

"역시 아주버님이나 히다 씨한테 부탁해야겠지요? 지금까지의 관계도 있고 하니까요."

"그래, 그렇게 하는 게 제일 좋겠지. 별로 달갑지는 않지만. 다른 사람들한테 알릴 만한 일도 아니니까."

겐조는 쓰노카미자카로 찾아갔다.

"백 엔이나 주는 거야?"

놀란 누이가 눈을 휘둥그레 뜨고 아깝다는 표정으로 겐조를 보았다.

"하지만 겐짱 같은 사람은 얼굴이 얼굴이니까 노랑이짓도 할 수 없겠지. 게다가 시마다는 보통 노인네랑은 다른 악당이라서 백 엔 정도는 어쩔 수 없을 거야."

누이는 겐조의 마음속에 없는 일까지 지레짐작으로 줄줄 지껄였다.

"그렇지만 너도 정월 초하루부터 꽤나 꼴좋구나."

"꼴좋은 얼굴*을 한 잉어가 폭포를 거슬러 오르고 있군."

아까부터 옆에서 책상다리를 하고 신문을 보던 히다가 처음으로 입을 열었다. 누이는 그 말이 무슨 뜻인지 알지 못했다. 겐조도 알 수 없

---

* '꼴좋은 얼굴'이라는 말은 미운 상대가 실패했을 때 그를 조롱하거나, 자신이 뜻밖의 일로 남의 웃음거리가 됐을 때를 자조하는 표현이다.

었다. 그런데도 자못 이해했다는 듯이 '아하하' 하고 웃는 누이 쪽이 겐조는 오히려 이상하게 보였다.

"하지만 겐짱은 좋구나. 돈을 벌려고만 하면 얼마든지 벌 수 있으니까."

"우리하고는 생긴 머리부터가 다른 거지. 우대장(右大将) 요리토모 공*의 골격이니까."

히다는 기묘한 말만 했다. 그러나 부탁한 일은 두말없이 받아주었다.

102

히다와 형이 나란히 겐조의 집을 방문한 것은 정월 중순쯤이었다. 설날 즈음 대문에 세워두는 소나무 장식은 모두 치워졌지만 거리에는 아직 어딘지 모르게 새해 분위기가 풍겼다. 연말도 봄도 없는 겐조의 방에 앉은 두 사람은 낯선 듯 방 안을 둘러보았다.

히다가 품속에서 문서를 두 장 꺼내더니 겐조 앞에 내놓았다.

"자, 이걸로 겨우 결말이 났네."

한 장에는 백 엔을 받았다는 것과 앞으로 일절 관계를 끊겠다는 말이 예스러운 문구로 적혀 있었다. 필적은 누구 것인지 판단이 안 섰지만 시마다의 도장만은 틀림없이 찍혀 있었다.

---

* 源頼朝. 가마쿠라 막부 정권의 초대 장군으로 머리가 보통사람보다 컸다고 한다.

겐조는 '그런고로 후일에 이르러'라든가, '후일을 위한 서약은 다음과 같이'라는 말을 소리 없이 건성으로 읽었다.

"정말 수고 많으셨습니다. 고맙습니다."

"증서를 받아두면 이젠 안심이지. 그렇지 않으면 언제까지 귀찮게 달라붙을지 알 수 없다고. 그렇지, 큰처남?"

"그렇죠. 이걸로 겨우 한시름 놓겠네요."

히다와 형의 대화는 겐조에게 별다른 감명을 주지 못했다. 겐조의 머릿속에는 안 줘도 좋을 백 엔을 인정상 주었다는 생각만이 강하게 일었다. 성가심을 피하기 위해 돈의 힘을 빌렸다고는 아무래도 생각할 수 없었다.

겐조는 말없이 다른 한 장의 증서를 펼쳐 자신이 복적할 때 시마다에게 써주었던 문구를 찾아냈다.

'소생은 금일 귀가와 인연을 끊게 됨에 있어 친부가 양육비를 지불하였사옵고, 금후 상호간에 불성실하거나 몰인정하지 않도록 명심하겠나이다.'

의미도 논리도 알 수 없는 말이었다.

"그걸 억지로 팔려고 했던 것이 시마다의 속셈이었지."

"요컨대 겐짱이 백 엔에 사준 셈이야."

히다와 형은 또다시 둘이서 이야기를 나누었다. 겐조는 그 사이에 말을 끼워 넣는 것조차 귀찮았다.

두 사람이 돌아간 뒤 아내는 남편 앞에 놓인 두 통의 증서를 펼쳐보았다.

"이쪽 건 좀이 슬었네요."

"쓰레기야. 아무 짝에도 쓸모없는 쓰레기. 찢어서 쓰레기통에 처넣어버려."

"뭐, 굳이 찢을 필요는 없죠."

겐조는 그대로 자리에서 일어났다. 다시 얼굴을 마주했을 때 그가 아내에게 물었다.

"아까 그 증서는 어떻게 했어?"

"장롱서랍에 간수해뒀어요."

소중한 물건이라도 보관한 듯한 말투였다. 겐조는 아내가 한 일을 타박하지 않았지만 칭찬할 마음도 안 들었다.

"어쨌든 잘됐어요. 그 사람 일은 이걸로 매듭이 지어졌으니."

아내는 안심했다는 표정이었다.

"뭐가 매듭이 지어졌어?"

"하지만 저렇게 증서를 받아두면 안심이죠. 이제 찾아올 수도 없을 테고, 찾아온들 상대하지 않으면 그만이잖아요?"

"그건 지금까지도 마찬가지였어. 그렇게 하려고 마음먹으면 언제든지 그럴 수 있었으니까."

"어쨌든 저렇게 쓴 걸 우리 손에 두면 전혀 상황이 다르지요."

"안심이야?"

"그럼요. 안심이에요. 완전히 끝났잖아요."

"그렇게 간단히는 안 끝나."

"왜요?"

"끝난 건 겉모양뿐이잖아. 그러니까 당신을 형식만 중요하게 생각하는 여자라고 하는 거야."

아내의 얼굴에 불만과 반항의 빛이 스쳤다.

"그럼 어떻게 하면 정말 끝이 나는 건데요?"

"이 세상에 진짜로 끝나는 일이란 거의 없다고. 일단 한 번 일어난 일은 언제까지고 계속되지. 다만 다양한 형태로 계속 변하니까 남도 나도 느끼지 못할 뿐이야."

겐조는 토해내듯 씁쓸하게 말했다. 아내는 말없이 아기를 안아 올렸다.

"그래, 우리 아기 착하기도 해라. 아버지가 하는 말은 뭐가 뭔지 도통 못 알아듣겠네요."

아내는 이렇게 말하며 몇 번이고 아이의 붉은 볼에 입을 맞추었다.

어느 고독한 지식인의 자화상

우리는 일생을 살면서 셀 수 없는 만남의 기회를 가진다. 이런 만남 가운데는 살아 있는 사람과의 직접적인 만남도 있지만 이미 이 세상 사람이 아닌 사람과의 간접적인 만남도 있다. 쉬운 예로 책을 통해 외국의 작가를 만나게 되는 경우가 그렇다. 일본어에 "사람은 만나야 할 때 만나야 할 사람을 만난다"라는 말이 있다. 『한눈팔기』를 번역하면서 나는 나쓰메 소세키와 나의 만남도 그중 하나가 아닐까 하는 생각을 했다.

소세키는 '인간은 어떻게 살아야 할 것인가'의 문제를 소설을 통해 끊임없이 추구한 위대한 작가로, 그의 이름은 일본뿐 아니라 세계문학사에 영원히 남을 만한 것이다.

나쓰메 소세키의 생애와 문학세계

소세키를 제외하고는 일본의 근대문학을 논할 수 없을 정도로 일본 문학사에서 그의 위치는 대단하다. 그는 일본을 대표하는 국민작가이다. 그의 초상화는 1984년부터 2004년까지 이십 년간이나 일본지폐 천 엔권에 그려져 있었으며, 죽은 지 백 년이 다 되어가는 현재까지도 일본인이 가장 애독하는 작가로 손꼽힌다. 그는 일본문학사에서 단지 하나의 기호(記號)로 존재하는 작가가 아닌 현재 일본인의 마음속에 살아 숨 쉬는 작가이다.

우리나라 근대문학의 개척자인 이광수와 염상섭을 비롯한 많은 작가들이 일본문학자 가운데서도 소세키의 문학에 심취했다는 것은 잘 알려진 사실이다. 중국 근대문학의 아버지로 추앙받는 루쉰이 의학 공부를 하기 위해 일본에 건너갔다가 소세키의 영향을 받고 문학으로 진로를 전환했다는 사실을 통해서도 소세키의 문학사적 위치를 짐작할 수 있다.

소세키는 1867년에 태어났다. 일본은 1868년에 일어난 메이지 유신으로 에도 막부 시대가 메이지 시대로 바뀌고, 서양문화의 이입이 급격하게 일어나며 눈부신 개화를 이룩한다. 그는 메이지 시대의 개막과 함께 태어나 그 시대의 종언 후 얼마 지나지 않아 생을 마감한, 말하자면 메이지와 더불어 생을 온전히 함께한 메이지인(明治人)이었다. 대학에서 영문학을 전공하고 이 년간 영국에서 유학을 하고 돌아온 소세키는 그 시대를 살아가면서 느낀 점들을 생애 마지막 십여 년의 창작활동을 통해 진지하게 탐구해보려고 했다.

일찍이 일본 역사상 메이지 시대만큼 동·서양의 문명이 첨예하게 대립한 때는 없었다. 일본사회를 지탱해왔던 전통적인 가치관은 문명개화에 따라 새롭게 유입된 서구 가치관에 의해 흔들리기 시작했다. 당시 일본사회는 가치관의 카오스 상태에 놓여 있었다. 따라서 소세키를 비롯한 당대의 지식인에게 최대 당면 과제는 동서의 가치관 혼란으로 인한 정체성의 문제를 해결하는 것이었다.

그렇기 때문에 그는 자신의 문학세계를 통해 일본의 문명개화에 대한 비판적 시각을 시종일관 잃지 않고자 했다. 비판의 초점은 일본사회의 서구문명 수용 실태와 그것의 올바른 수용 자세에 있었으며, 궁극적으로는 서구문명 극복에 있었다.

그러나 그가 자신의 문학세계를 통해 그토록 이루고자 했던 서구문명의 올바른 극복은 쉽게 해결되지 않았다. 오히려 그는 자신의 문학속에서 서구에 대한 열등감을 내비치면서 스스로의 이론에 한계성을 보이기도 했다. 그의 문학세계는 이중구조적인 성격이 강하고 문명비판 성격도 이중구조의 색채가 농후한 것이 사실이다.

나쓰메 소세키는 1867년 2월, 도쿄 신주쿠 우시고메바바시타에서 나쓰메 고헤이나오카쓰와 치에의 막내아들로 태어났으며, 본명은 나쓰메 긴노스케이다. 그가 만년의 수필 『유리문 안에서』에서 '나의 양친은 내가 태어나자마자 곧 나를 수양아들로 주어버렸다'라고 회고하듯이 그의 양친은 고령인 데다 이미 자식이 많아서 그의 출생을 기뻐하지 않았다. 소세키는 두 살의 어린 나이에 시오바라 가에 양자로 보내졌다. 그 후 아홉 살에 양부모가 이혼함에 따라 생가로 돌아왔지만 정식으로 나쓰메 가에 복적한 것은 그의 나이 스물두 살이 되어서의 일이다. 이런 성장과정은 그의 문학세계에 큰 영향을 주었다.

가족간의 애정은 결핍되어 있었지만 학교에서는 개성이 풍부한 친구들에 둘러싸여 있었고, 그 가운데서도 제1고등중학교 본과에서 만난 친구 마사오카 시키와는 특별한 우정을 쌓았다. 소세키는 시키에게 하이쿠를 배우기도 하고 함께 여행을 가기도 했다. 그가 나중에 문학의 길을 걸어가는 데 마사오카 시키는 많은 영향을 주었다.

1895년에 소세키는 중학교 영어교사로 시코쿠 마쓰야마에 부임했다. 그는 마쓰야마에서 『도련님』의 소재를 얻고, 시키와의 공동생활을 통해 하이쿠에도 친숙해졌다. 다음 해 제5고등학교 교사로 구마모토에 부임한 소세키는 약혼자인 나카네 교코와 결혼하여 이곳에서 신혼생활을 보낸다.

1900년, 서른세 살에 영국 런던으로 유학을 간 소세키는 생활비를 절약해서 책을 사고, 홀로 하숙집에 틀어박혀 연구에 몰두했지만 장래에 대한 불안과 고독감에 시달리며 점점 신경을 소모시켜간다. 소세키에게 영국 생활은 '문화적 충격' 그 자체였다. 그는 이 년여의 짧은 유학생활을 통해 오늘날에는 지극히 일반화된 문제들인 대도시 빈민들의 열악한 주거환경, 실업 문제, 공업화에 따른 소음과 대기오염, 교통 문제 등에 대해 자각하게 된다. 소세키의 인생관과 문명관의 형성에도 중요한 요소로 작용한 영국 유학은 모리 오가이의 독일 유학과 더불어 일본문단과 지식인 사회에 큰 영향을 주었다. 이는 단순히 소세키 한 개인의 선진문화 체험이라는 차원을 뛰어넘어 당대 일본사회의 문명사적(文明史的) 성격을 형성한다는 것에 큰 의미를 가진다.

마르크스가 당시 영국 노동자들의 비참한 생활을 목격하고 자신도 도시빈민의 생활을 체험함으로써『자본론』을 쓰게 된 것처럼, 소세키가 서구 자본주의의 상징인 대도시 런던에서 목격한 노동자 계층의 생활상과 열악한 주거환경은 그의 문학에 짙게 표출된 문명비평적 성격의 원체험으로 작용하게 된다.

소세키는 1903년 1월에 일본으로 돌아온다. 그런데 돌아와서 보니 일본을 떠날 때 처자식을 의탁한 장인은 그가 유학하고 있는 중에 실직한 데다 투기에 손을 대서 공금에 결손을 낼 정도로 곤궁에 빠져 있었다. 그는 처자식의 곤궁을 구하기 위해 도쿄 센다기에 새로운 거처를 마련하고 도쿄 제1고등학교와 도쿄 제국대학 영문학과 강사로 일하면서 생활비를 벌기로 한다.

그는 이 무렵 심한 신경쇠약에 걸려 있었는데 기분전환 겸 쓴 글『나는 고양이로소이다』(이하『고양이』로 표기)가 뜻밖에 문단에서 높이 평가받으며 인생의 전환기를 맞는다. 당초 1회만으로 끝낼 작정이었던 이 소설을 10회에 걸쳐 연재하게 되면서 서른일곱 살의 소세키는 작가의 길을 걷기 시작한다. 단행본으로 출판된『고양이』는 장정과 삽화의 아름다움으로도 크게 화제가 되었다.

『고양이』는 나쓰메 소세키의 출세작이자 실질적인 문단 데뷔작으로 누구나 읽기 쉽고 이해하기 쉬운 문장으로 쓰여진 걸작으로 평가받는다. '나는 고양이로소이다. 이름은 아직 없다. 어디서 태어났는지 도무지 짐작이 가지 않는다. 아무튼 어둠침침하고 축축한 곳에서 야옹야옹 울고 있었던 것만은 기억하고 있다'로 시작되는 이 작품은 사실적인 묘사 방법, 획기적인 어미 표현 등으로 당시 큰 반향을 불러일으켰다. 현대 일본인이 당연한 것으로 읽고 쓰는 이러한 문장 형식은 사실 완성되기까지 메이지 시대 문학가들의 수많은 창의와 고심이 필요했다. 『고양이』는 중학교 영어교사 구샤미 선생의 서재에 모이는 메이지의 속물 신사들이 말하는 진담과 기담, 그리고 그곳에서 발생하는 수많은 사건들이 길을 잃고 선생의 집에 들어와 살고 있는 고양이의 눈을 통해 풍자적으로 그려진다. 에도 시대 라쿠고(落語)의 해학적 문체와 영국 사교계의 비꼬는 분위기, 소세키의 영문학적 지식에서 비롯된 해박한 고양이의 시점, 작가의 요설적인 재능까지 유감없이 발휘되는 통렬하고도 유쾌한 고전 명작이다.

소세키가 실제 작가로 활약한 것은 만년의 십여 년에 불과하다. 그러나 결코 길지 않은 기간에도 불구하고 십수 편의 장편소설을 비롯한 굵직한 작품들을 남기고 있어서 작품들의 특징을 한마디로 표현하기란 어렵다. 대략적으로 파악하자면 초기의 경묘하고 밝은 경향에서 시작하여 점차 부부와 친족, 친구 등의 관계 속에서 자아와 애정에 집착하고 고통받는 인간의 삶과 내면을 깊이 파헤치는 쪽으로 변해갔다고 볼 수 있다. 소세키는 메이지라는 시대적인 상황 속에서 서양과 일본의 격차를 피부로 느끼고 그것을 작품 속에 표현했다. 근대를 살아가는 인간의 모습을 문제 삼은 그의 작품은 현대의 일본인들에게도 신선한 테마를 내포하고 있기 때문에 아직까지 많은 독자를 확보하고 있고, 앞으로도 그러하리라고 단언할 수 있다.

1907년에 신진작가로서 세상의 주목을 받던 소세키가 아사히신문에 입사하여 본격적인 소설가로 출발한 것은 그해 신문에 『우미인초』

를 연재하면서부터이다. 이후 그는 소위 연애삼부작으로 일컬어지는 전기삼부작『산시로』『그 후』『문』과, 에고삼부작으로 일컬어지는 후기삼부작『피안 지날 때까지』『행인』『마음』을 썼다. 그리고『한눈팔기』와『명암』에 이르기까지 각고의 노력을 경주하여 한 작품 한 작품마다 새로운 경지를 열어나갔다. 특히 작중인물에 대한 자세하고 치밀한 심리 묘사와 윤리적 문제의식 및 그것을 감싸는 본격적인 허구는 일본 근대소설의 새로운 지평을 열었다고 해도 과언이 아니다. 특히 마지막 작품『명암』은 그가 세상을 떠나면서 미완성으로 끝났지만 작품 가운데 최고의 걸작으로 평가받고 있다.

그는 초기 작품인『고양이』와『풀베개』에서 속세의 번거로움을 피해 여유를 가지고 세상과 인생을 조망하려는 문학적 태도를 보여주었고, 그 후로 점차 인생과 정면으로 대결하는 지식인의 모습을 보여주었다. 그의 작품은 자아의 본질과 한계를 날카롭게 파헤쳐내고 운명을 숙고하는 방향으로 발전해나갔다. 그는 장편소설의 주제로 권선징악을 특히 강조했는데 그것은 초기의『도련님』『우미인초』등에서 분명히 간파할 수 있다.

『산시로』와『그 후』『문』에서는 사생문(寫生文)의 저회취미(低徊趣味)와 근대소설 본래의 연애심리가 자아의 분석과 섞여 '소세키적'이라고 할 만한 특색이 나타난다. 이후 지식인으로서 에고이즘과 인간을 불신하는 펜은 점점 예리해졌다. 그는 주제를 발전시켜『행인』『마음』『한눈팔기』『명암』의 장편을 계속해서 써나갔다. 이런 일련의 작품에 그려진 주인공들은 모두 스스로의 아집 때문에 구원받지 못하는 사람들이지만, 그럼에도 그의 소설 속에는 항상 인간에 대한 사랑이

암시되어 있다.

최후의 미완성 대작 『명암』에 이르러 소세키는 복수를 향한 인간의 정념과 욕망을 깊이 파고들어 추한 이기주의를 단죄하려고 했다. 이때 인간 존재 자체의 본질적인 불안을 응시하는 그의 선명한 분석력은 정점에 도달했다. 만년의 소세키는 '칙천거사(則天去私, 대자연의 섭리에 따르고 나를 버린다)'라는 문학관을 이상으로 하고 있었지만, 갑작스러운 죽음으로 인해 그 이상이 작품을 통해 구체화되지 못한 채로 남았다.

센다기 니시카타초의 셋집을 거쳐 와세다 미나미초의 셋집으로 이사하면서 그의 서재는 '소세키 산방(山房)'으로 불리게 되었다. 그의 서재에서는 수많은 작품이 탄생했고, 그곳에서 열린 '목요회'에는 그의 인간성과 학식에 매료된 아쿠타가와 류노스케를 비롯한 젊은이들의 출입이 끊이지 않았다. 소세키는 그들의 재능을 개화시킴과 동시에 그들과의 정서적인 교류를 깊이 했다. 그의 문하에서 일본 메이지 시대의 문화, 예술, 철학 등 당대를 대표하는 수많은 지성인들이 배출되었다. 또한 소세키는 오늘날 일본을 대표하는 출판사의 하나인 이와나미서점과 일본을 대표하는 정론지 아사히신문의 성장에도 크게 기여했다. 그는 와세다 미나미초에 살던 이 시기에 자녀들과 가끔 산책을 나가고 취미인 우타이(謠) 연습을 하고 한시와 서화에 몰두하는 등 충실한 나날을 보냈다.

1910년에 소세키는 위궤양의 악화로 요양차 가 있던 슈젠지 온천에서 위독한 상태에 빠졌다. 기적적으로 건강을 회복했지만 이후 문부성 박사학위 수여에 따른 여러 가지 문제, 막내딸 히나코의 급작스러운 죽음, 담당하던 아사히 문예란 폐지 등 예기치 않은 사건이 잇달아 터지면서 건강은 악화일로를 걷게 되었다.

시대는 어느덧 메이지에서 다이쇼(大正)로 바뀌었다. 소세키는 메이지 시대의 종언을 그린 『마음』과 자신의 반생을 돌이켜본 『한눈팔기』의 연재를 끝내고 마지막 장편소설 『명암』의 집필에 몰두했지만 188회를 끝내고 다음 회인 189라는 숫자를 원고지에 적은 채 책상 위에 쓰러져 다시는 일어나지 못하고 십여 일 후 생애를 마쳤다. 이처럼 그의 문학세계는 미완성으로 끝났다.

작가 소세키에게 필연적이었던 '한눈팔기'

이 작품은 1915년 6월 3일부터 9월 14일까지 102회에 걸쳐 도쿄, 오사카 아사히신문에 연재되었다. 흔히 소세키 만년의 작품은 그 자신의 문학적 투영이자 고백이라고 여겨지는데, 그 가운데서도 『한눈팔기』는 가장 자전적 색채가 명료한 것으로 알려져 있다. 이 작품을 쓸 시점에 그가 자신의 죽음을 각오하고 있었기 때문에 가능한 일이었다고 생각된다. 『한눈팔기』는 소세키가 자신의 과거를 재료로 하여 쓴 소설이기 때문에 그의 문학과 삶을 연구하는 연구자들 사이에서는 가장 먼저 읽어야 할 입문서 같은 작품으로 알려져 있다.

그는 자신의 글쓰기 성격에 관해 『한눈팔기』를 연재하기 직전에 쓴 수필 『유리문 안에서』의 마지막 장에서 '남에게 폐가 되지 않아야 한다. 자기 자신에 관해서는 가감 없이 진술하게 써나간다'라고 분명히 밝히고 있다. 이 말은 쓰는 행위에 대해 끊임없이 반성적 태도를 견지하고자 한 의지의 표명이다. 이런 일련의 생각이 유일한 자전적인 작품으로 알려진 『한눈팔기』에도 원동력으로 작용했을 것이다.

주인공 겐조는 외국에서 공부를 하고 돌아온 대학교 선생이다. 아내 오스미, 갑자기 눈앞에 나타난 양부 시마다의 금전 요구, 불쾌한 과거로 기억되는 양모와의 만남, 형제와의 친밀하지 못한 관계 등 『한눈팔기』는 평범한 일상에서 일어나는 갈등을 통해 고독한 지식인 겐조의 추상적인 지적논리의 세계가 현실적인 생활 속에서 철저히 깨져가는 과정이 그려진다.

작품은 그의 다른 작품과 마찬가지로 주인공 겐조에 대한 매우 상징적인 묘사로 시작된다. 즉, 겐조의 서구 유학에 대한 이중적인 의식구조를 그려내 보인다. 이는 독자의 이목을 집중시키기 위한 작자의 주도면밀한 의도가 작용한 결과이다.

이 작품은 음울하다, 불유쾌, 기분이 좋지 않다, 몰인정, 불평, 불만, 비뚤어짐, 앙갚음, 편벽, 건방짐, 완고, 억지 등의 부정적인 어휘와 함께 부정적 서술로 문장이 끝나는 경우가 대부분인데, 이는 모두 주인공 겐조의 가정생활 및 불행했던 과거와 불가분의 관계에 있다. 즉, 이 작품은 근대적 자아의식이 강한 주인공 겐조가 자신의 불행했던 과거를 끌어안은 채 막연하고 불안한 마음으로 미래를 응시하면서 일상적 현실을 살아가면서 느끼는, 그중에서도 주로 가정을 중심으로 한 생활 속에서 겪게 되는 정신적 비극을 그린 드라마이다.

『한눈팔기』의 주인공은 소세키라고 간주해도 지장이 없을 정도로 작자 자신을 반영하고 있다. 이와 같은 사실은 적어도 이 작품의 주인공 겐조가 체험한 것은 모두 작자 자신이 체험한 것이라고 보아도 무방하다는 뜻이다. 그렇기 때문에 『한눈팔기』는 소세키와 그의 문학세계를 이해하는 데 있어서 가장 기본적이면서도 중요한 작품이다. 소세키는 『한눈팔기』에서 이전의 소설에서 추구한 철저한 허구성을 최대한 배제하고 작자의 현실을 거의 있는 그대로 객관적인 시각에서 그리고 있다. 따라서 이 작품은 그가 새롭게 시도한 실험적 성격이 강한 작품이다. 그러나 사실 『한눈팔기』에 그려진 이야기는 작품에서 설정된 때에 모두 소세키에게 있었던 일은 아니다. 이 작품은 역시 소설이다. 결국 작자가 자서전을 쓸 목적으로 쓰인 글이 『한눈팔기』가 아니고, 소설로 쓴 작품이 결과적으로 자서전이 되었다고 하겠다.

원제 '한눈팔기(道草)'는 '길가에 난 풀' '한눈팔다, 해찰하다'라는 두 가지 사전적 의미가 있는데, 이 작품에서는 후자의 의미로 쓰였다.

연말이 가까워진 어느 날, 어린 시절 겐조의 양부모였던 시마다가 돈을 부탁하며 대리인을 보내왔다. 어려우니까 어떻게 좀 해달라고 솔직히 부탁하니 옛정을 봐서라도 약간의 돈은 마련해주겠다고 대답한 겐조는 대리인이 돌아간 후 다시 서재에 들어가 산더미처럼 쌓인 종이 더미를 면밀히 쭉 읽어가기 시작했지만 곧 펜을 집어던지고 추운 거리로 뛰쳐나간다. 사람의 왕래가 드문 거리를 걸으면서 그는 자신의 일만을 생각한다. 이 상황은 소설 속에서 다음과 같이 그려진다.

'너는 결국 무엇을 하러 이 세상에 태어났는가?'

그의 머릿속 어딘가에서 누군가 이런 질문을 던졌다. 겐조는 질문에 대답하고 싶지 않았다. 가능한 한 대답을 회피하려고 했다. 그러자 목소리는 더욱 겐조를 추궁했다. 몇 번이고 똑같은 질문을 되풀이했다. 겐조는 끝내 울부짖었다.

"모르겠어."

목소리가 갑자기 코웃음을 쳤다.

'모르는 게 아니지. 알아도 그곳에 도달할 수 없는 거겠지. 도중에 멈춰 있는 거겠지.'(『한눈팔기』 97장)

나쓰메 소세키는 만년의 소설 『한눈팔기』를 쓰면서 자신과 주위의 사람들이 결코 이질적인 존재가 아니라는 사실을 깨달았다. 뿐만 아니라 주인공 겐조의 눈을 통해 주위 사람들과 '물고기와 짐승'만큼이나 다르다고 여기고 있던 그 자신이 오히려 케케묵은 벽창호였다는 사실과, 주위 사람들이 자신보다 훨씬 더 건전하며 진보적인 면을 가지고 있다는 사실을 올바르게 보고 있다.

소세키는 『한눈팔기』에서 처음으로 주인공과 주변 인물을 작중에서 대등한 존재로 취급할 수 있게 되었다. 주인공 겐조는 학자로, 일 때문에 언제나 조바심을 낸다. 그 모습을 멀리서 바라보는 아내는 이렇게 생각한다.

그를 멀리서 지켜보는 아내는 별반 도와줄 일도 없어서 그냥 모른 척하고 있었다. 그것이 겐조에게는 아내의 역할을 제대로 다하지 못하는 냉정함으로 여겨졌다. 아내도 역시 마음속으로 남편에게 같은 비난을 퍼부었다. 남편이 서재에서 지내는 시간이 많으면 많을수록 부부간의 대화는 꼭 필요한 말 이외에는 없어지기 마련이라는 게 아내의 논리였다. (『한눈팔기』 9장)

이렇게 시작되는 부부의 뒤틀림은 점점 깊어지기만 한다. 이런 에고와 에고의 격렬한 충돌은 일본적인 가족의 중압을 그려내면서 인간관계 속 금전적인 문제와 함께 이 소설의 중심을 이룬다. 『한눈팔기』는 구시대 대가족의 붕괴를 그린 일본 자연주의 문학의 대표작가 시마자키 도손의 『집』과 큰 틀은 비슷하지만, 부부관계에서 에고의 대립을 타개하려고 했다는 점에서는 접근법이 크게 다르다. 이 소설 속 아내는 고급관료와 정치가에게 둘러싸여 현세적이고 화려한 남자들의 세계에서 자랐으며 남편에게서도 그런 화려함과 풍요로움을 기대한다. 그렇기 때문에 지식인 남편의 수수하면서도 가난한 생활은 부부 사이에 존재하는 뒤틀림의 주요인이다. 그러나 그런 가운데서도 결국 이야기는 부부의 조용한 화해가 진행되는 것으로 끝을 맺는다.

겐조가 아내 오스미를 향해 힐난하듯이 내뱉는 "이 세상에 진짜로 끝나는 일이란 거의 없다고. 일단 한 번 일어난 일은 언제까지고 계속되지. 단지 다양한 형태로 계속 변하니까 남도 나도 느끼지 못할 뿐이야."라는 말로 『한눈팔기』는 막을 내린다. 이후 겐조는 그토록 싫어하던 교직을 떠나 직업 작가의 길로 나선다.

소세키는 '한눈팔기투성이'인 그의 생애 가운데서도 특히 옆길로 빠진 시기라고 생각되는 영국 유학에서 귀국한 직후의 암울한 시기를 써나가면서 동시에 자신의 인생에 대한 보다 깊어진 인식을 확인하기 위해 이전보다 오히려 더 큰 한눈팔기를 이 작품에서 하고 있다. 말하자면 그의 과거를 검증함으로써 현재의 자신의 위치를 확인하는 것이다. 그것은 그의 인식의 발전을 위해 필연적인 한눈팔기였다.

소세키가 나이 마흔이 되어 일체의 교직을 내팽개치고 일개 신문사의 신문연재 소설가가 된 것은 소수의 엘리트를 대상으로 한 선생이라는 직업에 한계를 느껴 전 일본인을 대상으로 한 선생의 소임을 다하고자 한 결과이다. 이를테면 메이지 유신 성립기에 일본을 위해 칼을 들고 싸운 사무라이처럼, 그는 최초의 근대 교육을 받은 당대의 지식인으로서 칼 대신에 펜을 들기로 한 것이다. 그렇게 일본의 올바른 문명개화를 위해 생애 마지막 십여 년을 소설을 쓰면서 산화함으로써 그는 오늘날까지도 일본인들의 '진정한 선생'으로 살아남아 일본인들의 가슴에 영원히 살아 있는 존재가 되었다.

　앞에서도 언급했듯이 이 작품은 소세키의 작품 중에서도 작가의 생애와 문학세계를 이해하기 위해 가장 기본적인, 소세키 연구의 입문서라고 할 수 있다. 따라서 국내의 소세키 문학 연구를 지망하는 학습자는 물론이고, 일본문학과 일본인의 심성에 관심이 많은 일반 독자들에게도 일독을 권한다. 『한눈팔기』는 메이지 시대 일본인의 정서는 물론 현대 일본인의 정서와 일본문화를 이해하기 위한 디딤돌이 될 것이다.

조영석

1867년	2월 9일, 현재의 도쿄 신주쿠(구舊 에도 우시고메바바시타)에서 출생. 나쓰메 고헤이나오카쓰와 후처 치에 사이에서 막내(5남 3녀)로 태어남. 본명 나쓰메 긴노스케(夏目金之助). 부모가 연로한 데다 자식이 많아서 태어나자마자 요쓰야의 만물상에 수양아들로 보내지나 곧 되돌아옴.
1868년	11월, 요쓰야의 시오바라 쇼노스케와 야수 부부의 양자가 되어 시오바라 가에 입적.
1870년	천연두에 걸려 얼굴에 약간 얽은 흉터가 생기는데, 이는 평생 그의 고민거리가 됨.
1872년	일본에 새로운 호적법이 실시됨에 따라 양부 시오바라 쇼노스케가 긴노스케를 장남, 호주(戶主)로 등록함.
1874년	4월, 양부의 여자 문제로 가정불화가 생겨 양모와 함께 잠시 친가로 돌아옴. 11월에 아사쿠사의 도다 소학교에 입학.
1876년	4월, 시오바라 부부 이혼. 긴노스케는 시오바라 가 재적 상태로 친가로 돌아옴. 5월, 이치가야 야나기초의 이치가야 소학교로 전학함.
1878년	2월, 친구들과 만든 잡지에 「마사나리론(正成論)」 발표. 4월, 히토쓰바시 중학교에 입학함.
1881년	1월, 어머니 치에 사망. 도쿄 부립 제1중학교를 중퇴하고 한문을 배우기 위해 고지마치의 니쇼학사로 전학함. 11월, 니쇼학사 제2급 제3과 수료.
1883년	8월 무렵, 대학 예비시험 준비를 위해 간다 스루가다이의

세이리쓰 학사에 입학해 영어를 배움.

1884년   9월, 도쿄 제국대학 예비문예과에 입학. 입학하자마자 맹장염에 걸림.

1886년   7월, 복막염에 걸려 진급 시험을 보지 못하고 성적도 나빠서 낙제. 이를 계기로 학업에 매진, 수석으로 졸업한 후 자활을 결심. 고토 의숙의 교사가 되어 기숙사로 이사함. 고토 의숙에서 오후에 두 시간을 가르치고 월급 5엔을 받음.

1887년   3월, 큰형 사망. 6월, 둘째 형 사망. 모두 폐결핵이 원인.

        7월 하순, 고토 의숙을 나와 자택에서 통학함.

1888년   1월, 시오바라 가에서 나쓰메 가로 복적.

        7월, 제1고등중학교 예과 졸업.

        9월, 친구 요네야마 야스사부로의 조언으로 당초 지망하고자 했던 건축과를 포기하고 영문학으로 전공을 바꿔 동교 본과 영문과에 진학.

1889년   1월, 마사오카 시키와 교제 시작. 시키와의 만남은 소세키의 문학 생애에 결정적인 역할을 하게 된다.

        5월, 마사오카 시키의 시문집 「나나쿠사슈(七艸集)」를 한문으로 비평하고, 여기에 아홉 편의 칠언절구를 덧붙임. 이때 처음으로 '소세키(漱石)'라는 호를 사용.

        9월, 지바 현 보소반도를 여행하고 온 뒤 기행 한시문 「보쿠세쓰록(木屑錄)」을 탈고. 이를 고향에 내려가 휴양 중이던 시키에게 보내 비평을 구한다. 시키는 소세키의 문재(文才)를 외경하게 되고, 이런 일련의 시문집을 주고받는 교유를 통해 두 사람의 친교가 깊어진다.

1890년   7월, 제1고등중학교 본과 졸업.

        9월, 도쿄 제국대학 문과대학 영문과 입학. 문부성 대여장학생이 된다.

1891년	7월, 도쿄 제국대학 특대생(特待生)으로 수업료를 면제받는다. 12월, 영문과 주임교수 J.M. 딕슨의 의뢰로 일본의 고전 『호조키(方丈記)』를 영역.
1892년	4월, 징병을 피하기 위해 분가 신고서를 제출하여 홋카이도 와카나이로 이적하여 홋카이도 평민이 된다. 5월, 학비를 보충하기 위해 도쿄 전문학교(현 와세다 대학 교)의 강사로 출강. 6월, 문과대학 동양철학 논문으로 「노자의 철학」을 집필. 여름에 시키와 함께 교토, 사카이, 오카야마, 마쓰야마를 여행하는데 오카야마에서 대홍수를 경험한다. 이때 마쓰야 마에서 시키의 소개로 다카하마 교시와 처음으로 만난다. 10월, 「문단에서 평등주의 대표자 월트 휘트먼의 시에 대해 서」를 『철학잡지』에 발표.
1893년	7월, 도쿄 제국대학 문과대학 영문과를 졸업하고 동대학원 에 진학. 10월, 도쿄 고등사범학교에서 연봉 450엔을 받고 일하는 촉탁 영어교사가 됨.
1894년	12월, 신경쇠약이 악화되어 극도의 염세주의에 빠지고, 이 를 치유하기 위해 가마쿠라 엔가쿠지에서 10일간 참선한 다. 이때의 경험은 나중에 소설 「몽십야(夢十夜)」와 『문 (門)』의 소재가 된다.
1895년	4월, 도쿄 고등사범학교를 사직하고 에히메현 마쓰야마 중 학교 영어교사로 부임. 이때의 경험은 이후 소설 『도련님 (坊っちゃん)』의 소재가 된다. 8월, 시키가 마쓰야마에 돌아와 소세키의 하숙에서 약 2개 월간 동거. 이때 마쓰야마의 하이쿠회에 참가한다. 12월에 상경하여 귀족원 서기관장 나카네 시게카즈의 큰딸

교코와 맞선을 보고 약혼한다.

1896년   4월, 마쓰야마 중학교 교사를 사직하고 구마모토현 제5고 등학교 교사로 부임한다.

6월, 구마모토시에서 나카네 교코와 결혼.

7월, 교수로 승진.

11월, 자신의 서재를 양허벽당(漾虛碧堂)이라고 칭한다.

1897년   4월, 교사를 그만두고 문학에만 전념하고 싶다는 뜻을 마사오카 시키에게 넌지시 내비침.

6월, 부친 나오카쓰 사망.

7월, 부인과 함께 상경하여 약 2개월간 체재하며 와병중인 마사오카 시키를 위문하고 엔가쿠지를 방문.

12월, 연말부터 정초에 걸쳐 오아마 온천 여행. 이때의 경험으로 소설 『풀베개(草枕)』의 소재를 얻는다.

1898년   9월, 제5고등학교 학생이며 후년에 문하생이 된 데라다 도라히코 등에게 하이쿠를 지도. 아내 교코의 자살미수 사건과 심한 입덧 때문에 애를 먹는다. 아내의 자살미수 사건 이후 아내의 허리띠를 자신의 허리띠에 묶고 잠을 잘 때도 있었다고 구마모토에서의 신혼생활을 회고하기도 했다.

1899년   3월, 장녀 후데코 출생.

9월, 영어과 주임이 됨. 이 무렵 아소산을 여행하며 『이백십일(二百十日)』의 소재를 얻는다.

1900년   5월, 문부성으로부터 제1회 국비유학생의 일원으로 영어수업법 연구를 위한 2년간의 영국 유학을 명받는다.

9월 8일, 독일기선 프로이센호를 타고 고베를 출발하여 10월 28일 런던에 도착.

1901년   1월, 차녀 쓰네코 출생. 화학자 이케다 기쿠나에가 독일 유학을 마치고 돌아가는 길에 런던에 들러 약 2개월 동안 동숙한다. 그와의 만남을 통해 문학연구의 방법론을 확립하고 자극을 받아 『문학론(文學論)』의 구상을 결심한다.

5월, 폐병으로 와병 중인 마사오카 시키를 위로하기 위해 보낸 편지 「런던소식(倫敦消息)」과 「자전거일기(自轉車日記)」가 하이쿠 잡지 『호토토기스』에 연재된다.

1902년　3월, 장인 나카네 시게카즈에게 보낸 서간을 통해 자신이 유학 중 구상하고 있는 작업과 근대화에 대한 견해를 밝힘. 이처럼 영국 유학은 이후 소세키의 삶과 문학에 결정적으로 작용한 자기본위(自己本位)라는 독특한 사유체계를 확립시키는 계기가 되었고, 서구의 세기말적 예술을 접하는 기회가 되었으며, 후년의 작가 생활에서 근대 산업사회의 모순을 날카롭게 지적하는 비평의 학습장 역할을 했다. 이는 후년의 주요 강연 「현대 일본의 개화(現代日本の開化)」 「나의 개인주의(私の個人主義)」 등을 통해 일본 근대문명의 모순과 일본인의 맹목적인 서구문화 추구를 직설적으로 비판함으로 드러났다.

11월, 마사오카 시키가 지병인 폐병으로 사망하였다는 소식을 제자 다카하마 교시가 보낸 서간을 통해 알게 된다. 추모 하이쿠 여러 수를 지어 보냄.

12월, 귀국.

1903년　1월, 영국 유학에서 돌아옴. 제1고등학교 교사와 도쿄 제국대학 영문학과 강사를 겸임. 대학에서 「18세기 영문학 형식론」과 「문학론」 등을 강의함. 이를 바탕으로 후년에 영문학 연구의 결실인 『문학론』 『문학평론』을 간행한다.

10월, 셋째 딸 에이코 출생.

1904년　9월, 메이지 대학 강사를 겸임.

12월, 『호토토기스』를 주재하던 다카하마 교시에게 신경쇠

약을 완화할 겸 무엇인가를 써볼 것을 권유받고『나는 고양이로소이다(吾輩は猫である)』의 집필에 착수.

1905년   1월,『나는 고양이로소이다』를『호토토기스』에 발표. 애초에는 1회로 끝날 것이었으나 독자들로부터 큰 호평을 받아 이듬해 8월까지 단속적으로 연재함. 이와 병행하여 단편「런던탑(倫敦塔)」「칼라일 박물관(カーライル博物館)」「환영의 방패(幻影の盾)」「고토노소라네(琴のそら音)」「하룻밤(一夜)」「해로행(薤露行)」「취미의 유전(趣味の遺伝)」을 연이어 여러 지면에 발표하며 생애 가장 왕성한 글쓰기를 함.

12월, 넷째 딸 아이코 출생.

1906년   1월,「취미의 유전」을『제국문학』에, 4월『도련님』을『호토토기스』에, 9월『풀베개』를『신소설』에 연이어 발표.

10월 11일, 제1회 '목요회' 개최. 소설가로서 지위가 확고해짐에 따라 자택을 방문하는 사람들의 발길이 끊이지 않았고, 이에 따라 작품 집필마저 변변히 할 수 없어서 고민하는 것을 보고 문하생인 스즈키 미에기치가 제안해 매주 목요일 오후 세시 이후 정기적으로 모임을 갖게 된다. 이것이 훗날 '목요회'로 불리게 된다.

1907년   4월, 교직을 사직하고 아사히신문에 소설을 쓰는 기자로 입사하여 직업작가의 길에 들어선다.

6월, 입사 후 첫 작품『우미인초(虞美人草)』를 시작으로 이후 모든 작품은 아사히신문에 연재됨. 장남 준이치 출생.

1908년   1월,『갱부(坑夫)』를 시작으로「문조(文鳥)」「몽십야」『산시로(三四郎)』를 차례로 연재. 히라쓰카 하루코와의 동반자살 미수사건으로 사회적으로 큰 물의를 일으킨 제자 모리타 소헤이를 보호해주고, 나중에 사건의 전말을 소설화한

『매연(煤煙)』을 아사히신문에 연재하도록 주선한다.

11월, 차남 신로쿠 출생.

1909년　1월,「영일소품(永日小品)」『그 후(それから)』연재.

9월, 남만주 철도주식회사 총재인 친구 나카무라 제코의 초청으로 만주와 한국을 여행.

10월, 9월의 체험을 바탕으로 하여 쓴 『만한 이곳저곳(滿韓 ところどころ)』을 연재.

11월, 아사히신문에 아사히 문예란을 신설하여 주재.

1910년　3월, 『문』의 연재를 시작. 다섯째 딸 히나코 출생.

6월, 『문』 탈고 후 위궤양 진단을 받고 병원에 입원.

8월, 요양차 간 슈젠지 온천에서 크게 토혈을 하고 30분간 인사불성의 위독한 상태에 빠짐. 이를 소위 슈젠지 대환(大患)이라고 부르며, 이후 그의 작품에도 커다란 변화가 생김. 이때의 체험을 바탕으로 쓴 『생각나는 일들(思い出す事など)』을 32회에 걸쳐 단속적으로 연재.

1911년　2월, 위궤양으로 입원 중 문부성으로부터 문학박사 학위 수여의 통지를 받았으나 거절함.

8월, 아사히신문 의뢰로 관서 지방을 순회 강연함.

10월, 주재하던 아사히 문예란이 폐지됨.

11월, 히나코 급사. 아사히신문에 사표를 제출했으나 반려됨.

1912년　1월, 『피안 지날 때까지(彼岸過迄)』의 연재를 시작하였으나, 신경쇠약과 위궤양이 재발하여 고통받음.

12월, 『행인(行人)』연재 시작, 병으로 인하여 수차례 중단됨.

1913년　지병인 신경쇠약과 위궤양의 재발로 『행인』연재를 중단하고 자택에서 요양.

1914년　4월, 『마음(こころ)』연재 시작.

9월, 위궤양이 재발하여 한 달여 동안 와병함.

11월, 가쿠수인 보인회에서 「나의 개인주의」 강연.

1915년 1월, 문하생인 데라다 도라히코에게 보낸 신년 연하장에서 금년에 죽을지도 모른다고 씀. 수필 『유리문 안에서(硝子戶 の中)』 연재 시작.

6월, 『한눈팔기』 연재 시작.

12월, '목요회'에 아쿠타가와 류노스케, 구메 마사오 등이 처음으로 참가함으로써 마지막 문하생이 됨.

1916년 1월, 『점두록(點頭錄)』을 9회에 걸쳐 연재함. 아쿠타가와 류노스케에게 보낸 서간에서 그의 작품 「코(鼻)」를 격찬함.

4월, 당뇨병 진단을 받음.

5월, 미완성으로 끝난 마지막 작품 『명암(明暗)』의 연재를 시작함. 오전에는 『명암』의 원고를 집필하고, 오후에는 한 시를 짓거나 서화를 했다.

8월, 아쿠타가와 류노스케와 구메 마사오에게 보낸 서간에서 '소처럼 걷고, 인간을 밀 것'을 교훈하고, '외국어에 고개를 숙이는 일본인의 버릇을 그만두게 하고 싶다'고 씀.

11월 초 '목요회'에서 만년의 사상으로 알려진 '칙천거사'에 대해 처음으로 언급함. 지병인 위궤양의 급격한 발작이 일어나 병상에 누움. 28일에는 대내출혈로 인사불성 상태에 빠짐.

12월 9일, 계속된 내출혈로 결국 사망함. 『명암』은 188회 연재(12월 14일)를 마지막으로 중단됨. 12일에 아오야마 장례식장에서 장례식이 열려 아쿠타가와 류노스케가 접수를 보았고, 모리 오가이를 비롯한 당대의 많은 명사들이 조문함.

세계문학은 국민문학 혹은 지역문학을 떠나 존재하는 문학이 아니지만 그것들의 총합도 아니다. 세계문학이라는 용어에는 그 나름의 언어와 전통을 갖고 있는 국민문학이나 지역문학의 존재를 인정하면서 그것을 넘어서는 문학의 보편적 질서에 대한 관념이 새겨져 있다. 그 용어를 처음 고안한 19세기 유럽인들은 유럽문학을 중심으로 그 질서를 구축했지만 풍부한 국민문학의 전통을 가지고 있는 현대의 문학 강국들은 나름의 방식으로 세계문학을 이해하면서 정전(正典)의 목록을 작성하고 또 수정한다.

한국에서도 세계문학 관념은 우리 사회와 문화의 변화 속에서 거듭 수정돼왔다. 어느 시기에는 제국 일본의 교양주의를 반영한 세계문학 관념이, 어느 시기에는 제3세계 민족주의에 동조한 세계문학 관념이 출현했고, 그러한 관념을 실천한 전집물이 출판됐다. 21세기 한국에 새로운 세계문학전집이 필요하다는 것은 명백하다. 우리의 지성과 감성의 기준에 부합하는 세계문학을 다시 구상할 때가 되었다.

문학동네 세계문학전집은 범세계적으로 통용되는 고전에 대한 상식을 존중하면서도 지난 반세기 동안 해외 주요 언어권에서 창작과 연구의 진전에 따라 일어난 정전의 변동을 고려하여 편성되었다. 그래서 불멸의 명작은 물론 동시대 세계의 중요한 정치·문화적 실천에 영감을 준 새로운 작품들을 두루 포함시켰다.

창립 이후 지금까지 한국문학 및 번역문학 출판에서 가장 전문적이고 생산적인 그룹을 대표해온 문학동네가 그간 축적한 문학 출판 경험을 바탕으로 새로운 세계문학전집을 펴낸다. 인류가 무지와 몽매의 어둠 속을 방황하면서도 끝내 길을 잃지 않은 것은 세계문학사의 하늘에 떠 있는 빛나는 별들이 길잡이가 되어주었기 때문이다. 우리가 자부심과 사명감 속에서 그리게 될 이 새로운 별자리가 독자들의 관심과 애정에 힘입어 우리 모두의 뿌듯한 자산이 되기를 소망한다.

문학동네 세계문학전집 편집위원
민은경, 박유하, 변현태, 송병선, 이재룡, 홍길표, 남진우, 황종연

지은이 **나쓰메 소세키**
본명은 나쓰메 긴노스케이다. 1867년 도쿄에서 태어났다. 도쿄 제국대학 강사 재직 중 발표한
『나는 고양이로소이다』가 큰 호평을 받아 소설가로 직업을 전환한다. 작중인물에 대한 자세하고
치밀한 심리묘사와 윤리적 문제의식으로 일본 근대소설의 새로운 지평을 열었다는 평을 받고 있
다. 1916년 『명암』을 쓰던 중 지병이던 위궤양이 악화되어 향년 50세의 나이로 타계했다.

옮긴이 **조영석**
조선대학교 일어일문학과를 졸업하고 중앙대학교에서 일문학 석사와 박사 학위를 받았다. 현재
조선대학교 일본어과 교수로 재직 중이다. 한국일본학회 이사를 역임하였으며 「나쓰메 소세키의
근대의식론」 「나쓰메 소세키의 소설연구」 「나쓰메 소세키의 이문화체험에 관한 연구」 등 나쓰메
소세키에 관한 논문을 다수 발표했다. 『나쓰메 소세키의 문학세계』 『최고의 고전번역을 찾아서』
등의 저서가 있다.

세계문학전집 062
한눈팔기

양장본 초판 1쇄 2011년 2월 25일
양장본 초판 2쇄 2016년 4월 15일

지은이 나쓰메 소세키 | 옮긴이 조영석 | 펴낸이 염현숙

책임편집 김수현 | 편집 임선영 | 독자모니터 강정은
디자인 박현정 한충현 김민하 | 저작권 한문숙 박혜연 김지영
마케팅 정민호 이미진 정진아 | 홍보 김희숙 김상만 이천희
제작 강신은 김동욱 임현식 | 제작처 영신사

펴낸곳 (주)문학동네
출판등록 1993년 10월 22일 제406-2003-000045호
주소 10881 경기도 파주시 회동길 210
전자우편 editor@munhak.com | 대표전화 031) 955-8888 | 팩스 031) 955-8855
문의전화 031) 955-1927(마케팅), 031) 955-2677(편집)
문학동네카페 http://cafe.naver.com/mhdn
문학동네트위터 http://twitter.com/munhakdongne

ISBN 978-89-546-1400-9 04830
      978-89-546-1020-9 (세트)

www.munhak.com

● 문학동네 세계문학전집은 계속 출간됩니다